一缕一缕的阳光

韩露 著

中国文联出版社
http://www.clapnet.cn

图书在版编目（CIP）数据

一缕一缕的阳光 / 韩露著 . -- 北京：中国文联出版社，2020.7

ISBN 978-7-5190-4315-5

Ⅰ.①一… Ⅱ.①韩… Ⅲ.①散文集－中国－当代 Ⅳ.① I267

中国版本图书馆 CIP 数据核字 (2020) 第 122969 号

一缕一缕的阳光

著　者：韩　露			
终 审 人：朱彦玲		复 审 人：王柏松	
责任编辑：刘　丰		责任校对：潘传兵	
封面设计：小　马		责任印制：陈　晨	

出版发行：中国文联出版社
地　　址：北京市朝阳区农展馆南里 10 号，100125
电　　话：010-85923019（咨询）85923000（编务）85923020（邮购）
传　　真：010-85923000（总编室），010-85923020（发行部）
网　　址：http://www.clapnet.cn　　　　http://www.claplus.cn
E－mail：clap@clapnet.cn　　　　　　liuf@clapnet.cn
印　　刷：天津旭丰源印刷有限公司
装　　订：天津旭丰源印刷有限公司

本书如有破损、缺页、装订错误，请与本社联系调换

开　本：710×1000	1/16	
字　数：180 千字	印　张：22.5	
版　次：2020 年 7 月第 1 版	印　次：2023 年 4 月第 2 次印刷	
书　号：ISBN 978-7-5190-4315-5		
定　价：78.00 元		

散文的有所为

红 孩

身边越来越多的人喜爱写散文了。我曾经说，这是一个商业化写作时代，任何人都有写作的可能。人为什么选择写作，中心目的就是想一吐为快。因为，当下的生活太五光十色了，各种信息常把人的大脑塞得满满的。任何事物都如此，满则亏，同样，脑子里填的东西太多，脑子就会生病。想来脑子生病，也就是心里生病。我很赞成许多人选择各种方式去化解，如跳广场舞、集体唱歌、打麻将、斗地主等。当然，选择写作不失为是一种绝佳的方式。

关于写作的好处，很多人都写过，我无需再多说。至于写作的状态如何，如何写作，每个人的感受是不同的。大多数人认为写作很累，很熬人，甚至很伤人，我相信有一部分写作者确实是这样，但对我而言，就不是这样的。不管写什么文章，哪怕是给亲人写悼词，我都是快乐的。写作于我而言，无非就是敞开心扉，与读者进行一次交流。这世界上还有什么可以比与人交流的事更快乐的吗？

在文学创作诸多形式中，散文是最容易与读者交流的。我们在文学启蒙时，开始读的是诗，然后就是散文、小说。而我们在上学期间的文字锻炼，主要的手段就是写作文。作文是文学创作的原始状态，它更多的是被动的，是老师要求你必须写的，而且有时间、字数要求。而散文创作，则是作者自愿写的，是听从内心召唤的，没有人强迫你时间、字数，更没有人要求你必须写什么。所以，有无数人说，散文是最自由的。

很多作者常问我，何谓散文？好散文的标准是什么？我说，关于散文的概念有几十种，从来没有人能说清楚。关于散文的规律，肖云儒在二十世纪六十年代曾提出"形散神不散"，后来铁凝曾提出"散文的不可制作性"，以至贾平凹提出"大散文"之说。近些年，我一直鼓吹我的"小说是我说的世界，散文是说我的世界"，经过七八年的努力，这个理论越来越得到散文写作者的认同。对于好散文的标准，很多人也多少进行过总结，我的基本观点是：语言要平白朴素，文章要给人以文化思考的含量、知识信息的含量、情感思想

的含量，还要在艺术技巧、语言行文上有所创新。我知道，要做到我说的这几点，是很难的。其实，散文创作不必背着那么沉重的包袱。在这个世界上，没有人规定散文必须怎样写，只要你能写出你的风格来，就是成功。这也是我常对散文写作者说过的话。

河南荥阳市文联主席、女作家韩露是我的老朋友，以前她在《驻马店日报》编过文学副刊，应该跟我是同行。在第三届冰心散文奖评选中，我看到了她的参评作品，留下很深印象。后来在西安颁奖时我们见了面，通过交谈，我知道她不仅写散文，还写小说。当时，她正谋划一部长篇。我说，写长篇不同写散文，要做好写不下去的准备。对我的话，韩露只是点头默许，并不做出更多的反应。一年后，她将二十余万字的长篇小说《最后一位淑女》送给我，我才知道，这是一位非常用功极其有韧劲的女子。

一天，韩露打电话告诉我，她准备调郑州下边的荥阳市工作。我问她去什么单位，她说去文联。我说，从报社到文联，都是文化口，只要生活爱好需要，换个环境也是不错的选择。更何况，荥阳是个非常有名的历史文化名城。历史上许多重要的人物和事件都发生在荥阳。说不定你去了那个地方，会有很大的文学收获呢！

　　韩露到了荥阳文联，本以为能安心地写作，可一上任才发现，更多的工作是各种会议，她虽然偶尔也写，但总感觉力不从心，始终回不到从前的写作状态上。她为此很苦恼。我对她说，任何人写作都会遇到瓶颈，这其中有生活上的，也有情绪上的，实在没感觉，就停下来，多读书，积累生活。等创作的冲动来了，想不写都难。

　　我们每个人都有自己的家乡故乡，也常常因为工作生活的流动而有另一个家乡或故乡。无论家乡还是故乡，只要融入，总会有我们取之不尽的题材。韩露也不例外，她对荥阳融入很快，在她与我多次的电话交流里，她多次跟我讲到荥阳的历史文化，风土人情，仿佛她就是地道的荥阳人。韩露以前的散文我看的不少，尤其是生活写作，语言干净，注重细节的发掘提炼，读后总有让人心动的地方。我建议韩露能否针对荥阳写一部书。韩露说，以前有人写过一些。我说，什么人写，写过什么并不重要，重要的是你怎么写，写什么。多年的经验告诉我，散文写作一定要有所为有所不为。而要有所为，首先要知道什么有所不为，譬如常人已经知道的信息知识，已经用过的写作方法，已经感悟到的东西等等。那么，何谓有所为呢？就是让读者获得新鲜感的作品。这种新鲜感不是空洞的，它是具体的，包括题材、语言、技巧、表

现形式等等。

　　韩露是聪明的有内涵的女作家，我相信我的话她是有共鸣的。她的这本最新散文集《一缕一缕的阳光》，大致分写荥阳历史文化的、生活感悟的以及一部分评论随笔，这些作品放到一起，大致能代表她最近一段时间的生活和文化思考。至于其中的得与失，她自己，也包括读者一定能有不同的见解。我期待着人们对这本书的关注！

　　　　　　　　　　　2019 年 7 月 1 日　西坝河
　　　　　　　　　　（作者系中国散文学会常务副会长、
　　　　　　　　文化和旅游部《中国文化报》文学副刊主编）

目录

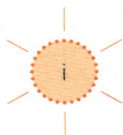

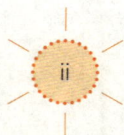

荥阳之行

荥阳堂

　　荥阳之名由济水而来。济水发源于济源市王屋山上的太乙池。至温县西北潜流地下，穿越黄河而不浑，南溢为荥，聚集成泽，称为荥泽。春秋战国时期，荥阳属韩，在荥泽以北筑城，名为荥阳。

　　堂，从土，尚声。"尚"有"高"义。也就是说，堂是高于一般房屋，用于祭祀神灵、祈求丰年的地方。《说文》段注："古曰堂，汉以后曰殿。古上下皆称堂，汉上下皆称殿。至唐以后，人臣无有称殿者矣。"

　　这里"荥阳堂"的"堂"，是堂号。

　　历史上的名门望族大多有本家族的"堂号"。高大宽敞的厅堂上，悬挂着书写"堂号"的匾额，每逢年节喜庆之日，还在门前挂起书写着"堂号"的大红灯笼。

　　堂号来源，一是以本姓祖上某一历史名人的典故事迹或趣闻佳话为堂号，比如孟姓的"三迁堂"，出自孟母三迁。赵姓的"半部堂"，出自北宋王朝开国宰相赵普"半部《论语》安天下"的典故。周姓的"爱莲堂"，出自北宋理学的开山鼻祖周敦颐的《爱莲说》。谢姓的"东山堂"，出自东晋著名政治家谢安的典故。谢安胸怀大志，腹有良谋，淡薄名利，曾经辞官隐居会稽东山，在国家危难的关头出任宰相。成语"东山再起"说的就是谢安。

二是以姓氏发祥祖地或以其声名显赫的郡望所在为堂号，亦称"郡号"或总堂号。

荥阳是郑氏始祖郑桓公亲自选定的"寄孥"之地，是郑氏二世祖郑武公东迁之后指挥灭虢、郐，使郑国走向兴旺和强大的发祥地。

郑桓公姬友是周厉王的少子，周宣王的同母弟弟。周宣王时封为郑伯，封地在咸林，其地在今陕西泾阳、礼泉二县境内。西周晚期，西北戎族强大起来，对镐京形成威胁。郑国的建立，为宗周的北方增加了一道屏障。由于郑是西周王朝晚期分封的诸侯国，所以不仅国土面积褊狭，而且生存条件恶劣。咸的意思就是全和都，咸林，顾名思义就是一个灌木丛生的林莽地带，要把这样一个地方开垦成农田，需要一些时日。还有抵御外侮入侵，国力显得很不足。所以国君姬

友经常忧心忡忡。

公元前774年（周幽王八年），姬友任王朝司徒，位列三公。很得朝中上下和东土人士的爱戴和拥护。姬友向太史伯请教郑国的强国之道。太史伯向他分析了当时的天下形势，提示他：早期的封国都有固定的疆土，且已垦殖多年，都相当富裕强大。这些封国，不是周王的亲属，就是周王的亲戚，或者是立过功勋的荆蛮夷狄，都是不能侵犯的。只有东方成周那个地方，还有一片畿辅之地，那里前华后河，右洛左济，地处险要，沃野千里，进可以经略中原，退可以据关扼守。附近虽有几个子男小国，都不成什么气候。如果您向他们求助，在那里先立下脚跟，倒不失为良策。

于是，姬友备下礼品，亲自向虢、郐两国国君求助，请求一个可以避难的地方，虢、郐两国国君慑于司徒的权势，同意把两国边境上一处殷商遗弃的亳城，作为郑国的"寄孥"地。

这个殷商时期的亳城，就是后来的京城。商朝灭亡后，周公旦在洛阳东，就是今天的偃师西部建了个成周城，把殷商奴隶主贵族都集中在那儿，类似于劳改吧。这样，这个亳城就空了下来。亳城当时在东虢，离郐国都城约30公里，离虢国都城25公里。

《汉书·地理志》记载："东虢在荥阳，西虢在雍州。"周武王灭商后，周文王的两个弟弟分别被周武王封为虢国国君，虢仲封东虢，虢叔封西虢，就是现在陕西宝鸡市东，两虢对周王室起着东西两面屏障的作用。

姬友刚把家眷安顿好，西周王室就发生了变乱；周幽王由于宠爱褒姒，废黜了太子宜臼，改立伯服为太子，激起申、缯等国反对，会同犬戎伐周。周幽王十一年，犬戎攻破西周都城镐京，追杀周幽王于骊山之下，桓公在护卫战中为国殉难，其子掘突袭位，这就是郑国第二代国君——郑武公。

按照周朝的礼制，王死之后要由王后的长子继位。姬宜臼的母亲是幽王的正室申后，宜臼虽然被废，但是追随他身边的诸侯还在。周幽王死后，宜臼受到申、晋、鲁、秦、郑等诸侯拥戴，在申继位。这就是历史上的周平王。

周平王虽然在申抢先继位，可是伯服的势力很强大，再加上都城镐京（今陕西西安西南）经犬戎侵袭，十分残破，就决定迁都王朝洛阳，把镐京一带给了在宝鸡逐渐强大起来的秦，让秦慢慢摆治伯服去吧。

郑武公是个肯动脑子的人，他见周平王把国都迁走了，就对周平王说，国都迁走了，祖庙还在，应该把国之重器也一起迁走，他愿意为王搬运这些钟鼎礼器。公元前 770 年，

郑武公借搬运这些重器的机会，把郑国的人民陆续迁到京城一带并乘机灭掉虢、郐两国，后来又相继把周边的八邑地也纳入郑国版图。国家建设得需要人才呀，他就又以司徒的职权，解放了拘禁在成周二百余年的殷商遗民，允许他们走出成周城自由生产，自由贸易，并与他们歃血为盟：你不要背叛我，我也不要强买你的东西，不要祈求，不要掠夺。

这是多么感动人的场面啊！这些眼睛里饱含热泪的殷商遗民，如制造弓弦的弦氏，制造照明用品的烛氏，制造大绳的索氏等都随郑武公东迁。后来出现的弦高犒秦师、烛之武退秦师这些智勇的爱国故事，谁能说和释放商奴和盟誓没有关系呢？

臣民迁来了，得解决粮食的问题呀，荥泽、圃田泽周边有许多滩涂和大片荒地，这些滩涂土质肥沃，易于开发，且开发当年就会有好的收成。郑武公就率领臣民开发了沿河、济一带的滩涂泽薮，完成了"武公之略"。

郑国的崛起，引起了临近的卫、晋等老牌诸侯国的嫉妒，纷纷到周平王那儿恶意中伤郑国，周平王这个人本来疑心就重，这些诸侯国君又一顿七嘴八舌乱说，他便以"东周门户"为借口，把郑国刚从东虢夺取过来的虎牢，攫为王朝所有，京城失去屏障，于是，又在郐国故地，筹建新都，就是今天

新密交流寨一带。至此，武公继承父志取虢郐十邑之地，"前华后河，右洛左济，主芣、騩而食溱、洧"的雄图大略基本实现。公元前744年，在位27年的郑武公薨于京城。

郑国从郑武公开始，不仅把最初的国都定在了荥阳的京城，而且奠定了郑国雄厚的经济基础和政治基础，因此，特别受到后人的尊重，遂用带"武"的地名来纪念郑武公，广武、原武、阳武、武德、武陟，这些带"武"字的古县名当时都在黄河南岸的广武山周围，就是为纪念武公的盖世功德而得名的。

郑武公去世后，传位于世子寤生，寤生继位于新都。他的母亲武姜和弟弟共叔段留在了京城。

这样，郑氏迁到中原以京城为都前后算起来，共有27年的时间。这27年，是郑氏披荆斩棘艰苦创业的27年，正是在以京城为都的这27年时间里，郑氏励精图治，蓄积力量，奠定了郑氏在中原的397年王业。

郑国于公元前375年被韩灭之后，郑国的贵族在灭国以后以国为姓，分散于陈、宋等国，这些地方已经被楚国所统辖，韩国势力达不到，灭国的郑人只有满含着悲愤去那里寻求庇护了。

经过秦汉，南北朝，中原地区的部分郑姓先后迁入江淮、

黄淮等地区。

据荥阳郑氏研究会编著的《历代郑氏名人传略》记载，汉时，郑桓公二十七世孙郑奇任河南太守，所属梁、巩、邓、荥等二十一城，他游历了郑桓公东迁的第一首都京城，考察了由郑武公释放的商民建立的大索城、小索城……对祖地深为怀念，便把"郑姓举族迁回荥阳"。

北魏隋唐时期，荥阳郑氏公侯接武，成为连荣不衰的阀阅世家。文学家郑羲，是北魏孝文帝的中书令，即宰相，他的儿子郑道昭的书法，被时人称为北朝书圣，为了区别王羲之体，称之为"南朝王羲之，北朝郑道昭"。

唐代荥阳郑氏在政坛上影响很大，仅宰相级的高级官员就有11位之多，其他各级官员则为数更多，出过六位状元，八位驸马，出现过一朝双宰相，父子三宰相，当时人称荥阳郑氏"上殿半朝郑，下殿满床笏"。由于荥阳郑氏是一个文化大族，家族成员中有所成就的不在少数，一代通儒，杜甫称赞"才过屈原"的大文学家、书画家郑虔的诗、书、画被唐玄宗誉为"三绝"。现在《新唐书·艺文志》中还能看到不少荥阳郑氏家族成员所作书籍的名称。可惜这些书籍大部分都已经失传了。

唐代门阀世族北方有清河博陵二崔、范阳卢氏、太原王氏、荥阳郑氏、赵郡李氏、陇西李氏、渤海高氏等。宋代以后士族阶层虽然整体衰落了，但"荥阳郑氏"的叫法仍然延续到现在。

郑氏迁居海外，始于清朝，泰国、菲律宾、印尼、马来西亚、日本、韩国、加拿大、美国等国家都有郑氏分布。在2010年的上海世博会上，马来西亚国家馆城市人文文化展示区就展示了带有"荥阳"俩字的大照片。这里的"荥阳"，代表的就是一个堂号。照片是旧时一家六口人在"荥阳"堂号前的庄重合影，六口人身着清时期的袍褂，身后是"金玉满堂"的楹联和雕花精美的屏风。

值得一提的是，荥阳古郡不仅是郑氏的发祥地，另外还是潘、毛、段等姓氏的发源地，这些姓氏的后裔，分布在世界各地，因此，"荥阳堂"也遍布世界各地。

荥阳堂

荥阳堂

京　城

京城在荥阳市区东南十五公里的京襄城村。实际上，这个村只占据了京城南部的一部分，在京城的西南面，还有一个村叫城角村，北面还分别散布着红沟村、赵家峒和朱峒，城外西北角还有一个叫王寨的自然村。

京城准确的叫法，应该是郑国京城。这个城是殷商时期的一个亳。

商城名"亳"，周都称"京"，诸侯国都叫"城"。《左传》襄公十一年记："秋七月己未，同盟于亳城北"；《公羊》和《谷梁》两传均作"同盟于京城北"。同一个时间、地点发生的同一件事情，为什么记载不同呢？

"京"和"亳"二字在古文字中，字形和字义都很相近，另外在古文献里还有通用的例子。朱骏声《说文通训定声》在"亳"字下解释说："又为京"。

西周末年，周王室衰败，国都镐京不断遭到犬戎的进攻，处在京畿附近的郑国，生存遇到极大威胁。为谋求安全，国君郑桓公就向太史伯请教自保的办法。太史伯建议他"寄孥"于"前华后河，右洛左济的虢、郐之间"。

郑桓公是周宣王的同胞弟弟，是周幽王的亲叔叔，他采纳了太史伯阳父的建议，将家眷和重要财产从咸林迁至虢、郐之间的亳城。

郑桓公将家眷迁到京城后不久，犬戎联军攻破西周都城镐京，追杀周幽王于骊山之下，桓公在保卫战中为国殉难，其子掘突袭位，这就是郑国第二代国君郑武公。

郑武公是一个具有雄才大略的国君，他借送周平王东迁之际，把郑国的国民陆续迁到京城一带。迁都两年，郑武公灭郐，四年灭虢。

虢、郐灭了之后，京城周边的邬、蔽、补、丹、依、历、华等这些依附大国的子男小国都被迫归到了郑国的麾下。

这时期的郑国，已经在"武公之略"的指引下逐渐成为一个强国。郑国的崛起，引起了周平王的猜疑，他以"东周门户"为借口，把虎牢关攫为王朝所有。京城失去屏障也就失去了安全，无奈，郑武公只有在郐国故地溱洧河畔筹建新都，就是今天新密市古郑城遗址。

八岁的寤生，继承他父亲郑武公成为郑国第二代国君去新都继位了。他的母亲武姜和六岁的弟弟共叔段留在了京城。

《左传》《郑伯克段于鄢》的故事说，因为生庄公时，武姜是倒生难产，所以很讨厌他。武姜偏爱共叔段，想立共叔段为世子，多次向武公请求，武公都没有答应。到庄公即位的时候，武姜便请求封给大叔京邑，庄公答应了，让他住在那里，称他为京城大叔。叔段到京城后招兵买马，修治城郭，聚集百姓，修整盔甲武器，准备造反。郑庄公二十三年，也就是公元前 722 年，叔段准备好兵马战车，将要偷袭郑国。武姜打算开城门作内应。郑庄公知道后，命令子封率领车二百乘，去讨伐京邑。京邑的人民背叛共叔段，共叔段于是逃到鄢城。庄公又追到鄢城讨伐他。五月二十三日，共叔段逃到共国。

叔段少年英俊，通六艺，喜欢武功，礼贤下士，很得京城人民拥戴。从《诗经》中的《叔于田》《大叔于田》等对叔段的赞美之词中，我们可以看到他当年英俊勇武的英雄风度。

叔于田，巷无居人。岂无居人？不如叔也，洵美且仁！
叔于狩，巷无饮酒。岂无饮酒？不如叔也，洵美且好！

叔适野，巷无服马。岂无服马？不如叔也，洵美且武！

——《诗经·郑风·叔于田》

叔于田，乘乘马。执辔如组，两骖如舞。叔在薮，火烈具举。襢裼暴虎，献于公所。将叔无狃，戒其伤女。

叔于田，乘乘黄。两服上襄，两骖雁行。叔在薮，火烈具扬。叔善射忌，又良御忌，抑磬控忌，抑纵送忌。

叔于田，乘乘鸨。两服齐首，两骖如手。叔在薮，火烈具阜。叔马慢忌，叔发罕忌，抑释掤忌，抑鬯弓忌。

——《诗经·郑风·大叔于田》

大叔打猎去了，巷子里便没有人了。难道是真的没有人了吗？是巷里的人都不如他啊，那么漂亮那么仁厚。

打猎的情景之所以值得夸赞，是因为田猎和打仗基本相似。一个优秀的将帅必须懂得驾驶战车，所以诗以三叹三咏的夸张手法，把共叔段的美写到了极致，可见他在国人的心中是独一无二的。

那么多的美集于一身的共叔段，那么受敬仰的叔段，京邑的人民怎么就背叛了他呢？

具有鲜明的政治与道德倾向的《左传》，已经让事情变得扑朔迷离。

　　《左传》接着讲到，从此武姜对庄公更加气恨，要和他断绝母子关系。庄公对母亲也很恼火，就把武姜安置在城颍，并且发誓说："不到黄泉，不再见面！"过了些时候，庄公又后悔了。有个叫颍考叔的，是颍谷管理疆界的官吏，听到这件事，有意和解他们母子关系，就把贡品献给郑庄公。庄公赐给他饭食。颍考叔在吃饭的时候，把肉留着。庄公问他为什么这样。颍考叔答道："小人有个老娘，我吃的东西她都尝过，只是从未尝过君王的肉羹，请让我带回去送给她吃。"庄公说："你有个老娘可以孝敬，唉，唯独我就没有！"颍考叔说："请问您这是什么意思？"庄公把原因告诉了他，还告诉他后悔的心情。颍考叔答道："您有什么担心的！只要挖一条地道，挖出了泉水，从地道中相见，谁还说您违背了誓言呢？"庄公依了他的话。庄公走进地道去见武姜，赋诗道："大隧之中相见啊，多么和乐相得啊！"武姜走出地道，赋诗道："大隧之外相见啊，多么舒畅快乐啊！"从此，他们恢复了从前的母子关系。

　　《左传》原名《左氏春秋》，简称《左传》。起自鲁隐公元年（前722年），迄于鲁悼公十四年（前453年），以《春秋》为本，通过记述春秋时期的具体史实来说明《春秋》的纲目，是儒家重要经典之一。

《左传》虽不是文学著作，但许多头绪纷杂、变化多端的历史大事件，都处理得有条不紊，繁而不乱。其中关于战争的描写，尤其出色，将每一场战役都放在大国争霸的背景下展开，对于战争的远因近因，各国关系的组合变化，战前策划，交锋过程，战争影响等叙述得简练而不乏文采，且注重故事的生动有趣，常常以细致生动的情节，表现人物的形象。《左传》对后世的《战国策》《史记》的写作风格产生很大影响，中国文史结合确立编年体史书的传统就是从《左传》开始形成的，清代刘大櫆在《论文偶记》中称赞它"情韵并美，文采照耀"。

　　就是因为它浓厚的文学色彩，我担心在那些文采斐然的记事记言背后是否存在着臆断或是虚构。

　　《郑风》中《缁衣》诗的作者是武姜，她以第一人称歌颂郑武公如何礼贤尊贤，孔子曾说，"于《缁衣》见好贤之至"。郑武公去世之后，武姜带着俩幼子，八岁的郑庄公和六岁的共叔段，继续郑武公殚精竭虑未竟的事业，开发滩涂，解决郑国人民的吃饭问题，二十多年才使郑国经济好转，国富民强，才有了郑庄公的"春秋小霸"。

　　这样一位有胆识有才能的女子，怎么会因为难产而不爱自己的儿子呢？

　　用文字记载历史，究竟怎样记述才好，一直是史学家争议的问题，对于《左传》和《史记》的体例，也是一直存在着争议。历史是由人物、事件、时间、地点、环境等关系制约构成，又是由原因、发生、发展、结果等次序的先后做主干，只有在这些条件的范围内，安排怎样去记述才接近真实。至于人家是怎么思考的，俩人是怎么商量的，就有些主观臆断，就太文学化了。

　　还是接着说京城吧。周襄王十六年，周发生了"叔带之乱"，周襄王逃到郑国，郑文公迎王居此城，由于周襄王在京城内短期居住过，所以京城又称襄城。

　　公元前 423 年，郑韩两国交兵，郑国都城新郑被韩武子攻破，郑幽公被杀，郑幽公的弟弟骀被立为繻公。公元前 408 年，韩景侯兴兵伐郑，郑繻公又把都城迁到京城，这便是历史上的郑"城京"。郑繻公迁都之后，连败韩军，不但收复许多失地，还兵围韩国首邑阳翟，就是今天的禹州。可惜，郑国内部闹内讧，郑繻公杀其相郑子阳，两年后子阳之党又弑繻公。

　　汉高祖二年，设置京县，京县的县域大致包括现在的荥阳南部、郑州的管城区以及现在属于新郑的梅山。京县的县城就设在京城。由于郑京城很大，根据现存的城墙遗址测

算，当时的京城东西宽 1425 米，南北长 1775 米，面积有三平方公里，不合法度，就在城中间东西修了条城墙，把郑京城缩小了一半，北面是京县县城，南面就是城外了。现在的城址中间还残存着京县的残墙墩儿，把一座本来是长方形的城池分割成了"曰"字形状。

早年去京襄城村，举目皆是古墓砖，房基、厕所、猪圈都是墓砖垒起来的。站在村中街巷一望，让人感到处处都像是亘古的壁画，树木花草、禽兽鱼虫，莫不栩栩如生、典雅别致。村中有一位收藏家张明鉴先生，他收藏的这些汉砖古物多达千余种，并自办了一个"京襄城博古斋"。我有一个朋友老家是京襄城村的，谈到京襄城的汉砖，他说这有什么稀罕，他家院里的吃饭台就是汉砖砌的。

在写这篇文章的时候，我去拜访老家是京襄城村的八十多岁的张明申老先生。张先生早年在一所学校教地理和历史，从 1982 年荥阳成立县地名办公室调他过去，到 1990 年离休后，由于爱好，他始终没有放弃这方面的研究工作。

老先生的腿已经不大好使了，思路却很清晰，嗓门也洪亮，他说："在京襄城村流传着一句话，活人没有死人多。"

张先生这样说，是因为此前在京襄城内及城外发现过大量周代和汉代墓葬。周代的墓大都在京城外，汉代的墓一般

都在京县城外。

有汉墓必然有汉砖，因为汉墓都是用砖四周垒砌上面架起个字形的墓顶。这从出土的三角形和四方柱子形状的汉砖中就可以证明。

京襄城村不仅汉砖出名，更出名的是在这里发现了东汉名碑——韩仁铭碑。韩仁铭碑全称是《汉循吏故闻熹长韩仁铭》。刻立于东汉熹平五年，距今虽然已经一千八百多年，但那"清劲秀逸，无一笔尘俗气"的隶书字体仍然风骨犹在，神采奕然。

北齐天宝七年，取消京县，并入荥阳县。由于政治、经济的转移，京城地位开始逐渐衰落。这时候人们又想起周襄王曾在京城内居住过，因为毕竟是王曾经居住过的城池，所以又开始称此城为襄城。

现在有文章说清朝时合京、襄二字称"京襄城"，但目前没有任何资料证明这个说法。倒是张明申老先生说京襄城村的洪佛寺庙碑上就有"京襄城"这三个字。洪佛寺建于北魏孝文帝时期，孝文帝元宏笃信佛教，曾令各州县都建佛寺，京县就建了洪佛寺和洞林寺。洪佛寺在京县城内，洞林寺在离京襄城约有十公里的寺河村。洪佛寺的庙碑是明嘉靖七年重修时留下的。

目前京襄城内除了六个自然村外，还保留下来不少祖先活动的遗址和传说。沿"曰"字型古城的横城墙东行，一条与城墙呈垂直型的荒沟就呈现在眼前，这条沟，就是郑庄公与母亲武姜"掘地黄泉相见"的"阴司涧沟"。在阴司涧沟沿旁边，是"二十四孝"中的"焦花女哭麦"的麦田。这片麦田没有传说中那么神奇，却年年都比其他麦子早熟。

当年的古城，现在只剩下高高低低长短不一的九段城墙了，其中以东南城角、西墙中段最为高大，东北角一带最为完整。墙垣残高一至十米不等，墙基宽约40米，然而墙头却颇有些山峰的味道了。

张明申老先生说他小的时候墙头还有两米多宽，因为荥阳的煤都是面煤，烧的时候得掺土和成泥烧，所以京襄城内外的几个村里都到那儿取土，说那儿的土黏，烧火旺。新中国成立初期，附近一个村里办砖窑厂，专门贴出告示："城土做砖特别结实。"还有传言，盖房子用城土打地基能出官出朝廷。再一个农民惜地、犁地的时候犁总是往城墙上偏，墙基一空，时间不长，这一堵儿墙就掉下来了。

1986年，京城遗址被河南省人民政府公布为第二批重点文物保护单位，2004年的首届中国郑氏文化节期间，有三千多位来自海内外的郑氏子孙前往京城遗址参观。

　　2008 年，荥阳市政府在西墙遗址处建了个京襄城公园，栽植了花木，用石头铺了路。那些远望状如驼队的古城墙横亘在青葱的田地中间，仍在经历着风霜雨雪。土黄的古城墙夯土层纹理清晰，深深的夯窝诉说着漫漫岁月的沧桑。就中最让我有沧海桑田之感的，还是城墙上疯长着的杂木和野草，其中有棵榆树有一把粗了吧，一把粗的榆树要扎多少根多长的根我不知道，但我知道这些像刀子一样的根起着尖劈作用，对城墙的破坏只能是加速度。

　　城墙外有护城壕，东护城壕和南护城壕是利用京水上游的自然河道作天然屏障，现在虽然河水早已干涸，但城墙保存还是比较完好。站在宽阔峻深的护城壕岸边，遥望那些断壁残垣，依然可以感觉到京城当年那巍峨险峻的气势。

虎牢关那片区域

历史上的虎牢关在荥阳市汜水镇大伾山的沟壑峰峦之上，成皋古城的东侧。成皋城是和荥阳城齐名的历史名城。成皋城、竹芦渡、牛口峪共同成就了虎牢关的古战场之名。

据《水经注·河水》记载，周穆王姬满在圃田泽打猎，命随从掠林惊兽时，忽然看到有老虎在芦苇丛中游荡，"天子将至，七萃之士高奔戎生捕虎而献之天子，命之为柙，畜之东虢，是曰虎牢矣。然则虎牢之名，自此始也。秦以为关，汉乃县之"。

在周穆王"柙虎"于此之前，这里是周武王之弟虢仲的封地，史称东虢。因"柙虎"于此，方有"虎牢"之说。

这里春秋时期曾筑虎牢城，秦统一天下后置虎牢关，汉置成皋县后，虎牢关亦改为成皋关。随着朝代更替，虎牢关之名，也是屡有变化。魏、晋为黄马关，公元 598 年隋朝改成皋县为汜水县，虎牢关又称汜水关。唐代避高祖李渊祖父讳，亦改虎为武，称虎牢关为武牢关；北宋大中祥符四年，真宗以虎牢关为"玉关之枢会""鼎邑之要冲"，诏改为行庆关；明洪武四年改虎牢关为古崤关；明晚期至清复为虎牢关，现在的虎牢关是明清以来的虎牢关口。

虽然关口名字随着朝代的变化不断更迭，但虎牢关的位置大致就在"虎牢"之地，而作为一个地理概念，"虎牢"的范围涵盖汜水镇一带广泛的地区。

虎牢关山岭交错，地势险要，有"锁天中枢、三秦咽喉"之称，由于是西进东出的必由之路，所以历来是帝王兵家必争之地。史书记载：虎牢关壁立千仞，南连嵩岳，北临黄河，唯有西南一深壑幽谷通往洛阳，有"一夫当关，万夫莫开"之势，是东都洛阳的门户。由于地扼要冲，历史上许多军事活动均发生在这里。

《国语·周语》记载"商之兴也，梼杌次于丕山"。商作为诸侯国，最开始建都是在商丘，经过多次迁徙，到高祖成汤的时候他把都城迁到了南亳，就是今天的郑州。这个南亳，是相对于成汤灭了夏朝，正式建立商朝第一个首都西亳而言的，西亳在今天河南洛阳偃师西。

那么为什么说"商兴于丕"呢？我认为是因为发生在公

元前大约 1600 年那场著名的鸣条之战。

此战是中国历史上第一场以暴力形式推翻没落王朝的战争，也是影响中国的 100 场战役之一。鸣条在何处，一说是在今河南省洛阳市附近，一说是在今山西省运城市夏县之西。我认为鸣条应该在洛阳东边的伾山一带，我对这一点确信无疑。

纵观商朝历史，从商作为诸侯受封，阏伯契建都商丘到"商汤革命"，商朝九次迁都，没有一次提到丕，那么对于"商兴于丕"的解释就只能是那场商汤灭亡夏朝的战争，是在伾山一带打的，也就是今天荥阳西北成皋城一带。这一带虽然有"一夫当关，万夫莫开"之险，但对于一个诛杀重臣、众叛亲离被民众诅咒的王朝来说，还有什么险可言。

商在这里打败了夏桀的军队，这里是夏桀的东方门户，夏桀军队失败，门户洞开，商汤率军直指伊洛，推翻了夏的统治。

春秋鲁隐公五年，公元前 718 年，郑国在北制，就是虎牢关，与卫国打了春秋数场著名战役中的第一场，北制之战。

中原大国中首先崛起的郑国，积极向外扩张，出兵进攻临近的卫国。卫国急忙调遣属国南燕的军队抗击郑国的进攻。郑军北上，还未出国门就遇到了南燕军队。郑庄公派祭足、

原繁、泄驾率领三支军队从正面逼近燕军，吸引其注意力，另派公子曼伯、子元偷偷地迂回到燕军的侧后北制。燕军不了解郑军的意图和部署，认为北制地形险要，放松了戒备，仍按传统正面进攻战法，专注正面之敌。六月，曼伯、子元乘燕军不备，突然从背后发起进攻，大败燕军。

这场战役，是史书上首次记载迂回袭敌取胜的战例，一直是后世用兵的鉴戒。

公元前571年，晋国称霸，晋悼王用孟献子"请城虎牢以逼郑"之计，率诸侯联军在虎牢大规模修城以威胁郑国，并向郑国腹地延伸阵地。公元前564年，晋国率领诸侯联军自虎牢出发攻郑，一度围住郑国国都三座城门。

战国时期，苏秦说服六国合纵抗秦，挂齐、楚、燕、韩、赵、魏六国相印，驻兵虎牢关和秦国对抗。

在虎牢关这片区域，历史上著名的战争有数十起，最有名的莫过于刘邦与项羽的成皋之战和李世民与窦建德的武牢之战。

成皋之战，始于汉高帝二年，公元前205年五月，迄于汉高帝四年，公元前203年八月，前后历时两年零四个月。双方共投入百万以上兵力。它是西楚霸王项羽和汉王刘邦围绕战略要地成皋而展开的一场决定汉楚兴亡的持久争夺战。

在这场战争中，刘邦及其谋臣武将注意政治、军事、经济多方面的配合，将正面相持、翼侧迂回和敌后骚扰等策略加以巧妙运用，调动、疲惫、削弱直至战胜强敌项羽，从而成为中国古代战争史上以弱胜强的又一成功典范。

刘邦的胜利就在于认识到夺下并守着成皋的意义。最初，刘邦、项羽在荥阳形成对峙，刘邦处于弱势地位，被困于荥阳城中，粮道被项羽主力切断，无奈只得让大将纪信扮作自己诈降，而他则逃进成皋城，又从成皋渡河北上修武。夺韩信兵权后，再渡河夺取成皋，通过激将法激出项羽大将曹咎出城大战，从而夺得成皋城，从此一直占领成皋城与项羽周旋。

武牢之战，是李世民写在中国军事史上的传奇，是李世民以三千铁骑败敌十万大军，迫使盘踞洛阳的王世充投降唐朝，奠定了唐朝统一天下的根基。

隋朝末年，由于隋炀帝的昏庸残暴，农民起义的烽火已燃遍全国，大河南北、江淮内外的农民军以摧枯拉朽之势，猛烈地冲击着隋朝的统治基础。太原留守李渊乘机起兵，进取关中，建立大唐政权，李渊为皇帝，他的儿子李世民被封为秦王。

公元 620 年七月，为统一全国，李世民亲率大军自关中

出发，进攻盘踞洛阳自号为"郑"帝的王世充。

王世充依托洛阳坚固的城垣与李世民的军队相峙数月。李世民久攻不下，就把洛阳重重包围了起来。时间一长，城中就断了粮食，洛阳城中居民三万户活下的只剩下不到三千户，面对异常严峻的形势。不想坐以待毙的王世充想到了在河北称"夏"帝的窦建德，就向窦建德求救。

窦建德刚打了胜仗，正志得意满，他分析了天下形势，认为先救王世充洛阳之围打败李世民，再消灭王世充等其他武装力量，天下就是自己的了！于是，亲率十万大军一路攻陷管城，今天的郑州，推进到牛口，今天荥阳牛口峪。当时窦建德刚消灭了另一镇起义军，士气正盛，所以自认为志在必得。李世民手下的谋臣武将都认为唐军腹背受敌，提出退守暂避敌锋的建议。可李世民认为，王世充已是秋后的蚂蚱，不足为虑，而窦建德恃骄躁之兵而来，我们如果利用虎牢这个要塞与窦建德打消耗战，急于求战的窦军必然为我所破。但如果我们退避或是行动不迅速，让窦建德占领了虎牢，与王世充形成合力，就很难再消灭之了。

李世民的父亲李渊曾任郑州刺史，公元581年，隋文帝杨坚建立隋朝后，将北周时的荥州改为郑州，治所就设在虎牢关，直到唐太宗贞观七年，郑州州府治所才从虎牢关移到

管城，李世民自幼随父亲在虎牢关生活，对虎牢关及其一带的地理形势太熟悉了。

正是他了解虎牢关在战争中的重要性，他才敢留下李元吉等继续围攻洛阳，自己只带领三千五百人迅速占据虎牢关，迎战窦建德的十万大军。为了试探窦建德军队的虚实，他率领几员爱将偷偷摸到窦军营前百步的地方，大喊"我是秦王李世民"！窦军没有想到李世民会这样大胆，毫无防备，仓猝应战，李世民斩杀数人，一溜烟退回营中，从此闭城不出。

由于唐军闭城不出，虎牢又是居高临下的天险，窦建德的大军在虎牢关下逡巡数月找不到唐军主力，又不敢贸然进攻，急得窦建德无计可施。

这时，李世民悄悄派出一支部队绕到窦军主力背后，截断了窦军运送粮草的通道。

眼看几个月过去毫无成果，窦建德的部下和他聪明智慧的夫人曹氏劝窦建德撤兵。窦建德大军在手，又讲"义气"，不管别人怎样劝，他都听不进去。

李世民感到时机已经成熟：洛阳的王世充快撑不住了，窦军的锐气快完了。这时，他放出一个烟幕弹——牧马黄河北岸。

虎牢关北即为黄河，黄河北岸滩涂水草丰美，他让兵士将一批战马弄到黄河北岸放牧，故意让窦建德能够看到。窦建德见唐军已牧马河北，断定唐军已无粮草，遂向唐军发动了最后进攻。

窦建德的军队在汜水东岸摆开阵势，战阵绵延二十余里。十万大军全线推进，那场面令唐军诸将很恐惧，李世民仔细观察了对方的情况，吩咐手下闭门不战。李世民镇静自若，他带诸将来到高处观看敌人动向，对诸将说："夏军从来没遇到过真正强大的对手，所以非常轻视我们，列阵喧嚣，是纪律松散的表现。我军按兵不动，时间一长他们的士气就会低落下来。等他们士兵饥疲交困后退之时，我军追而击之，必然大获全胜。我和大家打个赌，一定会在午后打败夏军。"

当时已是五月，天气很热，窦军鼓噪一上午未见唐军一兵一卒，自然是非常泄气和失望。时已正午，窦军口干舌燥，疲惫不堪，有的躺在地上休息，有的争着到河里喝水。李世民看战机已成熟，一声令下，亲率虎狼之师风卷残云一般渡过汜水直扑敌阵。

夏军来不及重新布阵就被冲垮，李世民、程咬金、秦叔宝等人挥着"秦"字大旗左突右冲，如入无人之境，窦军一看前后均是李世民的军队，纷纷投降。这一战，杀死三千多人，俘虏五万多人，生擒夏王窦建德。

大势已去的王世充只有放弃抵抗，献上了洛阳。

武牢之战是决定唐王朝命运的一场决战，是中国历史上以少胜多的著名战例，也是围点打援的著名战例，在中国战争史上有着重要的地位。虎牢关之役，李世民将智谋、勇猛、耐心、果断等各种统帅才能发挥到了极致，一战而擒两王，威震天下。

时年李世民二十四岁。大唐秦王李世民十八岁起兵反隋，二十四岁平定天下，二十九岁登基称帝。

李世民当上皇帝后，下令将武牢之战双方战死沙场的将士尸骨集体掩埋，因为时隔五年，那些被丢弃在荒郊野外的遗骸早已分不清敌我，并在武牢之战的主战场上建一寺院，命名为等慈寺，以超度双方死者的亡灵。命开国重臣、大学问家颜师古撰文书写《大唐皇帝等慈寺之碑》，记述武牢之战的经过，刻立于等慈寺中。

李世民这样做，反映了一个帝王的恻隐之心，也算是仁慈之念吧！但对于人民来说，没有战争才是最大的仁慈。

建安十六年，曹植随曹操西征马超，路过洛阳，会见好友应氏兄弟，恰逢应氏兄弟因洛阳荒芜准备出游北往，曹植故作赠诗二首，其中第一首是：

步登北邙坂，遥望洛阳山。

洛阳何寂寞，宫室尽烧焚。

垣墙皆顿擗，荆棘上参天。

不见旧耆老，但睹新少年。

侧足无行径，荒畴不复田。

游子久不归，不识陌与阡。

中野何萧条，千里无人烟。

念我平生亲，气结不能言。

这首诗真实地描绘了洛阳遭董卓之乱以后的荒凉景象，因距洛阳被焚 21 年，所以有垣墙顿擗、荆棘参天的景象。物象是时代的折光，这种荒芜残破的景象正反映了建安这个时代长期战乱频仍、饥馑兵燹、生灵涂炭的社会现实。

物既如此，人何以堪。为什么昔日的老人销声匿迹？因为他们或葬身于战场，或服役在边防，或流落在他乡，是频繁的战乱才导演出这凄惨的悲剧。荒废了的土地不再有农夫来耕种，国都城外的路上都因长满荆棘行人只能侧着身子才能通过，被生活逼迫长期在外的游子就是归来，在荒田荆棘中恐怕也分不清东西南北而迷路了。

"中野何萧条，千里无人烟"是诗人的嗟叹：田野中是

多么萧条冷落，千里内外人烟灭绝。这两句与曹操的《蒿里行》"白骨露于野，千里无鸡鸣。生民百遗一，念之断人肠"，王粲的《七哀》之一"出门无所见，白骨蔽平原"同调合拍，既是夸张，也是对当时社会生活的高度概括。

这些诗，是可以帮助我们这些生活在和平年代的人们理解，为什么数千具尸体能被丢弃在荒郊野外五年之久而无人问津。

需要说明的是，李世民凭借的此虎牢要塞，已经不是彼虎牢要塞了。

公元 422 年，南朝刘宋的毛德祖为司州刺史镇守虎牢，北魏的奚斤率军攻虎牢，双方攻守二百余日，曾互挖地道攻击对方。尤其是奚斤，一边挖地道破坏城中的水井，一边派兵阻止毛德祖的士兵到河中取水。毛德祖身不卸甲，夜不得眠，熬得眼中生蛆。最后，虎牢被攻破，毛德祖全军覆没。

北魏泰常年间，虎牢曾为东晋的北豫州治所，由于奚斤和毛德祖曾挖地道攻击对方，黄河大水时冲灌地道，长时间浸泡，山体大面积滑坡，山上的虎牢城大部分坍塌。北魏太平真君八年，公元 447 年，豫州刺史放弃虎牢，移至大栅坞，就是今天的荥阳老城。

虎牢城虽然沦于黄河了，但这里仍然是西进东出的必经

之路和关口，虎牢关作为一个关口名称被保留了下来。

抗金英雄岳飞打败金国名将金兀术则是在虎牢关东部的一个渡口，竹芦渡。

靖康二年，1127 年四月，金灭北宋。五月，康王赵构在南京，今河南商丘南即帝位，是为高宗，年号建炎，史称南宋。六月，宋廷根据李纲建议，以抗金名将宗泽为东京留守。宗泽到任后，募兵选将，积极联络河南、河北、陕西等地义军，实行统一指挥。在东京周围以及黄河沿岸州县修筑连珠寨，互为应援，加强黄河沿线和东京的防御。正当宗泽决计保卫东京时，高宗担心京城难以固守，迁都扬州。

金太宗乘南宋迁都动荡之机，分兵三路攻宋。十二月初八，金左副元帅完颜宗翰率中路军击溃河阳，今河南孟县南边的宋军，南渡黄河，准备攻占虎牢关后，引兵东进，欲与东路右副元帅完颜宗辅部会攻东京。宗泽得知金军动向，为稳固东京外围防线，遣统制官刘衍和刘达各率兵二万、战车290 辆，分赴滑州、郑州保护河梁，以待大军北渡，并让岳飞前去迎敌。

岳飞领兵赶往虎牢关，恰在虎牢关东南汜水河边与金兵相遇。两军初次接触，混战一场，便各自安营扎寨，准备决战。岳飞仅带 500 兵马，而金兵声势浩大，看样子要十倍于

其。敌众我寡，不能逞匹夫之勇，必须施计方能取胜。于是，岳飞在双方营地不远处的渡口——竹芦渡，暗集柴草，设下埋伏。然后，派精锐兵渡汜水骚扰敌人。

金兵本来见岳飞兵少，就有些轻敌，黑夜间竟被这样打上门来挑衅，是可忍孰不可忍，便立即点齐人马向偷袭的宋兵掩杀过去。哪知刚渡过汜水，身后一阵鼓响，整个竹芦渡立刻火光冲天，杀声四起，金兵以为岳飞的援军到了，吓得魂飞魄散，惊慌失措，人人只顾逃命。岳飞乘势追杀，把金兀术打得丢盔卸甲，抱头鼠窜。

金兀术是金朝名将，开国功臣，太祖完颜阿骨打第四子，名完颜宗弼。这可是个有勇有谋，能征善射的人物。完颜宗望追击辽天祚帝于鸳鸯泊，今河北张北安固里淖时他就随军征战。天会三年，1125年他又随军攻宋，克汤阴，攻东京。六年，率军攻山东，击败宋军数万，连克青州、临朐等地城。七年，率军攻宋，频频击败宋军。此后，一直是金国主攻派的代表，并领导了多次南侵，迫宋称臣。

这一场竹芦渡战斗，不仅让竹芦渡青史留名，也让26岁的岳飞驻兵的营地留下"岳阵图"之名。为了纪念这场战役，后人把金兀术驻兵之地，称之为"兀术沟"。

经过数百年的历史沧桑，今天在荥阳的汜水镇东南一公

里处，我们可以看到一个叫梧竹沟村的村落；在城西南三公里处，我们可以看到一个叫岳陈图村的村落。

大约是虎牢关的名气太大的缘故吧，罗贯中在《三国演义》中写了一个三英战吕布的故事。因为《三国演义》的影响，人们记住了虚构的三英战吕布，却很少知道虎牢关过往的辉煌，很少知道成皋城的存在及那些真实的历史战争。

至今，这一故事的影响犹在，三英的英勇事迹逾千年而不灭，吕布城、跑马岭、饮马沟、绊马索、张飞寨、三义庙、华雄岭、玄武灵台、玉门古渡。

帝王的争地图疆和优秀文学作品对英雄主义的弘扬，为我们留下了很多可供观瞻的历史遗迹和人文景观。

历史的记忆含混不清，唯有三义庙前的一通古碑，残留明清时期虎牢关的旧影：这通古碑刻于雍正九年（公元1731年），高约2米，宽约0.7米，上部已经断裂，楷书"虎牢关"三个大字，苍劲有力。

这是明清虎牢关仅存的印迹。

明清时期虎牢关杳然已逝，但其布局及残迹尚在。它们残留在三英战吕布的历史演义中，依稀这里就是三英战吕布的真正战场。事实上，明清至今的虎牢关布局，已非"三国"时期的虎牢关布局。洗去"三国"的脂粉，虎牢关自有其不

灭的历史光芒。

　　兵戈消逝，狼烟散尽，站在如今的虎牢关前，已无法追寻虎牢关在历史变迁中的原本面貌，只有历代触景怀古的诗词，还在照耀着我们的心灵。

奉和圣制行次成皋应制

唐代　张说

夏氏阶隋乱，自言河朔雄。王师进谷水，兵气临山东。

前扫成皋阵，却下洛阳宫。义合帝图起，威加天宇同。

轩台百年外，虞典一巡中。战龙思王业，倚马赋神功。

虎牢关

宋代　司马光

天险限西东，难知造化功。

路邀三晋会，势压两河雄。

余雪霁枯草，惊飚卷断蓬。

徒观争战处，今古索然空。

那一条楚河汉界

说起象棋棋盘中那一条楚河汉界，就不能不说发生在两千多年前的那场楚汉战争。

楚汉战争，涉及的地点很多，陕西、河南、江苏、河北、北京、山西、山东、安徽、湖北等地，但主战场是在荥阳这一带。从汉二年，公元前205年四月，到汉四年八月，项羽和刘邦在荥阳一带进行了两年五个月的拉锯战。司马迁在《史记·刘敬叔孙通列传》中记录这段历史的时候是这样说的，刘邦与项羽战荥阳、争成皋之口，大战七十，小战四十。

荥阳历史上就是有名的古战场。《史记》中关于荥阳的记载有160多处，多是和战争有关。荥阳古称荥泽，战国时期，韩国为了防御西方秦国的东侵和东方魏国的西侵，并保证国都新郑与老根据地上地，今山西上党之间"河上走廊"

的畅通，在"河上走廊"的东西两侧各筑一城以资防守。东边的城叫荥阳，西边的城叫成皋。

这个荥阳城，现在郑州市区西北的古荥镇，属郑州市惠济区管辖。今天的荥阳，由历史上的东虢、京、荥阳、成皋、汜水、荥泽、武泰、河阴、广武等县和地区分合演变而成。

秦始皇统一六国建立秦朝后，在荥阳设县。由于荥阳南、西、北三面都是山，只有中、东部是平原，北面广武山下是滔滔的黄河，西部大伾山上雄踞着有"三秦咽喉"之称的虎牢关、成皋城。

为了加强对中原地区的控制，镇压六国的残余势力反抗，秦就把原来治所在洛阳的三川郡迁移到荥阳，派丞相李斯的儿子李由任郡守。在荥阳广武山麓建敖仓，储积大量粮食并派驻重兵，使荥阳一跃成为著名的军事重镇。

公元前 209 年，陈胜、吴广率大军围攻荥阳，就是因为荥阳不仅是秦王朝的东方门户，而且存放着天下一半的粮食。

秦朝灭亡后，紧跟着陈胜、吴广在会稽起义的项羽自恃劳苦功高，实力雄厚，自行分封天下，并拒绝把先入关的刘邦封为关中王，将其改封到汉中，就是今天的陕西汉中为王。

刘邦虽然接受萧何的建议，前往汉中，心里也是咬牙切齿，思谋着怎样"决策东向，争权天下"。

每次读楚汉战争读到这里我就想，假如项羽当时按照楚怀王"先入定关中者王之"之约，让刘邦称王于关中，那么还会有后来的大汉王朝吗？然而历史不能假设，也没有假设，历史的进程总是有历史事件的强者推动。

项羽是楚国贵族，项氏一门因为世世代代做楚国的大将，被封在项地，所以姓项。项羽跟着叔父项梁起事的时候才24岁，血气方刚，蛮横躁傲，从他魁梧身躯的每一个毛孔中，迸发出的都是不可一世的力量。他是不能够容忍自己出生入死取得的成果被别人窃取：如果不是我项羽率6万楚兵，迎战章邯、王离40多万秦军主力，破釜沉舟，大败王离所部20余万秦军主力于巨鹿城外，迫使章邯率余部20万人归降，你刘邦能够那么顺利入关吗？

章邯是什么人，那是连破周文、吴广两支起义军，把周文几十万都快要打到咸阳的农民军打得溃不成军，逼得周文渑池自刎的人。那是迫陈胜放弃起义中心陈县，遁走城父，最后被自己的车夫杀死的人。那是攻杀反秦武装首领魏咎、田儋、项梁，屡战屡胜，使秦得以苟延残喘的秦末著名军事家、上将军、秦朝的军事支柱啊！这样的人，刘邦能对付得了吗？更别说他手里还有40多万大军了！早不知把刘邦那几万人打到哪儿了。

但刘邦不这样认为，他觉得既然有约，就该按照约定来办，项羽当年也只是被楚怀王封为长安侯，和自己的武安侯一个级别的，现在仗着兵强马壮就这样欺负人，难道自己岂是任人宰割的主！

我甚至可以想见刘邦下令烧毁栈道时，从他紧绷的唇边一掠而过的冷笑。这是一个自大自信一往无前的人，他的忍，是被迫无奈之下的等待。

机会终于来了，汉元年五月，没有被项羽封王的齐国贵族田荣起兵反楚。田荣是田儋的堂弟，当年田儋就是和田荣、田横三兄弟一起击杀当地县令，田儋自立为齐王，占领整个齐地的。

田荣是个毫无政治观念的大刺头，不但屡次背弃项梁，而且对项梁之死负有相当的责任，项羽对他恨之入骨。秦国被灭后，项羽分封天下，就封了个亲自扶持的铁杆亲项派田都为齐王。田荣非常愤怒，在齐地，今天的山东大部，起兵反楚，逐走项羽新封的齐王田都，杀胶东王田市，自立为齐王。不久又杀济北王田安，并王三齐。又赐给彭越将军印，令其反于梁地，同时借兵给陈馀协助其攻打常山王张耳，策反赵地。

田荣这一番闹腾，又惹怒了项羽，发兵打齐国去了。刘邦乘项羽无暇西顾和三秦王立足未稳之机，以大将韩信"明修栈道，暗度陈仓"之计潜出故道，兵至陈仓，迅速还定三秦，袭占关中大部地区。项羽得知刘邦已兼并三秦，且准备东进伐楚，大怒。此时张良以书信"汉王失职，欲得关中，如约即止，不敢东"。呈给项羽，项羽在两面受敌的情势下，采取"先齐后汉"的战略方针，继续攻齐，主力被牵制在齐国。

在项羽这个不读书不学习的狂徒心中，是没什么战略概念的。他更不知道战争的胜负很大程度上取决于战略方针，战役上的失误导致的可能是局部的失败，战略上的失误导致的可是全盘皆输呀！

汉二年，公元前205年四月，刘邦乘齐、楚两军胶着之际打到了洛阳。在洛阳，一个姓董的读书人对刘邦说"兵出无名，事故不成"。

刘邦这家伙运气真是好，他总能在关键时候遇到高人给他出主意。但是项羽引兵西进咸阳，杀秦降王子婴，火烧宫殿，大火三月不灭时韩生曾劝谏项羽："关中阻山河四塞，地肥饶，可都以霸。"项羽却说："富贵不归故乡，如锦衣夜行，谁知之者！"烹杀韩生，放弃了建都关中形胜之地的良好抉择，把国都建在了彭城这个地势平坦的四战之地。

比之项羽的刚愎自用，刘邦就太能听取别人的意见了！

果然，刘邦就以项羽杀害义帝为口实，为义帝报仇讨逆为政治号召，令三军发丧，缟素三日，发檄文布告全国："天下共立义帝，北面事之。今项羽杀义帝于江南，大逆无道。寡人亲为发丧，诸侯皆缟素。悉发关内兵，愿从诸侯王击楚之杀义帝者。"联络各地诸侯王，率本部及五国诸侯联军56万攻楚。

这篇檄文让我不禁联想到中国历史上众多的冤案，真是欲加之罪何患无辞啊！刘邦还没出关呢，义帝就死了，这会儿都死了几个月了，他想起来为义帝报仇了！这件事情只能彰显出刘邦作为一个政治家的手段。

了解一点楚汉战争历史的人都知道，陈胜、吴广农民起义失败后，当时起义军的形势是很危急的，在这种情况下，项梁采纳范增建议，找到正在给人家牧羊的前楚怀王的嫡孙熊心，立他为楚怀王，这明摆着是个傀儡嘛！刘邦不是也在这种前途渺茫的情况下，率部归附在项梁的麾下。

再看看这个被项梁叔侄拥立的楚怀王在项梁战死后都干了些什么吧，惊恐万分地迁都彭城，今天江苏徐州，任沛公刘邦为砀郡长，封为武安侯，领砀郡兵；封项羽为长安侯，号为鲁公，任宋义为上将军，项羽为次将北上救赵，同时派刘邦进攻关中，指函谷关以西地区，另外又分楚地义军两路攻秦，并约定"先入定关中者王之"。

这样厚待刘邦！这样刻薄项羽！不是项羽叔侄，能有熊心的今天？要我说，项羽最后杀熊心，也是熊心这时候做下的祸。别说是项羽这样恩怨分明有仇必报的勇士了，就是一个普通人，遇到委屈还想着翻身之后怎么出气呢。

各路诸侯入彭城，给了项羽很大的震动，让项羽震动的并不是彭城的失陷，而是楚地的各路诸侯见死不救！连项羽当初手下的第一猛将英布也不愿意出兵援救彭城，这意味着项羽当初收买楚地诸侯并不成功！

扬剧《玉蜻蜓》"庵堂认母"有一段唱词："此灯名叫琉璃灯，悬挂佛前日夜明，前世点过琉璃灯，今世生对好眼睛，前世不点琉璃灯，今世有眼也看不清。"我看项羽这眼力，前世肯定是没有点过琉璃灯了。

56万大军，对于项羽来说，不过是一群乌合之众，我甚至都能想见项羽听到这个消息之后的轻蔑，项羽，力拔山兮气盖世的项羽留众部将继续攻齐，自率精兵三万疾驰南下。

这时候刘邦及其率领的众诸侯已入彭城，把人家项羽的金银财宝、娇妻美眷都尽数全收，天天搂着美女在那儿饮酒作乐、欢庆胜利呢。杀敌心切的项羽乘刘邦陶醉于胜利，戒

备松懈之际，率领他那支有不败灵魂的楚师绕至彭城西，在清晨发动突然袭击，战至中午，大破汉军，汉军往泗水方向溃逃，楚军紧追不舍，杀汉军十余万人，一直追击至灵璧，今安徽灵璧县东濉水，汉军相互拥挤、践踏，加上楚军追杀，汉军几十万人慌不择路纷纷跳水逃跑，淹死了十几万，濉水都被堵得流不动了。

此役，汉军被歼数十万，刘邦也险些被虏，仅率数十骑突出重围，逃回荥阳，经此一战，汉军元气大伤。

刘邦在彭城之战后，势力一落千丈，不但父亲、母亲、妻子被楚军虏获做人质，更麻烦的是诸侯重新归附楚国，连一直与楚对抗的齐、赵也归附项羽。刘邦收拢溃败士卒，会合关中萧何派来的援军，与没有参加彭城之战而得以保存实力的韩信部队在京县、索城之间击败楚军，将楚军击退到荥阳以东。

京索之战是汉军在极为不利的情况下进行的阻击战。刘邦亲自参加了战斗，但汉军战役实际的指挥者是韩信。京索之战楚军一方的主帅是项羽，自彭城大胜后，项羽一直亲统精锐，紧追刘邦不舍，希望能一鼓作气全歼刘氏势力。

山东大学历史文化学院范学辉教授曾说，名将韩信指挥的楚汉京索之战，是中国古代战史上较早的、以激烈骑兵攻防为特征的典型战例。它不仅初步扭转了汉军自彭城大败后的颓势，更标志着双方战略试探期的终结，京索之战本身的规模在楚汉战争中并不很大，但它在战略上却对楚汉战争的全局影响很深，是楚汉战争由序幕转向相持的关键性环节。

本来，刘邦还定三秦、平定关中后正式出师讨伐项羽，进展得极为顺利，一路上可谓是势如破竹。刘邦是春天出的关，四月份就乘项羽滞留于齐的大好时机，轻易地攻入了楚都彭城。乐晕了的刘邦开始盲目自大，觉得这个西楚霸王也不过如此，说不定几个月就能把他灭了。但彭城大败无情地打破了他的梦想，不得不狼狈而退，直至京索之战方在韩信指挥下击退楚追兵。

此后，刘邦意识到消灭项羽决非易事，特别是像彭城之战那样的盲目决战对汉军是相当危险的。因此他采纳韩信、郦食其、张良等人的建议，阻险固守于荥阳、成皋、广武一线，坚壁不战，与楚比拼整体实力。项羽本人在长时间内没有很重视刘邦，彭城之战项羽又以三万击破刘氏50余万大军，更助长了项羽在激愤之中对刘邦与汉军的蔑视。他决意以雷霆之势，不顾汉军的牵制，紧紧尾追刘邦本人，力争以迅雷不及掩耳之势荡平刘氏集团。但在京索受挫后，项羽也逐渐醒悟，认识到汉军也是一支不容轻侮的力量。

从彭城大战至京索之役，楚、汉双方对彼此的实力、特长、缺点皆有了较清醒的认识，再重演战争初期那种疾风暴雨式的长驱急进攻势是极为困难的，实力的对比决定了战争由此进入相持时期。

荥阳及其西面的成皋，是洛阳的门户，入函谷关的咽喉，战略地位十分重要。自汉二年五月起，汉、楚两军为争夺这两座城池展开了一场旷日持久的战争。

交战初，刘邦即按照张良制定的谋略，实施正面坚持、敌后袭扰和翼侧牵制的作战部署，以政治配合军事，以进攻辅助防御，游说英布倒戈，从南面牵制项羽；派遣韩信破魏，保障翼侧安全；联络彭越，袭扰项羽后方，从而有力地迟滞了项羽的进攻。同时刘邦让萧何治理关中、巴蜀，巩固后方战略基地，转运粮食兵员，支援前线作战；还采纳陈平的计谋，派遣间谍进行活动，分化瓦解楚军。

刘邦方面的这些措施虽然起到了牵制楚军、巩固后方的积极作用，但是正面战场的形势依然不怎么乐观。项羽看到汉军的势力有增无减，十分不安，便于次年春调动楚军主力加紧进攻荥阳、成皋。刘邦被项羽围困在荥阳城，在内乏继粮、外无援兵的情况下，就在荥阳城和敖仓之间挖了条地道，筑甬道以取敖仓粟济军。又被项羽发现了，屡次侵夺甬道，使刘邦的部队在补给上发生很大的困难。

在这种危机情况下，刘邦采纳张良的缓兵之计，派出使臣向项羽求和，表示愿以荥阳为界，以西属汉，以东归楚，但遭到项羽的断然拒绝。当时为项羽出谋划策的主要是亚父范增，陈平用计离间项、范君臣，项羽果然中计怀疑范增，范增怒而辞归，中道病死，项羽自己断了自己的左膀右臂。

五月间，在项羽大军进逼荥阳时，刘邦情势日趋危急，只得采纳将军纪信的计策，由纪信假扮作汉王刘邦，驱车簇拥出荥阳东门，诈言城中食尽，汉王出降，蒙骗项羽，而刘邦自己则乘机从荥阳西门逃奔成皋。项羽发现自己受骗上当后勃然大怒，烧死纪信，率兵追击刘邦，很快攻下了成皋，刘邦仓皇逃回关中。

刘邦从关中征集到一批兵员，打算再夺成皋。谋士辕生认为这不是善策，建议刘邦派兵出武关（今陕西东南），调动楚军南下，减轻汉荥阳守军的压力；同时，让韩信加紧经营北方战场，迫使楚军分散兵力。刘邦欣然采纳这一计策，率军经武关出宛（今河南南阳、叶县之间），与英布配合展开攻势；与此同时，韩信也率部由赵地南下，直抵黄河北岸，与刘邦及荥阳汉军互相策应。汉军的行动果然调动了项羽的南下。这时刘邦却又转攻为守，避免同楚军进行决战，

而让彭越加强对楚后方的袭击，彭越不失所望，进展迅速，攻占了要地下邳（今江苏睢宁西北），直接给楚都彭城造成威胁。项羽首尾不能兼顾，被迫回师东击彭越，刘邦乘机收复了成皋。

六月，项羽击退彭越后，立即回师西进，对刘邦发动第二次攻势，攻占荥阳，再夺成皋，并继续西进，抵达今河南巩县一带。刘邦军仓猝北渡黄河，逃到小修武（今河南获嘉东），在那里刘邦征调到韩信的大部分部队，以支撑危局，增强正面的防御。刘邦深知项羽的厉害，这时便命汉军一部拒守于巩（今河南巩县西南），一部屯驻小修武，深沟高垒，不与楚军交锋。同时派韩信组建新军东向击齐，继续开辟北方战场。又命刘贾率领二万人马从白马津（今河南滑县北），旧黄河渡口渡河，深入楚地，协助彭越，扰乱楚军后方，截断楚军粮道。彭越得到刘贾这支生力军的支援，很快攻占了睢阳（今河南商丘南）、外黄（今河南杞县东北）等17座城池。彭越、韩信的军事行动，给项羽侧背造成严重的威胁，迫使项羽在九月间停止正面战场的攻势，再次回师攻打彭越。

临行前，项羽告诫成皋守将曹咎说：小心坚守成皋，即使汉军挑战，也千万不要出击，只要能阻止汉军东进，我

15 天内一定击败彭越，然后再与将军会师。项羽为什么这么说呢，因为他知道成皋城地势险峻，壁立千仞，易守难攻，所以他把从秦帝国那里抢来的奇珍异宝都放到了成皋城，这些珍宝原来存放在彭城，由于项羽四处征战，怕放在彭城不安全。现在情势逼迫他不得不再次回师，他只有嘱咐曹咎坚守不出，他知道，只要曹咎不出成皋城，汉军是无论如何攻不进成皋城的。

刘邦乘项羽东去之机，反攻成皋。曹咎开始还遵照项羽的告诫，坚守不出，但是经不起汉军连日的辱骂和挑战，一怒之下，率军出击。刘邦趁曹咎渡到河中间时突然袭击，大破曹咎所部楚军于汜水之上，曹咎兵败自杀，汉军乘机再夺成皋，并乘胜推进到广武一线，占领敖仓。秦朝囤积了二三十年的谷子，都成了刘邦的军粮。

不能说刘邦若没有收项羽成皋城内的金银珠宝和敖仓的粮食，就不能取得天下，但这两件事对刘邦最后取得天下绝对是有很大的帮助。现代战争打的是经济，古代冷兵器时期的战争打的也是经济呀！有了钱又有了粮，那胜利只是时间上的问题了。

但是用这个理论反观项羽的话，又得出一个新的结论：钱和粮也得看握在谁手上了。

这两样东西原来都是项羽的。可项羽守着敖仓却不知道用敖仓的粮食，还要千里迢迢地从彭城往荥阳运大米。

一个客观的事实是，项羽的兵大部分是南方人，南方人的主食是大米；而刘邦的兵，大都是北方人，北方人的主食是小米。可无论大米还是小米，谁也不能说谷子不是粮食吧。项羽的兵会吃大米难道就不会吃小米？如果没有大米，他们是否就能守着小米饿死？

项羽在对待钱财的问题上，纵观整个楚汉战争，几乎都是在夺、在藏，没有见他拿钱办什么事情的记录。那些从秦宫里掠夺来的财宝，包括敖仓里那些粮食，对于项羽来说，都是负担。

再看刘邦是怎么玩转金钱这把双刃剑的吧！鸿门宴上，对项羽花言巧语之后送白璧一双，溜之大吉。兼并三秦后，项羽大怒，但是为什么又采取了"先齐后汉"这样一个愚蠢的战略方针呢？是因为张良给了项伯一斗珍珠，项伯又替刘邦说好话了。

刘邦彭城大败后和张良等人骑着马败退到下邑，刘邦下马，靠着马鞍问张良道："我想捐出函谷关以东的土地作为封赏，谁可与我共同建功立业？"张良上前说："九江王英布，是楚国的猛将，与项羽有矛盾；彭越与齐王田荣在梁地

反叛项羽，英布和彭越这两个人可供急用。而汉王您的将领中只有韩信可以赋予重任，独当一面。如果要捐弃关东，就捐给这三个人，那么楚国可以攻破了。"事实证明，刘邦正是依靠韩信、英布和彭越三个人的力量打败了项羽，创建了汉朝。

刘邦被围困于荥阳，汉军求和，项王不许。陈平向汉王献计说：项王的忠臣，只有亚父、钟离眛、龙且、周殷几个人，如果能用万金买通说客，去离间他们的君臣关系，再出兵攻打，项王必败。汉王遂用此计。

项王果然对忠臣疑忌，致使忠臣纷纷离去，范增是项羽身边的重要谋士，被他尊为亚父，这会儿他也开始起疑心了，范增在项羽那儿待不下去了，只有告老还乡，最后含恨死在归乡的路上。

刘邦这招反间计实在是太厉害了，范增是谁呀！鸿门宴的总策划啊！

范增死后，楚军中再无可与他比肩的谋士，所以，在和谋士如云的刘邦战斗中节节败退。由此可见，范增一人之才，足以抵过刘邦帐下所有谋士。刘邦做了皇帝后说过一句话，也充分说明了范增在项羽军中的重要性以及范增的才能，他说："夫运筹策帷帐之中，决胜于千里之外，吾不如子房。

镇国家，抚百姓，给馈饷，不绝粮道，吾不如萧何。连百万之军，战必胜，攻必取，吾不如韩信。此三者，皆人杰也，吾能用之，此吾所以取天下也。项羽有一范增而不能用，此其所以为我擒也。"

刘邦这个人，只要能办成事，花钱是从不吝惜的，出金四万斤，与陈平，恣所为，不问其出入。多大的气魄啊！钱在刘邦手里，才能称其为钱。

项羽确实是位战神，只用了短短一个月的时间已经收复了17座城池，但没有能够有效地消灭彭越的游军，听到成皋失守，大惊失色，急忙由睢阳带领主力返回，同汉军争夺成皋。

刘邦是把项羽吃透了，他听说项羽回师，立即带领他的部队上了荥阳北部的广武山。

广武山是大伾山的余脉，北濒黄河，南控平原，周围沟壑纵横，地形险要。广武山上有两座城，分别叫东、西广武城，据说是魏惠王修鸿沟时为保护鸿沟筑的城。

鸿沟最早是梁惠王为了发展农业在荥阳北面引河、济之水修建的一条水利工程。由于魏国大获其利，又扩大了这个工程，形成了一条北起荥阳，南至中牟、开封，通泗水和淮河的运河。

刘邦上了西广武城之后，项羽紧跟着也上了东广武城，与汉军对峙于广武，欲与刘邦决一雌雄。可是汉军依据险要地形，坚守不战。双方对峙数月，项羽无计可施。这时适逢韩信攻占临淄，齐地战事吃紧，项羽不得已只好派龙且带兵20万前往救齐，这就更加减弱了正面战场的进攻力量。到了十一月，韩信在潍水全歼了龙且的部队，平定齐国，使项羽的处境更趋困难。几个月后，楚军粮食缺乏，既不能进，又不能退，白白地消耗了力量，完全陷入了被动。

这时，韩信又来个背水设阵，斩杀楚的羽翼赵军主帅成安君陈余，生擒赵王歇，一举灭亡赵国。随之乘势不战而迫降燕国，大破齐、楚联军于潍水，今山东潍河之滨，平定三齐，占领了楚的东方和北方的大部地区，完成了对楚的战略包围。

彭越的游军则不断扰乱楚军后方，攻占了昌邑（今山东金乡西）等20多座城池，并多次截断楚军的补给线。英布所部在淮南也有所发展。项羽腹背受敌，丧失了主动，陷于一筹莫展的境地。

于是，一幕一幕大戏就以鸿沟两岸为背景开始接连上演。

项羽要找刘邦单挑，"天下匈匈数岁者，徒以吾两人耳，愿与汉王挑战决雌雄，毋徒苦天下之民父子为也"。（天下

纷争动乱数年了，都是因为我们两人的缘故，干脆咱俩来个一决雌雄，何必连累天下百姓呢。）

刘邦却笑着拒绝说："吾宁斗智，不斗力。"（老朋友，我只斗智，不斗力，不要跟我玩这一套。）

项羽大怒，别忘了刘邦的老爹还在项羽的手里！于是把刘老爹拉出来，架到开水锅上，项羽告诉对岸的刘邦，今天不赶快投降，就把刘老爹煮了。"今不急下，吾烹太公。"

这时候，刘邦无耻的本性就暴露了出来，"吾与汝俱北面受命怀王，约为兄弟，吾翁即若翁，必欲烹尔翁，则幸分我一杯羹。"（当年我和你一起在怀王手下共事，大家约为兄弟，既然是兄弟，我爹就是你爹，你一定要煮你爹，到时候别忘了分我一碗汤喝。）

项羽大怒，真想把刘老爹当场推到锅里，不过被项伯劝住了。项伯在鸿门宴上救过刘邦的命，现在又救了刘邦老爹一命，可谓是刘邦一家的恩人，刘邦坐上大汉皇帝的宝座后，作为对项伯的回报，封了他一个射阳侯，赐姓刘，项伯就此终了一生。

暴躁的项羽一开始希望的是如狂风扫落叶那样把刘氏集团迅速扫灭干净，更何况他现在又因为刘邦战略优势的逐步形成而真切地感受到了"少助、食尽"两大威胁。就派一位壮士在对岸叫阵，结果被刘邦军中的射手当场射杀，项羽再派，再次被射杀，再派人，还是被射杀。项羽暴怒，自己披甲上前，对着刘邦的射手大喝一声，射手惊恐万分，按史书记载，当时这位射手掉头跑回军营再也不敢出来了。

项羽继续在鸿沟东岸叫阵，刘邦出来了，他不是来跟项羽单挑的，他是来演讲的。

刘邦把项羽做过的事总结为十条大罪，比如杀宋义，杀秦王子婴，杀义帝熊心等等，然后在对岸当着众人高声宣读。

项羽又暴怒，搭箭挽弓，射向刘邦。项羽的动作太快了，刘邦根本来不及反应，正中胸口。

疼痛让刘邦下意识地手捂胸口，弯腰，不过在弯腰的这一点点时间里，刘邦的思绪在飞快旋转，周围的士兵也都涌过来护住刘邦。

不论是让楚军，还是让汉军知道自己受了重伤，都将会产生难以预料的可怕后果。楚军如果得知，很可能会趁机来攻；汉军如果知道，很可能会军心大乱。

刘邦缓过神来，告诉对岸的项羽，你伤了我的脚趾头！

回到大帐，刘邦就想躺下，张良冲进来对刘邦讲，现在千万不能躺下养伤！伤再重也要起来！刘邦的伤确实很重，但是他还是强忍疼痛去帐外转了一圈，用意自然就是告诉这

些士兵，你们的大王什么事都没有，大家不要乱了阵脚等等。

刘邦强支着身体安抚了军士后，就偷偷去成皋养伤去了。在成皋养伤期间，刘邦与薄姬生下了刘恒，刘恒是西汉第三位皇帝，在位23年，开创了大汉历史上著名的盛世"文景之治"。

双方从汉二年，公元前205年四月，一直耗到汉四年，公元前203年八月，项羽在腹背受敌、粮草匮乏的情况下，被迫释放太公、吕后与刘邦议和，双方订立和约"中分天下"，划鸿沟为界，东归楚、西属汉，尔后引兵东归。楚汉两军在荥阳、成皋一线相持两年零五个月后，休兵罢战。

鸿沟即成了楚汉的分界线，并由此形成了中国象棋棋盘上的"楚河汉界"。所谓楚河、汉界都是指鸿沟而言。

刘、项当年隔鸿沟对垒的东、西广武城，现在荥阳人管它叫汉、霸二王城。刘邦驻扎的西广武城叫汉王城，项羽驻扎的东广武城叫霸王城。由于黄河南侵，水流冲刷，汉、霸二王城的北城墙及其大部分城垣，都沦入河水。只有部分东、西城墙和大部分南城墙保留了下来。

站在霸王城陡峭的崖边遥望汉王城，只看到一段黄色的断壁残垣，一如我脚下的土地。当年波涛滚滚的鸿沟，现在已经成了夹在两山之间的一条黄土小路。

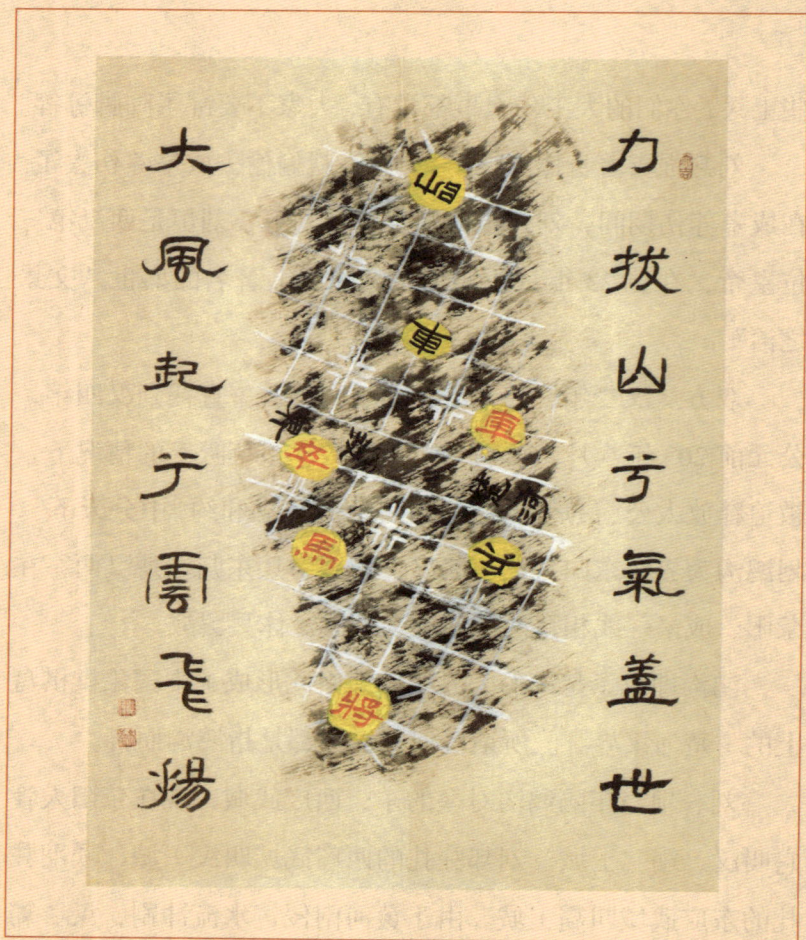

力拔山兮氣蓋世

大風起兮雲飛揚

那一条楚河汉界

力拔山兮气盖世，大风起兮云飞扬。

只是当地的村民，每到雨后，还时常能捡到或完整或残缺的箭头。有次我给爱好兵器收藏的儿子带回家两个，他两眼放光地说，这是秦箭头，你看，现在还可以划破好几层纸，说着，他就在稿纸上面划了一道，果然，很多层纸裂开了。裂开了的纸就像是隔着鸿沟的东西广武城，我忽然想，这透着黑色幽光的箭镞，谁能说它不是项羽当年射向刘邦的利箭？

唐代大文学家韩愈登广武山，曾挥笔写下《过鸿沟》：龙疲虎困割川原，亿万苍生性命存。谁劝君王回马首，真成一掷赌乾坤。

项羽的鸿沟议和是不得不议和。

刘邦很清楚，他和项羽是有我无你的战争，所以，他的目的很明确，就是要置项羽于死地。但项羽却显得太天真了，他竟然相信刘邦以鸿沟为界，平分天下这样的弥天大谎。项羽释放了刘邦的父亲及妻子儿女，刘邦得到了家属，高兴之下，还不忘背约，转身就去追赶已经撤走的楚军去了。

人的一生，就是人自己一次次完成了的行为叠加。这些完成了的行为一旦完成，它便永远成为历史了。我想项羽在垓下的四面楚歌中，在他慷慨悲歌，"力拔山兮气盖世，时不利兮骓不逝。骓不逝兮可奈何，虞兮虞兮奈若何"中，回

首往事，他的内心除了无助和无尽的悲凉，还有什么？

读司马迁的书每次读到此处，我就热泪盈眶。项羽失败了，但他失败得轰轰烈烈。他还不到三十岁就失去了生命，但他至情至性的人性之美，却灿烂如花。项羽是一个真正的贵族，他即使失败了，死去了，他高贵的内心里依然瞧不起刘邦。刘邦胜利了，当了皇帝了，然而皇帝常有，英雄却不常有。项羽之所以成为英雄，是因为他具备英雄坦荡、无畏的特点，刘邦开创汉朝二百多年的基业，是因为他具有一个开国帝王海纳百川的气度。

刘邦在战胜项羽后，成了汉朝的开国皇帝。刘邦得以战胜项羽，是依靠许多支军队的协同作战。这些军队，有的是他的盟军，本无统属关系；有的虽然是他的部属，但在战争中增强了实力。因此，在登上帝位的同时，他不得不把几支主要军队的首领封为王，让他们各自统治一片相当大的地区；然后再以各个击破的策略，把他们陆续消灭。

汉十一年，吕后诛杀淮阴侯韩信，同年夏，又杀梁王彭越，淮南王英布大为恐慌，起兵反汉。由于英布擅长用兵打仗，刘邦不得不亲自出征。在他击败英布，得胜还军途中，刘邦顺路回了一次自己的故乡——沛县，邀请旧日好友一起饮酒庆祝，酒酣之际，刘邦一面慷慨起舞，一面唱起了："大

风起兮云飞扬，威加海内兮归故乡。安得猛士兮守四方！"

这篇被汉朝人称为《三侯之章》的歌辞，后人题为《大风歌》。这篇辞前两句气魄豪壮，雄迈飞扬，充分表现出一代英雄志得意满，意气风发的气概。后一句诗表达了刘邦要巩固他的统治，急需招揽人才的心情，据《汉书·高帝纪》，刘邦"慷慨伤怀，泣数行下"。

假如说项羽的《垓下歌》表现了失败者的悲哀，那么《大风歌》就显示了胜利者的悲哀。而作为这两种悲哀的纽带，则是对于人的渺小的感伤，对第一句"大风起兮云飞扬"的感伤。唐代的李善曾解释说："风起云飞，以喻群雄竞逐，而天下乱也。"

当年群雄竞逐，而如今却连捍卫四方的猛士都找不到。踌躇满志、志得意满的刘邦环顾四周，忽然感到从未有过的孤独和悲凉。

失败的项羽曾经悲慨于人无法胜天，那么，在胜利者的刘邦的歌中，难道没有响彻着类似的悲音吗？

多年前，荥阳编过一本书，书名是中国历史文化名城《荥阳》，这本书除了介绍荥阳的历史文化、名胜古迹外，还收录了一部分描写荥阳的历代诗词名篇，在抒怀广武山一节中，我记得唐代诗人许浑有一首写《鸿沟》的诗：相持未定各为君，秦政山河此地分。力尽乌江千载后，古沟芳草起寒云。写的大约就是这段历史了。

斗换星移间，万里山河已是历尽沧桑。当年的古战场，成了旅游景点，往东十几里的广武山桃花峪因为漫山遍野种满了桃树，也成为旅游景点。

就在我要结束这篇稿件的时候，我看到《郑州日报》在头版刊登了这样一条消息《桃花峪黄河大桥加紧施工》，副标题是：《大河起长虹　巨龙卧碧波》。消息称：

郑州桃花峪黄河公路大桥位于荥阳市和焦作市武陟县交界处，是郑州市区第四座跨黄河公路大桥，是武陟至西峡高速公路跨越黄河的一座特大桥，也是郑州西南绕城高速公路向北延伸跨越黄河的一条南北向高速大通道。

桥梁设计全长 7691.5 米，采用双向六车道高速公路标准设计，设计行车速度为 100 公里 / 小时。该桥主跨 406 米，是目前世界上跨度最大的三跨双塔全钢梁自锚式悬索桥，项目概算总投资 40 亿元，2010 年 3 月开工，计划于 2013 年 4 月完工。

目前郑州桃花峪黄河公路大桥南、北两座主塔施工累计超过百米，北副桥上部结构施工已全面展开，大桥钢梁、主

缆、吊索等正在加工制造。

我放下报纸，不禁想到"弯弯一条流花溪，年年风雨落花飞，莫问哪花哪树落，一样沉浮东流去"。这是越剧《流花溪》的主题曲，又何尝不是历史长河的缩影。但是，人生若能在强大命运前凛然一笑，在花团锦簇前华丽转身，在国难当头时横枪立马，义无反顾慷慨赴死，生命无论长短，都是千古绝唱。

荥阳古城和荥阳老城

几位文友说想来荥阳看看汉霸二王城、虎牢关及荥阳故城，文友们能说出这几个地方，应该是对荥阳已经有所了解，但他们不知道的是荥阳故城有两座城。一座是荥阳古城，一座是荥阳老城，这两座城都是荥阳故城。

荥阳立县历史有 2200 多年，早在立县之前，荥阳就以战略要地、军事、政治、经济、交通重镇的面貌，出现在东周的历史上。

公元前 632 年城濮之战晋文公大胜而归，声威大振。周襄王派王子虎迎上前去告诉得胜归来的晋文公，他将亲自前来慰问和祝贺。晋文公立即动用军队通宵达旦在践土为周襄王突击建造了一座行宫，以便朝觐。这座行宫，就是荥阳古城的雏形。周襄王抵达后，晋文公率各国诸侯朝见周襄王，报捷献俘。周襄王设宴招待晋文公，又允许他向自己敬酒，

并当众册封晋文公为诸侯之长，礼遇之隆，无以复加。周襄王指派王子虎主持践土之会，率领中原诸侯歃血聚盟，众诸侯发誓"皆尊王室"。这座践土台，就在荥阳古城内的东北角。

《史记·张仪列传》里记载，张仪为秦国向韩宣王进言时，特别指出"（秦）东取成皋、荥阳"，韩国就要被分割零散，国将不国。这一年，是公元前 323 年。公元前 271 年，另一位著名的政治家范雎对秦昭王说，王一兴兵打荥阳，韩国就断而为三了。

秦实行郡县制，荥阳作为县级行政单位归三川郡管理，三川郡治所在洛阳时间很短就迁到了荥阳。

公元前 209 年，吴广率大军围攻荥阳，一是因为荥阳的战略位置很重要，二是因为国家的粮仓在荥阳，打下荥阳，不仅打开了秦国的大门而且打开了秦国的粮仓。但是因为吴广与起义军将领田臧意见不合，田臧假藉陈胜的命令杀死吴广，导致军心涣散全军覆没。公元前 209 年 12 月，章邯率秦军向陈县扑来，陈胜亲自领导义军奋力抵抗，因兵力太少，不幸失利。陈胜被车夫庄贾暗杀。

荥阳之战，是项羽跟刘邦打得最长的一场战斗，这一场战斗，从汉二年五月一直打到汉三年五月，打了一年，把荥阳夺下来了。

项羽是很能打的，刘邦又是刚刚彭城战败，为什么刘邦能坚守荥阳一年呢？这主要是刘邦利用了荥阳一带的地理优势。

从今天河南的地形来看，荥阳以东是一马平川的平原，这就是著名的豫东平原，荥阳南、西、北皆是丘陵和山脉，南部的始祖山海拔八九百米，西部的大伾山上有"兵家必争之地"和"三秦咽喉"之称的虎牢关、成皋城。一直到今天这个成皋古城的遗址还保存着。北部的广武山是黄河的天然防堤，楚汉战争的晚期战场东西广武城和广武涧就在此山上。荥阳的位置处在东部平原和西部丘陵山脉的过渡带上，这个地形本来就易于防守，而且荥阳城垣高大，易守难攻。

再一个是萧何的贡献，刘邦在彭城之战中，兵力几乎是损失殆尽，萧何从关中给他调来了大量的兵源，加上新调来的韩信的军队，还有就是刘邦组建了骑兵军团。刘邦吃项羽骑兵军团的亏是在彭城大战，刘邦56万大军败给项羽的三万骑兵，骑兵打步兵，就是一场屠杀，刘邦在这个时候吸取了彭城作战失败的教训，组织秦军的投降骑兵组建了一个骑兵军团。

第三个原因是刘邦利用了敖仓的粮食。他在荥阳和敖仓

之间修筑了一条甬道，这个甬道是两边砌有土墙的一个专门用来运送粮食的道路。刘邦利用敖仓的粮食作为补充，所以他能够跟项羽周旋下来，将近一年，项羽截断了甬道，刘邦很快就支撑不住了。

没办法，刘邦向项羽提出荥阳以西属汉，以东属楚中分天下的提议。项羽本来是想同意这个建议的，但项羽的谋士范增坚决反对。于是项羽加强进攻，荥阳城岌岌可危。

刘邦只有跑了，跑也很不容易，荥阳四面被项羽重重包围着，怎么跑呢？刘邦手下有一员大将叫纪信，鸿门宴的时候刘邦逃走，他骑着马，后面有四员大将步行，纪信就是那四员大将里面的一员。本来刘邦是让他们做防火墙的，但是那一次有惊无险，纪信也没有出事，这一次纪信主动请缨要舍身救主。

纪信穿上刘邦的衣服，戴上刘邦的帽子，坐着刘邦的车子，带着两千宫女前呼后拥地开了荥阳的东门，说我刘邦投降了。楚军因为不认识刘邦，看见纪信一出来，大家都非常高兴，都跑到东城去看刘邦的受降仪式和美女去了。趁这个机会，刘邦带了十几个亲信随从，开了荥阳的西门逃了出来，刘邦这一逃就逃回了关中。

项羽占了荥阳与成皋，结果不到一个月彭越就断了项羽

的粮道，项羽只有千里回防，但彭越打的是游击战，敌进我退，敌退我进，敌疲我扰，彭越是中国军事史上第一个打游击的将军，而且他的游击战打得很漂亮，他是专断项羽的粮道，打完以后，他立即就撤，过了黄河就跑到濮阳去了，这样项羽就没法和他决战。在项羽回兵疏通粮道时，刘邦立即带兵北上；包围了荥阳、成皋，一下子就拿下来了。

荥阳之战的这"一夺一失"是很不成比例的，一夺夺了一年，一失失了不到一个月，他花了一年的时间夺的地方不到一个月就丢了。项羽回军，对汉军发动第二次攻势，刘邦招架不住，只匆忙带夏侯英一人狼狈逃窜。项羽再占荥阳、成皋，并挥军西进。汉军败至巩县就是今天的河南巩县西南，利用深沟高垒，阻击楚军。为减轻正面压力，刘邦为彭越增兵二万，又让他在楚后方攻城略地，断楚粮道。项羽被断了粮道，只有第二次回兵去打彭越，汉军再次收复荥阳。汉军这次占领荥阳之后，项羽就再没有进入荥阳城了。

刘邦听说项羽回师，立即带领他的部队去了荥阳北部广武山上的西广武城。项羽紧盯着刘邦占据了东广武城。东西广武城是魏惠王为了解决都城"大梁"的吃水问题而开黄河堤引水修通济渠的时候建的两座供修渠人员住宿的地方，此时成了楚汉相争的主战场。楚汉对峙于广武涧直到以鸿沟为

界中分天下的骗局结束。

西汉建立后，荥阳作为县治归属河南郡管辖。荥阳城作为荥阳县治所，得到进一步修筑，并在西门外设立河南郡的第一个大型冶铁作坊。直到现在，这个冶铁遗址还在古城的西墙外。三国正始三年，分河南郡的一部分，设立荥阳郡。

这个荥阳郡所在的荥阳城，故址在今天荥阳市东北 22 公里的古荥镇，面积 300 多万平方米。西南城角有纪公庙村，东南角有古城村，钓鱼台村和古荥镇分别位于东北角和西北角。

古城现在断断续续的还分布有高大的夯土城墙，除了东墙因黄河泛滥冲毁外，南、北、西城墙及东北、东南城角还残存着大部分。城内东北是仓廪建筑，南部发现有青砖砌筑的房基还有成排的输水管道。原来地面上还散存有大量的古代板瓦、筒瓦等建筑材料，出土的有汉代趾麟金、铁器、陶器，有些陶器还带有陶文。

荥阳老城是商代立国之初分三支族人中的其中一支于索水岸边，筑索城建索国。到西周时期，沦为东虢国的附属国。也是在西周时期，索氏分封，在索城侧畔又建一城，为了区别，把原来的索城称为大索城，新建的城称为小索城。

西晋永嘉元年八王之乱后，荥阳人张卓、董迈遭遇慌乱，纠集了一帮流民杂寇在大索城，修筑坞堡以自卫，始名大栅坞。大栅坞三面环水，依漫岗缓坡的檀山山头筑城，城内中间高，四周低，形似龟背，城址平面呈长方形，面积约 67 万平方米。位置在虎牢关东边，是通往洛阳、长安的要道。

一百多年之后，大栅坞的地理位置越发显得重要，公元 447 年，北魏刺史崔白便把豫州的州治从武牢迁移到了这里。这样，大栅坞就改成了大栅城。太和十七年（493 年）荥阳的郡治、县治都迁到了这儿，大栅城就更名为荥阳城。这个荥阳城，就是今天的荥阳老城。

北周灭北齐后，把荥阳郡改为荥州。隋文帝杨坚建立隋朝后，又将北周时的荥州改为郑州。唐太宗贞观七年，郑州州府治所从成皋移到管城，就是今天郑州市的管城区。这一段时期，今天荥阳境内的成皋乡是郑州州府治所，荥阳是县衙治所，贞观七年以后，荥阳就以县制在历史上固定延续了下来。

明朝时期重新修筑荥阳城，记载说当时城高二丈多，城壕一丈有余，共有五座城门，是一个不足五平方公里的小县城。荥阳老城从公元 447 年，北魏州治迁移到这里以来，已经有 1565 年的历史了。商朝大约存在于公元前 16 世纪到公元前 11 世纪，因最后首都定于殷，又称殷商。自商汤率诸

侯国于鸣条之战灭夏建立商朝，到末代君王商纣王于牧野之战被周武王击败而亡，经历 17 代 31 王后。国家"九五"科技公关重点项目认为商朝取代夏朝的时间约在公元前 1556 年，到公元前 1046 年 1 月 20 日被周武王所灭，共 510 年。我国史学界采用的就是这个时间。若按民国初年史学家董作宾依历法推算，商代的时间应为公元前 1766 年至公元前 1111 年，共 655 年。

如果从商朝立国之初算大索城的历史，那大索城的历史已经有三千多年了。但现在去荥阳老城，最老的建筑也就是民国时期的了，老的历史被新的历史一层层淹没在尘烟里，寻不到丝毫痕迹。

荥阳古城和荥阳老城

风云三千年！

大海寺

一直不明白一座内陆寺院，为什么叫大海寺。

据李煦《乾隆荥阳县志》卷三记载：大海寺在东郭外，唐高祖为郡守，因太宗患目疾重建。顾祖禹在《读史方舆纪要》卷四十七中也记载：县东北四十里有大海寺，李密与隋将张须陀战，伏兵于大海寺北林间，须陀战死处也。

从这两个记载中，可以得到以下几个信息。第一，大海寺在荥阳城外；第二，大海寺为李世民治好过眼疾；第三，大海寺的规模很大。

关于大海寺的规模之大，我倒是听荥阳本地人讲过不少。明末崇祯八年，高迎祥、张献忠等十三家七十二营农民起义军集合荥阳大海寺，根据李自成提出的"分兵定向"的主张，各路义军四面出击，才开创了农民起义军走向辉煌的基业。

还有一个传说，李世民去大海寺治眼疾时许下大愿：长大后将寺院扩建得像海一样大！李世民当上皇帝后，就把扩建大海寺之事交给了尉迟恭。敬德想，何大为海？大海寺主持永安大师示其问皇上的大师姐郑蓉，郑蓉不见，手书四字，庙起庙止，意思是天下庙连庙就是大海。

敬德四处寻找寺院边沿。东起须水关帝庙，南到南山未见庙，于是找永安，永安当即就派徒弟去南山，催当地居民连夜在山脚建起一座龙王庙，所以当地村庄就叫催庙。敬德又去西边，以佛古洞为寺院西门，又找北边，找过黄河也无庙。敬德打马在黄河与荥阳之间跑了几个来回，也寻不见庙的踪影。时值正午，饥渴难耐，便截住路人喝问，何处有庙，路人道无，敬德用马鞭指着西边村庄问是什么村，路人答，苏砦。敬德大叫，苏砦苏砦，就塑到这儿。于是寺院北边的大门就定在苏砦。

尉迟敬德上报李世民，太宗指示：北边可建到河北，一定连寺院，西边的佛古洞，洞不能算庙，朕返京时见潼关有座庙，可把西边扩至潼关。

很显然，大海寺并不是因为其规模大而寺曰大海。

我又想到了佛法。佛法无边，是不是指佛法像大海一样广阔呢？

从《认识佛教》那本书上，我了解到："佛"这一个字，

从它的本体上说是"智慧"，从它的作用上来讲是"觉悟"。大智大觉的对象，就是无尽时空里面所包含的一切万事万物。佛用一个代名词代表这些万事万物，这个代名词就叫做"法"。

"佛法"这两个字连起来，就是无尽的智慧和觉悟。所觉的对象没有边际，能觉的智慧也没有边际，觉了宇宙人生一切的万事万物，无量无边。这就是中国人常讲的"佛法无边"。

佛法是无边的，而大海再大，也是有边际的。

大海寺建于北魏孝明帝正光年间，五代后期毁于战乱，后历经重修，最后毁于20世纪20年代。1976年，河南省工业局在荥阳人民广场举办展览，进行场地平整时，发现一批石刻造像，郑州博物馆与荥阳文化馆当即对遗址做了调查和试掘。在造像出土地两万多平方米范围内发现了隋唐以来的各代瓦片、瓷片，同时还发现了坚硬的基面、枯井、砖瓦及脊兽等遗存，说明这里原来是一处古代建筑遗址，其地望与文献所记载的大海寺的位置基本相符。

这次考古发掘和整理出土石刻造像共计41尊，有造像碑一尊、坐佛七尊、菩萨像17尊、菩萨头像11尊、罗汉像

二尊、佛头像一尊、释迦摩尼佛一尊、象形座一尊。最早为北魏孝昌元年的造像碑，最晚是北宋元丰四年的释迦摩尼佛造像，其中以唐代造像居多。

这批石刻造像现在大部分收藏在郑州博物馆，另外有七件被河南省博物院收藏。2009年秋天，大海寺管委会主任曹云霞居士曾带我们去看过。

在郑州博物馆的三楼石刻馆，几乎摆满了荥阳的佛刻造像。或丰腴柔丽，或简约朴厚，或雍容华贵，艺术风格各具特色。他们神情安详，体态婀娜。他们头束高髻，或为宝珠发髻或为双环髻，都自然生动，发丝缕缕可数。他们颈戴宝珠项圈，衣纹随势波动。飘动的帔帛，让人不禁想到在灵山会上拈花的世尊。

在河南省博物院，我们看到了十一面观音造像。十一面观音是六观音之一，主救济阿修罗道，给众生以除病、灭罪、增福之现世利益。为除恶导善，引众生入佛道之菩萨。

荥阳出土的这件十一面观音是密宗造像的代表，也是较早的密教造像之一。残高171厘米，六臂十一面，头顶是如来像，七个菩萨环绕其间，主相慈祥寂静，侧面两个菩萨相，左耳刻凶相，右耳刻善相。造像衣纹褶皱清晰，层次分明，尤其是腰间的花结，让人感到无比的柔软和细腻。

阿修罗原是古印度诸神之一，被视为恶神，属于凶猛好斗的鬼神，经常与帝释天争斗不休。阿修罗道又称非天界，它们是佛国六道众生之一。说它是天神，却没有天神的善行，和鬼蜮有相似之处。说它是鬼蜮，可它又具有神的威力神通。说它是人，虽有人的七情六欲，但又具有天神、鬼蜮的威力恶性。

要度这么一种非神、非鬼、非人又多猜忌嫉疑的怪物，若非具有无量的智慧和神通，具有大慈大悲的光辉感召，恐怕确实很难完成。

1994年荥阳撤县改市，邀请各国郑氏回荥阳参会，清定上师应邀来到荥阳。清定上师被誉为佛界十大高僧第一僧，早年曾是黄埔军校五期高材生，当时在军界军衔是空军少将，1941年弃戎从佛，是近代佛教界领袖，各国皈依上师名下的弟子有四十多万。

在会场，就是当年出土41尊石刻造像的遗址，上师感应到祥云笼罩，应是佛教寺院原址，经过询问后，当即指派弟子曹云霞负责重建大海寺。曹云霞那时候还是荥阳文化馆副馆长，画观音和钟馗的名气很大。她就拿出卖画的五万元钱，租了20亩地，开始筹建大海寺，刚初具规模，说这里要建居民区，让她搬迁。几经辗转，2003年政府给她规划了33亩地。现在的大海寺就是在这33亩地上一点点建起来的。

大海寺是观音菩萨的道场。进了大海寺山门，迎面就看到一座十米多高的滴水观音铜像。传说观音北行度人，移居荥阳，多次显圣救人，并以荥阳护城河随南海上潮示人，故大海寺也叫代海寺。意思是代替南海，是观音菩萨的第二个家。

关于这个传说，我和荥阳政协文史办主任陈万卿先生讨论过，所谓代海寺就是大海寺，河南土话常把"大"读成"代"，久而久之就有了代海寺之说。这个传说可以证明一点，就是很久以前这里就是观音菩萨的道场。

南怀瑾大师说过：真正的佛同其他许多宗教一样，是反对拜偶像的。那为什么还要拜呢？答案是四个字"因我礼汝"。因为我的形相存在，你这一拜不是拜我，是拜了你自己。是你自己得救了。

任何宗教最高的道理都是一样，不是我救了你，是你自己救了你自己。

传说从郑蓉那里传下来的五花一草汤，大海寺一年四季都往外舍。有次我问曹云霞居士这五花一草都治什么病？她

笑曰，五花一草不是固定不变的，要根据季节、男女、年龄的不同变化调配。有瘟疫的时候根据瘟病的情况调配，平时要结合寒热虚实调配。

关于曹居士用偏方给人治病的事情我倒是听到不少。每个偏方后面都有故事。比如蒲黄治心脏病是曹居士几年前患心脏病时在梦中偶得，她在梦中遇到一个医生，感觉就是观音菩萨，划掉了鸡蛋两个字，并示意蒲黄，她醒后一查药书，蒲黄就治心脏病。她就按照自己对那个梦的理解不吃鸡蛋，吃蒲黄，心脏病就好了，后来用这个方子又治好很多病人。

还不仅是给人治病，曹居士还印了很多治疗慢性病、民间偏方、食疗方面的书放在寺院，有谁需要谁就拿，随意付钱，无钱也无妨。我有次去寺院她送我一袋麦饭石，说是找了登封一个优质麦饭石矿，让人家在那儿打好拉回来的。"一次就拉几大车，谁要就给谁？"

对于大海寺往外舍钱舍物的事情我是知道一些的，非典时期舍板蓝根、消毒液，抗洪救灾去民政局捐款，地震也去捐款，凡是听说哪有灾有难了，大海寺多少要捐些的。

汶川地震时，曹居士是当天晚上看电视知道的情况，她哭了一个晚上，早上四点多她给出纳打电话："起来吧，都去找钱吧，得捐款呀！没钱借吧，打白条也行，都算到寺院

账上。"五点多，十多位居士就来到了寺院，大清早的，银行还没有开门，她们拿来的是家里的吃饭钱。

不到八点，曹云霞就怀揣着东借西凑的三万块钱来到了宗教局。人家是九点上班，她就在大门口站到九点。人来了，说，往哪儿捐啊？不知道往哪儿捐啊！曹居士说，平时我都捐到民政局了，这次我捐到这儿，是想带个头，这恁大的事，得号召捐款啊！基督教、伊斯兰教、道教，都得捐啊，平时咱们宣传的就是博爱就是慈悲，这时候正是咱们发扬博爱，发扬慈悲的时候呀！

曹云霞把这种捐款，都叫做"舍"。

大海寺是国务院批准的寺院，但财政上政府是没有一点投资的。大海寺院内的建筑有大雄宝殿、四大菩萨阁和为安放清定上师舍利子特意建造的一座千佛塔。别具一格的是大雄宝殿，这是一座三层建筑，集念佛堂、大雄宝殿、藏经楼为一体，很有气势。

据曹云霞说目前大海寺的资产是两千八百万，另外还有三百多万的贷款。有这么多贷款，不赶紧还贷，每年还往外施舍那么多钱物；政府没一点投入，这两千多万哪来的呢？

大海寺截止目前捐款最多的香客是十多万。这两千多万都是众香客你十元我八元一点一点积下来的。也有捐一千两

千，一万两万的，这样的香客，名字都留在了大海寺的功德碑上，我数了一下，总共约有万名以上。

曹云霞说，大海寺就是这些人建起来的。

我忽然想起荀子的一句话：不积跬步无以至千里，不积小流无以成江海。

我好像看到了一丝亮光，但还是很缥缈。

有次我和大海寺的延海师谈佛法，他说，莲花为什么是佛的教花？因为她植根在污泥，又出污泥而不染。这个污泥就是大乘佛教中说的娑婆世界，也就是六道。莲花的生长过程，就是修佛的过程。莲花的意思就是告诉众生，佛就是一个普普通通的人，佛是植根在俗世又超越俗世的一个普普通通的人。佛是在生活中觉悟的，越是修行高的人，表面看越和普通人一样，只不过他们的内心是开悟的，自在的，是一个觉悟的众生。

我想到了佛家讲的：广结善缘，因果报应。

我还想到了禅宗十大经典之八中讲的：苦海无边，回头是岸。放下屠刀，立地成佛。

回头，怎么样回头？我认为回头就是皈依，皈依到内心的善。明心见性，口到行到关键是要心到。

一切万法不离自性。

　　我们的心地，是真正的大圆满，具有真正无量的慈悲和无量的智慧。

　　那么岸，就是佛法。

　　海，就是众生。苦海是比喻众生在种种痛苦中挣扎，犹如溺于无边大海之中无法自拔。

　　我心中不由一亮，蓦然明白了大海寺何以名为大海寺。

大海寺

三世诸佛

读李商隐

　　读李商隐，心头总是湿漉漉沉甸甸的，像是注了冰凉的水。

　　《全唐诗》上收录李商隐的诗有三卷，大约有六百首。以《无题》命名的诗有十五首。其中：

> 相见时难别亦难，东风无力百花残。
> 春蚕到死丝方尽，蜡炬成灰泪始干。
> 晓镜但愁云鬓改，夜吟应觉月光寒。
> 蓬山此去无多路，青鸟殷勤为探看。

　　我认为是能谶纬李商隐一生的一首诗。

　　李商隐终生困顿，一生都是在不断受排挤和郁郁不得志中度过的。虽苦苦挣扎，也无法摆脱人际关系这张无形的罗

网，致使他"虚负凌云万丈才，一生襟袍未曾开"。

这并不妨碍他对自己的政治抱负和理想的执着，这里的"丝"，我认为也应该是思念的"思"，但我认为这个"思"有可能是对一个人，也有可能是对一种追求或是一个理想。而更大的可能是表面上表达的是他在男女情恋上的缠绵与相思，而实际上则是通过这种隐晦的手法表达了他对政治、对仕途的渴望和期待。我认为以此来解读李商隐的无题爱情诗，似乎更能读出这些诗的缠绵情味，读出一个立体的晚唐社会政治风气，读出一个真实的唐代杰出诗人——李商隐。

李商隐自称与唐朝的皇族同宗，他也曾数次在诗歌和文章中申明自己的皇族宗室身份。但是他和唐朝皇室的这种血缘关系太遥远了，以至于官方的属籍文件都没有记载。

李商隐祖籍怀州河内，就是今天的河南沁阳和博爱县境。李商隐的家世，有记载的可以追溯到他的高祖李涉，曾担任过最高级的行政职位是美原县令；曾祖曾任安阳县尉，祖父曾任邢州录事参军，父亲李嗣，曾被浙东浙西节度使加为殿中侍御史，在李商隐出生的时候，李嗣任获嘉县令，就是现在河南的获嘉县。

李商隐还不满 10 岁，他的父亲就在浙江幕府去世，他和母亲、弟妹们回到了故乡荥阳，把父亲葬于荥阳檀山之原。

檀山原是李商隐家的老茔，他在《祭叔父文》里说："檀山旧茔，忽罹风水，寿堂圮坏，冢树凋倾。"在请卢尚书为曾祖母曾祖父合葬写墓志文的请求中也说："俾自我祖，百世不迁。"在《祭仲妹文》中，他说："檀山荥水，实为我家。"后来他的叔父、两位姐姐、小侄女寄寄等，死后都埋葬在这里。

但这里对于李商隐来说依然是一个完全陌生而且相当艰苦的环境。由于生活贫困，他们常常要靠亲戚接济。在家中李商隐是长子，因此也就背负上了撑持门户的责任。后来，他在文章中提到自己在少年时期曾"佣书贩舂"，就是为别人抄书挣钱，贴补家用。

早年的贫苦生活对他性格和观念的形成影响很大。他渴望早日做官，以光宗耀祖。大约在他 16 岁时，就开始与当地的一些知识分子交往，将自己的作品散发给他们阅读，获得很多士大夫的赞赏。这些士大夫中，就包括天平军节度使令狐楚。

认识令狐楚是李商隐一生中最重要的事件之一，他后来的生活状态在很大程度上与此有关。令狐楚是骈体文的专家，对李商隐的才华非常欣赏，不仅教授他骈体文的写作技巧，而且还资助他的家庭生活，让他在门下与儿子令狐绹等同学。

在令狐楚的帮助下，李商隐的骈体文写作进步非常迅速，由此他获得极大的信心，希望可以凭借这种能力展开他的仕途。

在这一时期的诗作《谢书》中，李商隐表达了对令狐楚的感激之情以及本人的踌躇满志：

微意何曾有一毫，空携笔砚奉龙韬。

自蒙夜半传书后，不羡王祥有佩刀。

在令狐楚的帮助下，李商隐步入政坛。唐文宗开成二年（837），令狐楚之子令狐绚协助李商隐中了进士。

从 829 年令狐楚聘用李商隐作幕僚，到 837 年令狐楚去世，他们一直保持着非常亲密的关系。李商隐以谦卑诚恳的态度赢得了令狐楚的信任，有一件事可以表现这种信任的程度：令狐楚在病危之际召唤李商隐来到身边，要求他代为撰写遗表——这并非普通的遗书，而是要上呈给皇帝的政治遗言。令狐楚本人就是这种文体的高手，而他宁愿让李商隐帮助完成自己一生的总结。

令狐楚病死后，李商隐失去依凭，于次年到泾州就是今天的甘肃泾川县进入泾原节度使王茂元的幕僚并受到赏识，后来又娶了他的女儿。

一缕一缕的阳光

李商隐生当晚唐，当时唐王朝已经是处于全面崩溃的前夜。内部宦官专权，外部藩镇割据，朝廷内以牛僧孺和李德裕为首的两大官僚集团的斗争正进入白热化阶段。令狐楚父子属牛党，王茂元则接近李党。李商隐转依王茂元门下，在他本人虽并无党派门户之见，而令狐绹及牛党中人却认为他背恩、无行，极力加以排挤。令狐绹尤其厌恶他，认为他忘恩负义。

在这种情况下，李商隐的仕途显然无法顺利。他曾于唐文宗开成四年（839）、唐武宗会昌五年（845）两入秘书省，但只是短期地担任过低级官职。李商隐也在基层政府做过小官，同样短暂和坎坷。他一生的大部分时间都在一些外派官员的幕下供职。事实上，无论是"牛党"还是"李党"得势，李商隐从来没有机会晋升。

令狐绹当了宰相后，李商隐曾多次尝试补救，包括写了一些诗给令狐绹，希望他顾念旧情，但令狐绹始终不理睬他。几次到长安活动，只补得了一个太学博士。

在全唐诗李商隐卷五百三十九、卷五百四十中，我读到了这些他当年写给令狐绹的诗《酬别令狐补阙》《酬令狐郎中见寄》《寄令狐学士》《梦令狐学士》《寄令狐郎中》《令狐舍人说昨夜西掖玩月因戏赠》。

"嵩云秦树久离居，双鲤迢迢一纸书。休问梁园旧宾客，茂陵秋雨病相如。"（《寄令狐郎中》）"山驿荒凉白竹扉，残灯向晓梦清晖。右银台路雪三尺，凤招裁成当直归。"（《梦令狐学士》）

这让我想起李白的经历，李白出生于盛唐时期，他的一生，绝大部分在漫游中度过，游历遍及大半个中国。

二十岁时他只身出川，开始了广泛漫游，他希望通过到处游历，结交朋友，拜谒社会名流，从而得到引荐，一举登上高位，去实现政治理想和抱负。可是，十年漫游，却一事无成。为此，他也曾给当朝名士韩荆州写过一篇《与韩荆州书》，以此自荐，但也是石沉大海，了无音讯。

《与韩荆州书》我也读过，起首一句就让人过目不忘，"白闻天下谈士相聚而言曰：'生不用封万户侯，但愿一识韩荆州'"。

读李商隐写给令狐绹的那些诗和李白写给韩荆州的自荐书，同样令我感到悲叹。什么是英雄末路？什么是虎落平阳？那么忧郁、敏感、清高的李商隐呀！那么狂傲不羁的李白呀！是他们不知道不求人不低于人这个道理吗？不是，他们是为实现自己的政治理想而折腰，他们是为实现自己的抱负而委屈自己那颗高贵的灵魂。十年之后，李白一句"安能摧眉折腰事权贵"，才是他真正飞扬的人格！李商隐开成三年所作的《安定城楼》才是他的意愿和胸襟！

> 迢递高城百尺楼，绿杨枝外尽汀洲。
> 贾生年少虚垂泪，王粲春来更远游。
> 永忆江湖归白发，欲回天地入扁舟。
> 不知腐鼠成滋味，猜意宛雏竟未休。

这时他刚娶了王茂元的女儿，被人视为李党，赴京应博学宏词科试，因牛党人士作梗而落选，成为牛李党争的牺牲品。他回到安定，登上城楼，不禁感慨万千，写下了这首登临抒怀之作。

李商隐本来可能是想置身于牛李党争之外，他的交往有牛党也有李党，在他的诗文中对两方都有所肯定，也都有所批评。然而，在政治斗争中想要保持中立，显然只能是一厢情愿。

在这种夹缝中苦苦挣扎的李商隐官小职微，性格又多愁善感，他纵有百般委屈、万般无奈，又怎么说，又对谁说呢？

他只能借助无题爱情诗的那种一言难尽，微妙复杂的感情，那种"才下眉头，却上心头"！那种欲说还休，欲说还休的无奈表达自己缠绵真挚、深沉绵邈的情思和郁闷。况且，李商隐对佛教也是兴趣浓厚，佛经中对"有"和"无"的辩证阐释，即"无便是有，有便是无"，对他以无题命名的这些诗不能说没有影响。

李商隐的政治生涯结束于唐宣宗大中十二年（856），其时他追随兵部侍郎、充盐铁转运使柳仲郢，担任盐铁推官，柳被调任刑部尚书后，他就回到了家乡荥阳。那时候，李商隐的身体情况已经很不好了，回到荥阳不久，就病故了，年仅四十七岁。

2008 年，荥阳市在他的墓地檀山原，建起了一个李商隐公园。这个墓地就是李商隐当年埋葬父亲和叔父、两位姐姐、小侄女寄寄的"檀山旧茔"，后来李商隐在荥阳为母亲守孝其间，又将寄葬在各地的亲属灵柩都迁葬到了这里。

荥阳檀山原，应该说是李商隐的一个家族墓地。

可是现在这个公园里，除了李商隐的墓之外，再也看不到其他人的墓了！我走在这个古色古香、小桥流水的公园里，总是感到寂寞和孤独。李商隐是很看重骨肉亲情的啊！不然他怎么会把寄葬在各地的亲属灵柩都迁葬到荥阳呢！

一缕一缕的阳光

　　我曾在一篇名为《很远的事情》的散文中写到，假如我有一块地，有一块这么广袤的麦地，我会把离我而去的所有亲人都埋葬在这里。那样的话，就算亲人已离去，也不会觉得他们离自己很远。干活累了，就躺在他们身边歇歇；有什么委屈、忧伤、高兴的事儿了，就来这儿坐坐。等有一天我也要离开人世时，我就回到这些亲人身边，看着我的后嗣子孙"晨兴理荒秽，带月荷锄归"。

　　李商隐公园我去过很多次，每次一进正门，迎面看到矗立在园内锦瑟广场中的那座李商隐坐而抚琴的铜质雕像，看到两侧镂空石字砌起的石墙上那首《锦瑟》诗，我就想哭。待走过灵犀广场，走过晚晴苑，走过那些美丽的诗联字刻，走到他的墓前，看到他孤零零的墓，我心里的泪水就更是汹涌澎湃。但是我每次去，都是因工作关系陪人一起去的，大哭一场的渴望也只能是一个心愿了！我很想在一个月夜或是细雨里，黄昏中也行，一个人去看看他，在他的墓旁静静地坐会儿。但是我始终没去。虽然没去，但我的心，已经去过无数次了。我的目光，已经抚摸过那里的每一寸土地，每一棵小草。

　　夕阳无限好，只是近黄昏。

身无彩凤双飞翼，心有灵犀一点通。

神女生涯原是梦，小姑居处本无郎。

风波不信菱枝弱，月露谁教桂叶香。

刘郎已恨蓬山远，更隔蓬山一万重。

春心莫共花争发，一寸相思一寸灰。

这些写在、刻在园内每一个角落的诗句，曾无数次地浸湿我的目光。

李商隐的诗宋初十分流行，"西昆体"仿效他的用典成为西昆诗派，但只是机械地学到了堆砌辞藻，而不能得他的神髓。宋刘攽《中山诗话》中记载：北宋杨亿、刘筠等人互相以诗唱和，创立"西昆体"，以学习李商隐的诗歌风格著名。当时有一位职业演员扮演李商隐，穿着破烂的衣服，对别人说：杨亿他们生生撕破了我的衣服，引起哄堂大笑。有人用这个故事来讽刺"西昆体"诗派对李商隐的继承是生吞活剥。

李商隐的诗善于利用历史典故和神话传说，通过想象、联想和象征，构成丰富多彩的艺术形象。我读中文系的时候，教科书上说他用典过多，诗意晦涩。因为我多年来一直认为唐人的诗中，最有味道，最耐咀嚼，最能引起人邈远遐思的，就是李商隐的诗了。所以心里很替他不平，认为是后人不理解他的用典之意罢了。

后来知道由于李商隐诗意比较隐晦，因此从宋代开始，李商隐的爱好者们就尝试着为他的那些难懂的诗作注解，明朝末年的道源和尚也曾为李商隐的诗作注，清朝初年，朱鹤龄在道源注本的基础上，删去了一小部分，又增补了很多，完成《李义山诗注》三卷。这是目前可以看到的最早的李商隐诗歌的完整注本。此后又经过多人的注解考证，对李商隐诗中的典故我们已经能够大致了解，但是为什么我们对李商隐的很多诗中所表现的涵义，仍然是莫衷一是呢？

李商隐以无题诗著名。有些研究者认为李商隐诗集中部分有题目的诗也应该属于无题诗一类，理由是这些诗的题目往往是从诗的首句中取前几字为题，或者诗题与内容本身毫无联系。如果以这样的标准来看，李商隐诗集中可以归入无题诗的就有近百首之多。

取前两字为题而实质是无题的诗如《锦瑟》：

锦瑟无端五十弦，一弦一柱思华年。
庄生晓梦迷蝴蝶，望帝春心托杜鹃。

沧海月明珠有泪，蓝田日暖玉生烟。

此情可待成追忆，只是当时已惘然。

锦瑟是唐代十分流行的一种二十五根弦的瑟，弹拨时发出的声音如丝似竹，赛行云流水。这里"五十弦"是托古之词。这首名篇文字锦绣华美，色调却朦胧，历来有"一篇锦瑟解人难"之称。刘攽在《中山诗话》中提到，有人猜测"锦瑟"是令狐楚家的一位侍儿，李商隐在令狐家受学期间，曾与她相爱，但终于没有结果。也有猜测，《锦瑟》是为纪念亡妻而作，以琴弦断裂比喻妻子去世。

说到李商隐的爱情，也像他的一生一样坎坷，他与柳枝、宋华阳都相恋过，而且恋得很痴情，但最终都是花自飘零水自流。到了二十六七才组建了自己的家庭，所幸与夫人王氏感情很好。可结婚还不到十二年，妻子便驾鹤西去了。就是在这十二年中，由于他到处漂泊，也是不能和妻子经常团聚。

王氏死后，李商隐在梓州幕府时，府主同情他鳏居清苦，要把才貌双佳的年轻乐伎张懿仙赐配给他。这时，他已经笃信佛教。

我不知道李商隐回到荥阳之后以怎样的状态走完他生命

商隐之精灵　庄生梦蝶
望帝杜鹃

读李商隐

商隐之精灵，庄生梦蝶，望帝杜鹃。

中最后的岁月。我知道那首《锦瑟》是作于他回到荥阳之后的暮年。

这时候他华年已逝，行将老朽，追忆自己一生曲折的经历和政治生涯，也曾把庄生梦蝶的虚幻，当做确切的真实，春蚕吐丝般地去追求；也曾为望帝啼鹃般的冤屈、悲愤，蜡炬滴泪，泪尽灰飞。

神话里说，月满则珠圆，可是，沧海寒月下的蚌珠依然有泪。在茫茫无际的大海里，每一颗珍珠，都是一窝盈盈的泪水。陕西蓝田东南，是有名的产玉之地，良玉虽生烟示人，但是人们只见山中烟霭，却不知玉在何处，美玉如同沧海遗珠一样无人赏识。

人生苦短，迷茫之间，时光飞逝，自己虽然才华横溢，虽然努力抗争，可结果还是忧伤以终老。回忆曾经的种种经历，当时惘然，现在也惘然！

等慈寺

等慈寺故址位于荥阳市汜水镇赵村东南。

唐武德四年，公元 621 年，在今天的汜水、王村镇和高村乡等荥阳西北一带发生了一场关系唐王朝命运的关键战役——武牢之战。秦王李世民在这一带大败了盘踞河北称"夏"帝的窦建德，奠定了唐朝统一中原的基础。

数年后，李世民登基做了皇帝，就将双方战死的官兵尸骨集体掩埋，建寺为他们超度亡灵，寺名曰"等慈寺"。李世民的这个举动后人评价说是为了追念在这次战役中死亡的士兵，颂扬武功，也为昭示其仁慈之心。

这些成分，我认为应该说占很大比例的，也正是基于这样的慈悲情怀，李世民才开创了"贞观之治"这样一个国泰民安的局面，为后来全盛的开元盛世奠定了重要的基础，将中国传统农业社会推向鼎盛时期。

等慈寺建成之后，颜师古奉诏撰写一通《大唐皇帝等慈寺之碑》。宋代赵明诚《金石录》认为碑成于唐贞观二年（628），清王昶《金石萃编》认为成于贞观三年（629），但是清方若认为成于贞观十一年（637）之后。

就是按照赵明诚的说法是公元628年刻成此碑，那么离武牢之战也有六七年的时间了。一位老者曾对我说，尸体暴露在野外，有两年就全是累累白骨了！也就是说当时李世民埋葬那些战死沙场的将士时，已经是分不出敌我了！在这种情况下，只能一起埋葬。这是一种无奈，也是一种众生平等的仁慈。况且，李世民那时候已经是一国之君，普天之下，莫非王土。一个胸怀"济世安民"的政治家的心地，应该是善良的，虽然他发动了玄武门之变。

等慈寺碑全称等慈寺塔记铭，碑首有"大唐皇帝等慈寺之碑"9字篆额，碑高4.7米，宽1.53米。碑身文字为正楷而多魏碑之意，共32行，行65字。内容记述了唐初武牢之战的历史及其唐太宗敕建等慈寺的情况。碑文书法规整俊秀但不靡丽浮华，有规矩而不僵化，笔画流畅而不轻飘油滑，既有北碑遗意又初具唐楷风范，保持着隋碑的基本特色，结构严谨，行笔健劲。杨守敬《平碑记》云：等慈寺碑之书法"结构全法魏人，而姿态横生，劲利异常，无一弱笔，堪与欧虞抗行"。"欧虞"指的是唐初四大书法家中的欧阳询和虞世南。

由于等慈寺碑"既有匀净精劲之风采,又得茂密雄健之精神,结体于精妙见姿势,下笔峻利而又沉稳,为唐楷中之杰出者"。因此,代代被人捶拓、著录和临摹。

前段时间我想找本楷书的帖临习,问了业内行家,他说,你就临《等慈寺碑》就行,其书法既有北朝《张玄墓志》《元其墓志》等一路的风格,又有初唐楷书的一般法度,工整而秀逸,端庄而流美,雅俗共赏。

但由于《等慈寺碑》没有记载立碑年月及书写人的姓名,又由于颜师古是名儒颜之推的孙子,初唐的大学问家,又精于书法,而且后来他的五世孙中又出了个大书法家颜真卿,所以有人认为碑字也是他的手笔。我就想找本颜师古的字帖看看,但却数年无果。

唐高宗李治显庆四年,公元659年八月十五日,东封泰山返回路过等慈寺时,感念父皇大败窦建德的丰功伟绩,挥毫又撰写了一通《大唐纪功颂》碑。这座碑高4.5米,宽1.9米,碑首处有飞白书"大唐纪公颂"五字。因此碑笔力雄健挺拔,运笔便捷,飞白书额,矫若游龙;碑文纵逸潇洒,石质细润,雕刻精细,故被誉为"三绝碑"。碑阴为随驾大臣

许敬宗等的题名。

　　敕建的等慈寺早已湮没在历史的尘烟之中了，我去汜水看等慈寺的时候，那里已经是一片绿茵茵的麦地了。我问身边随行的老师，等慈寺被毁于什么时间，他说民国时期就被毁了，但格局和部分房屋还有，后来陆陆续续地败落，直到"文革"时期算是彻底毁完了。

　　历史留给后人的或许就是一种精神，一种人类寻求精神家园的迷离背影。但文化的力量是强大的，它穿透漫长的历史，升华成我们的精神资源，让我们和这块土地，以及这块土地上的人民，有一种血肉联系。

碑寺等皇大
之慈帝唐

等慈寺

大唐皇帝等慈寺之碑

桃花峪这个地方

我没来荥阳之前，有位朋友就向我介绍过桃花峪这个地方。

朋友说，桃花峪是黄河中游和下游的分界处，是刘邦项羽中分天下的鸿沟所在地，每年春天，那里都会举办桃花节。

我到荥阳之后，知道桃花峪在荥阳广武镇北面七公里的广武山上，是新农村建设的示范村。广武山是座土山，由于土质松软，山上便布满了深浅不一的沟壑。鸿沟是中国古代最早沟通黄河和淮河的人工运河。战国魏惠王十年开始兴建。修成后，经过秦代、汉代、魏晋南北朝，一直是黄淮间主要水运交通线路之一。隋代开通济渠，即唐代、宋代期的汴河，成为黄淮间的交通干道，相当于鸿沟位置的蔡河仍部分起着沟通黄淮的作用。直到元代建都北京，开京杭运河，水运干线东移，蔡河就堵塞了。

2008 年秋天我在荥阳党校学习的时候，桃花峪作为新农村建设的示范村，曾被安排在我们参观的范围之中。

但那次参观没有安排去看鸿沟，由于季节不对，也没有看到桃花，但对荥阳的地形却有了一个大致的认识。一是黄土高坡的地貌应该是从荥阳就开始了，二是荥阳地形就是诞生鸿沟的地形。特别是在看到黄河中下游分界碑附近那些深沟大壑后，我对这两点认识就又确信了一些。在分界碑的北面，黄河紧贴着山脚静静地流淌着。

再次去桃花峪，是在 2009 年三月份的桃花节开幕那天。

随着目的地的临近，我们与桃花谋面的频率也越来越多。起初只是一小片一小片的霞在坡坎上的绿树丛中，渐渐地，满眼就都被那红霞占据了，无论走到哪儿看到的都是桃花。洋洋漫漫，浩浩荡荡，无节制地铺展到天边。

汽车在一个种满桃花的停车场停了下来。这里的桃花种的都是看桃，大朵大朵层层叠叠地开了满树，让人直担心那细弱的枝条是否能托得动这满树的妖娆。人已经来了很多，熙熙攘攘的东一堆西一堆地聚在停车场的路边在等着开幕。我因为想在黄河边走走，就拉了个单位的同事一起往山坡下走。

坡路很陡，比想象的难走很多。快下到坡底的时候，一片不是很大的桃花林吸引了我的目光，它们面朝黄河在三月的阳光下心闲气定，从容烂漫地开放着，仿佛飘摇在尘世之外。

只一眼，我的心就整个被它打动了。渴望去黄河边的脚步就停了下来，就忽然想在这黄土坡上打一孔窑洞，同它，同不远处的黄河，朝夕相伴。

读书，写字，养一群鸡，放满坡的羊。春天看桃花，夏天吃桃子。如果允许，就在窑洞外种两棵柿树，以安抚秋天寂寞的眼睛。

我们去鸿沟的时候已经是下午了，除了我们一行十几个人外，几乎没什么游人，这让我心里很有些沧桑、悲凉之感。想当年楚汉战争历时四年，相持两年五个月，只在荥阳、成皋一线这个主战场，大的战斗就打了70场。项羽屡战屡胜把刘邦围困于荥阳城一年多，如果不是纪信假扮刘邦出荥阳城东门，向楚军投降，楚军听说后纷纷跑到东城门观看汉王。刘邦怎么可能骑马西逃，怎么可能有一年后在鸿沟与项羽隔涧对话的机会？怎么可能让"力拔山兮气盖世"的楚霸王落得个"乌江自刎"？

作为楚汉战争转折点的历史坐标，鸿沟是四百年汉帝国的一块基石，踏着成千上万人的尸骨，刘邦登上了汉高祖的皇帝座席。而今，鸿沟无声地铺展在荥阳广武山下，化为中国象棋棋盘中间那窄窄的一道"楚河汉界"。

公元前 205 年冬，项羽在垓下大败，留下了"力拔山兮气盖世，时不利兮骓不逝。骓不逝兮可奈何，虞兮虞兮奈若何"的名句之后，拔剑自刎，结束了他英雄的一生。

项羽宁可死也不愿意愧对江东父老，左右他思想行为的只有两个字：道德。项羽一生做了很多不道德的事，也许是不得已而为之，但他最后却死得非常道德。后世人把他看做失败的英雄，崇敬而惋惜，大概都是因为这一点。刘邦自己不为道德所束缚，却又以此为武器，一次次紧逼项羽，项羽处处被动，而又总想在"道德"上无懈可击，最终四面楚歌，乌江自刎。

项羽的悲剧，或许是"道德的悲剧"。

四百多年后，魏晋诗人阮籍登广武山，观楚、汉古战场时感叹道："时无英雄，使竖子成名！"

战争的硝烟散去，当年的战场成了今天的旅游景点，曾经沟通黄淮间的人工运河已经丝毫看不出河的痕迹。遍布的深沟甚至让人分不出哪条沟是鸿沟。倒是黄河岸边保护鸿沟，保护二王城的工程如一道水上长城，壮观得让人感动。

河阴石榴

喜欢吃石榴是到荥阳之后的事情。在此之前，石榴一直都是我最不喜欢吃的水果之一。

首先，怎么吃就是一个问题。因为用手掰不开，只好用刀切，可是它们的籽实又是那么稠密，一粒压着一粒，一粒挤着一粒，一刀下去，那些如玛瑙如星子般晶莹剔透的籽实，就有些血肉横飞、惨不忍睹的味道了。美被摧残成这样，哪里还有吃的兴致！勉强剥下几粒放入口中，汁水还没有籽核多，而且怎么样处理籽核也是个问题，不嚼籽核吧，吐出终觉不雅，嚼了籽核弄得满嘴都是渣滓，很不舒服。再一个是口感，品种好的，吃起来酸酸甜甜尚可勉强说得过去，品种不好的，要么寡淡无味要么酸得不敢沾牙，但是即便品种好，由于此前石榴的那些种种，我也仍旧对它爱不起来。

我因工作调动到荥阳文联是夏天的事情，九月中旬荥阳在高村乡举办河阴石榴节，我也参加了。

据史料记载，河阴石榴栽植源于汉代，张骞出使西域时，从安息国（今伊朗）带回石榴良种，始栽于荥阳，距今已有 2140 年，因在河阴县（今高村、广武）栽植，所以取名河阴石榴。河阴石榴籽大、色红、味甜，落地不沾尘土，食之满腮生津，以其独有的特色而驰名，在盛唐时被封为朝廷贡品，后来成为应节佳果和吉祥的象征。

《河阴县志》云："北山（指广武山）石榴，其色古，籽盈满，其味甘而无渣滓，甲于天下。"《申志》云："渣殊软，子大且甘，土人以仙石榴名之。"元朝农学家王祯编撰的农业科学名著《农书》称："石榴以河阴者为最佳。"宋人孟元老在《东京梦华录饮食果子》里，把河阴石榴列为美食之一，与宋朝发明制作的火腿、火锅、东坡肉齐名。"河阴石榴砀山梨，荥阳柿子甜如蜜"更是广为传诵。1984 年 12 月，河南省石榴开发协作组在郑州召开石榴监评会，在 31 个品种当中，河阴石榴为全省之冠，被誉为"中州名果"。1993 年河阴石榴与荥阳柿子一同被评为郑州市十大历史名产。

味甘而无渣滓！我望着窗外远远近近的石榴园不禁想，味甘肯定是甜了，没有渣滓就奇怪了，难道河阴石榴没有籽

核吗？

想不明白的事情就暂且放一放，不如放松心情去欣赏沿途的景致呀。

高村乡一带大都是丘陵地形，沟坎错落间，那些挂满枝头的石榴就成了一道美不胜收的风景。石榴是一种喜阳耐旱的植物，又由于生长期长，以前大都被农民栽种在沟沿上，不占用耕地且受光充分。近年来，荥阳市委、市政府为使河阴石榴这一特产发扬光大，采取高科技栽培，引进改良新品种，为了突出河阴石榴的特殊品质，大量推广种植，从质和量上得到空前发展，形成规模化产业化，所以现在台地和坡地也都种上石榴，在经济效益日益显著的同时，也成为荥阳的特色品牌之一。

众手浇开幸福花　金秋十里邙岭香

淳朴善良的 62 万荥阳人民向关心和支持石榴产业发展的省、市领导，河南大学郑州校友会，林业、农业、扶贫、科技、旅游等部门表示衷心的感谢！

喜迎石榴盛会　笑迎八方宾朋

热情好客的 62 万荥阳人民真诚欢迎各界朋友前来品尝

石榴风味，体验榴乡风情，共商发展大业，共创河阴石榴誉满全球的明天！

　　还没走进会场，那种热烈，已经从这些飘扬在会场上空的大红条幅中传递出来。

　　在熙熙攘攘的人群中，我看到一箱一箱的石榴摆在会场的展台上，我粗略看了下，有铜皮、铁皮、软渣、大红甜等。单位的同事大约同举办方比较熟，一边同他们打着招呼，一边从箱子里拿出一只石榴，只一掰，石榴就成了两半。我正惊诧于他刚才的举动，他却很随意地把他刚才掰开的石榴递给我说："给，尝尝荥阳的石榴。"

　　我狐疑地接过石榴，还在想，本来石头一样的果子，怎么一到他手里就这么轻易给掰开了？

　　噢，原来荥阳的石榴皮这么薄！我掰了下翘起的皮儿，原来不仅薄还脆！我剥了几粒籽放在嘴里轻轻一嚼，哇塞！一股甘甜也可能是清甜，反正甜的那个爽，顿时溢满两腮。这么多水！而且确实嘴里没有渣滓的感觉。奇怪了，看石榴的籽实里面明明有一个小白点的嘛！

　　"荥阳这软籽石榴吃起来就不觉得有籽，因为水多，出汁率在91.2%，它的籽又小又软，你嚼石榴的时候不觉得就

把它嚼咽了。"同事对我解释道。

那个会上我吃了多少河阴石榴是记不住了，但至此以后就喜爱上了荥阳的石榴。

有次荥阳的一位作家来文联，聊天中说到河阴石榴，他的声音不但马上就提高了许多，而且说出的话也变得铿锵有力起来，荥阳的石榴为什么个大，口感好，因为荥阳的土好！国外的专家来荥阳考察，说荥阳的土是白兰土，种啥成啥。我不知道什么是白兰土，问他，他说就是种什么成什么的土。我想大约他也不甚了了，但他对荥阳的热爱，对河阴石榴出自荥阳的自豪，让我很受感动。

河阴石榴节从 2005 年开始举办，到现在已经成功举办了四届。河阴石榴文化节的成功举办，使荥阳取得了河阴石榴产业发展和生态观光旅游双丰收，更加激发广大群众种植河阴石榴的积极性。

由于河阴石榴基地的不断发展壮大，带动了相关产业发展。河南省郑仕酒业食品有限公司开发了集营养、保健等功能为一体的郑仕石榴酒。广武镇黄河百果庄园、高村乡刘沟村依托石榴资源开展生态观光旅游，取得了显著的经济效益，成为生态旅游观光的典范。

2008 年 5 月，河阴软籽石榴又获得了中华人民共和国

地理标志产品保护。荥阳市也通过了中国果品协会"中国石榴之乡"专家考评。

也是 2008 年，在 9 月底的荥阳中国诗歌文化节上，文联的几位同志与荥阳的几位老作家济济一堂吃河阴石榴，其中一位老作家拿起一个石榴说，让我给你们开个石榴让你们看看。只见他一手握石榴于掌中，一手握水果刀，先轻轻削掉石榴盖，然后在石榴四个鼓起的棱上轻轻一划，偌大一个石榴一下子就炸成了几瓣儿。

"这就叫开石榴，石榴得开不能切，开石榴就是打开幸福、和谐的大门呀！"那位老作家情绪颇激动地说。

是呀，在中国的习俗文化中不是也有"榴开百子"的故事吗？石榴，蕴涵的是繁荣昌盛、团结、和睦、子孙满堂、后继有人呀！

我的脑海里蓦然跳出了几句诗，这首诗，是在这个诗歌文化节上来自蒙古的一位诗人写的一首《河阴石榴》。

是谁举着小小的火炬，在时光中
奔跑，是谁在阳光最灿烂的五月
成为最美的新娘，是谁怀抱着内心的甘甜
成为凝固的火焰，是谁啊，留下了一个

多子多福的寓言……

举起太阳这枚最大的石榴，是谁

在辽阔的九月，漫山遍野地挂起

这小小的红灯笼，照亮荥阳

美好的前程。

吃河阴石
榴多子多
福又长寿

河阴石榴

吃河阴石榴，多子多福又长寿。

生活之悟

鱼的个性

那十条大小不等的鱼被先生醉醺醺地拎回家时，都已经安静了下来。

先生说："把它们放水里吧，看还有活的没有。"

我就把它们放到了浴盆里。

我在浴盆旁边站着看一会儿就有两条半尺来长的鲫鱼摆起了尾巴，片刻，就趔趔趄趄地在水里游起来。我就打开水龙头，又往浴盆里加了些水。在水龙头潺潺的水声中，一条一尺来长的鲫鱼也渐渐苏醒，在水里晃晃地荡着。我又站了一会儿，没有发现再活过来的鱼。我跑到先生卧室问他这鱼的来历，他说是一个同事钓的。

"怎么不让袋子里装点水呢？"

先生语焉不详地说了句什么就沉沉睡去了。

半夜起来去卫生间，灯一打开，就看到浴盆旁边躺着一条半尺来长的鱼。脑子里就闪了一下，是那两条先活过来的鱼中的一条。我急忙把它抓起放到水里，心想不知道跳出来多大一会儿了，还不知道能不能活呢。

"跳什么跳，你以为你是鲤鱼呀？就算你是鲤鱼，我这儿也不是龙门呀！"

我看着它一动不动的身体有些气急败坏。就在我刚气急败坏的叨咕完，我看到它深灰色的身体又动了起来。

又活过来了！这家伙，命够大的！我看看其他的鱼，除了昨晚活过来的这三条外，没有再活过来的了。我又看看另外两条，还是那条半尺来长，在水里老老实实呆着的鱼活得最好。在这条鱼安然的闲游中，我注意到那条跳出来的尚在恢复中的鱼，比其他鱼的颜色，都黑得多。

说不定这是条野鱼。我这样想着，曾经和一位朋友的对话就出现在脑际。

水库的领导给我们炖了一锅野鱼。

你怎么知道那是野鱼？

皮都是黑的。

野鱼的皮都是黑的吗？

嗯，颜色都很重。

这段话，后来就成为我判断鱼类的一个标准了。

天蒙蒙亮的时候我又去卫生间，又看到一条半尺来长的鱼躺在离浴盆稍远一些的粉色地板上。直觉告诉我，这条躺在地板上的鱼，还是那条已经跳出来过一次的鱼。我把它放到水里，发现果然不错。

早上起床去看它们，看到那条一尺来长的鲫鱼已经死了。那条跳出来过两次的鱼又活了过来，看情形，它活得相当不好。它的身体已经不能再直立着游，它几乎是平躺着在水里挣扎。它的样子，让我觉得它活不了多久了。这显然是它那两次跳跃的结果。浴盆离地那么高，从那么高的地方"扑通"一下摔到坚实的地板砖上……我打了个寒噤，感觉我的肢体"刷"一下就硬了。

第一次跳出来就应该知道浴盆外面的情况了，为什么还要跳第二次呢？大约是它还不死心吧。为什么不死心呢？我想它是对目前的处境极其不满意。那么现在这个结果，就应该是你不安分守己的回报了。如果它在没跳之前就已经知道了这个结果，它还会跳吗？我认为它会。

我心里想着这个问题，想得纷纷扬扬，煞有介事。

我吃过早饭去看那条奄奄一息的鱼时，它已经死了。我叹了口气，决定把这九条死掉的鱼都处理了，我想给那条活着的鱼一个更好的空间。我看着这九条死鱼，发现它们死后的样子竟没有一个是相同的。这让我感到很诧异，在同一个湖生活，又是同一个品种，更重要的是，它们临死前都处在一个共同的环境里。为什么死后的样子会各不相同呢？

鱼的个性。

我脑子里忽然跳出这样一个句子。这个句子让我觉得，造成鱼死后这种不同样子的原因，肯定是和个性有关。人的个性不同，对待非正常死亡的态度就不同，在非正常死亡前采取的措施举动也不会相同。那么作为和人的基因最一致的鱼来说，难道它们就没有个性吗？我认为应该是有的。看看它们死后的姿势，就不能不认同我的观点了。那条直棱着身子，拼命把头往下扎的鱼，肯定是个犟劲头，它到死也不甘心自己年轻的生命就这样结束了，它要用塑料袋里那仅有的一点水来尽可能地挽救自己年轻的生命。那条平躺着漂在水面上的鱼，肯定是个随波逐流，逆来顺受，听天由命的懦弱分子，它知道自己无回天之力，干脆连反抗的劲也省了。那条直立着身体，头还保持着向上的姿态的鱼，我觉得应该是鱼中的一位勇士，虽然眼神无力，但那气势震人。我不知道活着的鱼拥有一种什么样的眼神，我本来是可以知道的，但我不敢看那条活着的鱼的眼睛。我就想，活着的鱼的眼睛很

那条直立着的身体，头还保持着向上姿态的鱼，我觉得应该是鱼中的一位勇士。觉得应该是鱼中的一位勇士。

有个性的鱼

那条直立着的身体，头还保持着向上姿态的鱼，我觉得应该是鱼中的一位勇士。

可能是灵动、纯净，而温顺的。这些与水相近的词汇，我觉得应该也同鱼相近。

　　傍晚的时候，我去卫生间，看到那条唯一活着的鱼在水里半躺着，也不动了。我以为它也死了，就把它抓在手中，它在我的一只手中安稳地躺着，一动不动。我就用另一只手的大拇指去刮它的鳞，就在我的大拇指刚一触到它的鳞的刹那，它一下子从我的手里蹿出，落到我面前浴盆里的水中。我猛得一颤，就僵硬着胳膊呆住了。我木呆呆地看着在水里翻腾的鱼，觉得它这会儿一定很痛苦。它尾巴上的一片鳞已经掉了，另一片磷还在令人触目惊心地往外翘着。

　　晚上的时候，它又在水里半躺着一动不动了。但我知道，我再也不敢碰它了。我看到它，都觉得两手还在发软。

对一只丑狗的想念

我想念的这只丑狗叫黑子，是一只具有史宾格猎犬血统的混血公狗。

它是我养的第一只狗，也是我儿子养的第一只狗，是八岁的儿子硬缠着我从我的一个朋友家抱回来的。我当时是真不想要，这么丑，除了鼻头那点黄之外哪儿都是黑的，养这么只丑狗，怎么见人呀。可这话当着朋友的面又不便对儿子说，就在我为难之际朋友满怀歉意地说了句，早知道你儿子喜欢狗，就把那只好看的给你们留下了，让你们抱这么只丑狗，真不好意思。

这么着，这只丑狗就落户到我家了。三天后我给它取名黑子。

黑子抱回来时还差三天满月。我对儿子说：你养吧，养活过这三天我就替你养。

　　儿子还是把黑子养活了。他是用我每天给他打的那一斤牛奶把狗养活的。那时候还没出腊月，黑子在纸盒里冻得哆嗦成一团。儿子就把他的热水袋放到黑子旁边，那小家伙就知道趴在热水袋上不下来，不到水凉它动都不动。

　　黑子两个多月的时候，有次我给它洗完澡，儿子抱着抱着就把它抱到了他床上，当时我那个厌恶之情呀，一下子就蹿了出来。我恶狠狠地冲到儿子床前，一巴掌就把黑子打到了床下，还不解气，就又朝黑子踹了一脚警告道："以后再敢上床，摔死你。"黑子被我踹得在地上翻了几个滚，呜呜叫着夺路而逃。

　　这之后儿子再也不把黑子抱到床上了。它不仅不上床，连沙发都不上。包括后来我把它当这家里一口人之后它还这样，它的执拗让我心里一直对他愧悔不已。

　　黑子六七个月的时候和儿子闹着玩，牙挂了一下儿子的手，我带儿子到防疫站打狂犬疫苗，把黑子也带上了，想顺便也给它打一针。可它却坚持不打，两个人都按不住。

　　"不听话不要你了。"

　　我气哼哼地对黑子说完，带着儿子上了车。中午吃饭就有些惦念它。傍晚的时候我和儿子都确信它不可能找到家了。去防疫站的路虽然远，也不至于走这么长时间，最主要的是

带它去的时候是坐在车里，它没有认路的可能。我们下了楼，正准备顺着去防疫站的路找它，却看见它呼哧呼哧地进了院，然后进了我们家那个单元。我和儿子相视而笑之后，也紧跟着上了楼，却没在门口看见黑子。这真是奇怪了，明明是看着它上来的。我敲敲我对面邻居家的门，我邻居家的门是木门，平时黑子从外面回来总是先挠挠他家的门，然后衔着邻居的裤腿儿让邻居帮他按我家的门铃。

黑子果然在邻居家，邻居看见我们就笑了起来。

"你们怎么气着黑子了，门挠开后也不让我帮他按门铃了，进来往地上一趴，算是不动了。问他怎么了，眼皮儿耷拉着也不理我，看着那气哼哼的劲儿呀！"

我知道，黑子是知道我们是来找它的，但它仍旧趴在邻居的沙发边动也不动。我蹲下来摸摸它，一身的汗。

"别趴这儿了，黑子，水泥地上凉，你看你一身的汗，当心受凉。走吧，回家吧。"

我说完后，黑子拿眼翻翻我，我看到那眼里满是怨愤。但黑子是懂事的，它虽然没有马上起来，但也只是顿了顿，就站起来跟我们回去了。

黑子是真生气了，水也不喝，饭也不吃。我也气了，冲它吼道："你不听话不打针，带着狂犬病菌，让我养你养得都提心吊胆，你还摆不完的谱了，不就是自己找到家了吗，我才不稀罕呢，不吃不吃算了，饿死你。"

这话一说，可毁了，它连看都不看饭一眼了，无论儿子给它弄什么样的饭，它都不理。这样不吃不喝得过了七天，它嘴里开始往外吐血沫，我以为它得了什么病，请兽医看看，说是肺气炸了。

"你们这只狗呀，我们是没法救了。受了大气，肺气炸了。你们带回去好好恩养恩养吧，养活养不活就看你们了！"

这让我和儿子心里都一震，怎么在书中看到的发生在人身上的事情会发生在我家的狗身上？

至今说不清当时抱黑子回家时的心情，我和儿子都沉默着。回去后我给黑子冲了碗白糖水，轻轻地放到它脸前，它闭着眼看也不看。我和儿子就蹲在它身边，儿子一边轻抚着它光滑黝黑的毛一边对它说："黑子，喝点白糖水吧，很甜的。来，尝尝。"儿子抱起它的头，把它的嘴放到糖水上，它还是不睁眼，也不动。

"黑子，是我不好，不该把你扔了，但扔你的时候，我是想着狗会认路的，最后你自己不还是跑回来了吗？喝点水吧黑子，喝点吧，以后我会好好对待你的，你不愿干的事我以后绝对不再勉强你了，好吗？听话，别气了。好不好？"

我和儿子就这么轮番劝着，总算劝得黑子睁了眼。

　　这件事之后，我对黑子的态度有了很大的改变。以前对儿子和黑子之间的种种禁令，也在我的纵容下烟消云散。在这种宽松的条件下，黑子血统中的机敏和张扬的个性逐渐显现出来。它矫健的身躯也越发丰满、健壮，身上的毛乌黑油亮，眼睛炯炯有神。

　　它看上去既高贵又威风，虽然越来越像一只土狗。

　　但不知道是我以前对它伤害太重，还是它太有记性，总之不管我或儿子跟它玩得多欢，它就是不上床，也不上沙发。有时候它围着床把儿子逗得在床上笑得直打滚，儿子兴尽或趁兴就会向它发出种种邀请，邀请得不急切它还置若罔闻地继续跟你玩，邀请得一急切它反而掉头走了。

　　唉！我从来没勇气看黑子这时候的眼睛，我总觉得黑子在掉头的时候是有一种黯然在眼里的，这种黯然使它悄悄离去的身影充满了悲伤和孤独。

　　后来我就不让儿子再向黑子发出那样的邀请了。

　　黑子一天天的精神起来，同它的精神抖擞一天天成长起来的，还有它看家护院的狗性。起初是只操我们家的心，后来它连我们这个单元的心都操上了。

　　那天是个星期六，仲秋的天气，早上七点之前，天还有

些凉意。所以我带黑子遛圈的时间就比平时晚了些，遛圈回来，最多也就是九点来钟，刚走到我们家楼道口，它就伸着脖子在空气中东闻西嗅的，一副发现敌情的严肃表情，然后猛地往前一跃，牵在我手里的绳子就被它带跑了，我还没反应过来，它已经蹿过楼梯的拐角，看不见了。我心里懵懂着也跟着往楼上跑，模模糊糊地感觉可能发生什么事情了。

我们家的房门果然开着，在黑子凶巴巴的叫声中，两个二十多岁的年轻孩子跌跌撞撞地从我们家狼狈逃窜。我冲进房间，看到儿子正站在黑子的身后幸灾乐祸地得意着。问他们怎么回事，说是来帮我们家安装网线的，我们家电脑三年前都已经上网了，这显然是个借口。他们进来后满屋子乱窜，儿子觉得不对劲，让他们走也不走。

你不知道我听到黑子的叫声有多兴奋……

儿子兴奋地给我讲述着他的聪明勇敢，但安全教育还是得给他补上一课的，不是每次都这么幸运呀。

"黑子，来，我得重重地奖励你一次，火腿肠、牛肉干、钙蛋，都给你了，想吃啥吃啥。"

儿子对黑子的这次奖励，使黑子在不久后又干了件惊动全院的事。

那是一个初冬的晚上，也不知道是半夜几点，黑子突然

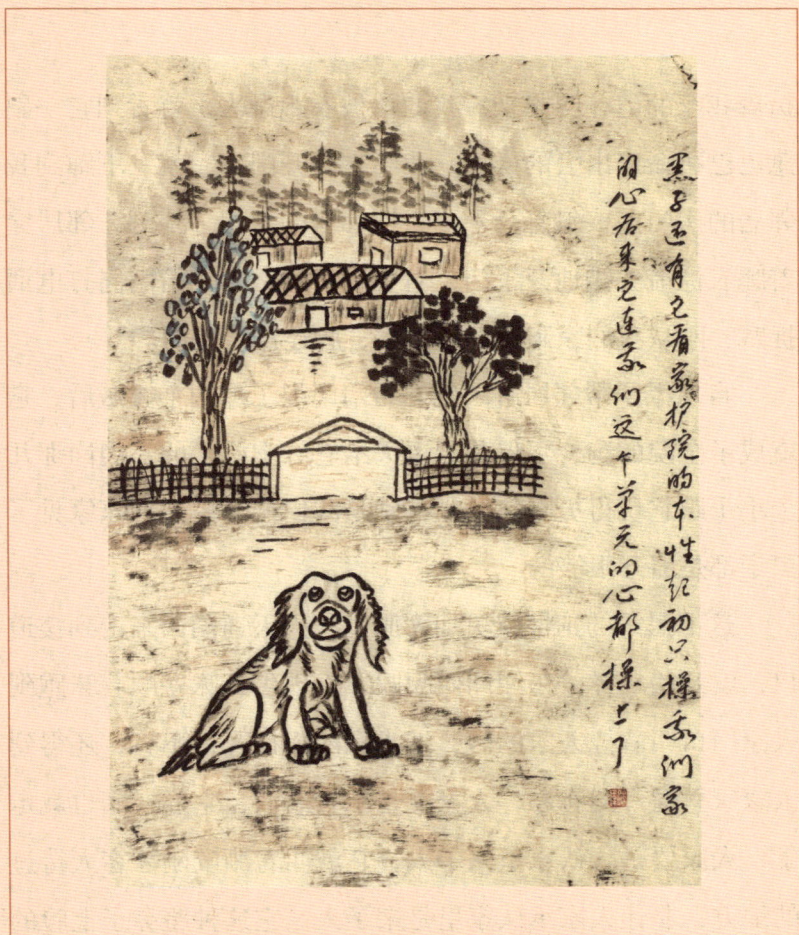

黑子还有它看家护院的本性,起初只操我们家的心,后来它连家们这个单元的心都操上了

对一只丑狗的想念

　　黑子还有它看家护院的本性,起初只操我们家的心,后来它连我们这个单元的心都操上了。

扒着我家的门狂叫起来，我匆忙披衣跑过去，就看到它一副急巴巴拼命想出去的样子，我给它开开门，它就一下蹿到我邻居的房门前，斜着身子用力撞邻居的木门。片刻，邻居穿着睡衣惊慌失措地开了门，对我大声喊："快给门岗打电话捉贼，刚从我们家阳台上翻下去，脚还没落地的。"

自从黑子帮邻居解了围，帮门岗捉了那两个蟊贼后，它就成了全院的狗，不仅邻居天天给它好吃好喝的，门岗那几个小子跟它玩得更是热乎，特别是我们这个单元，家家见了黑子都是眉开眼笑的。

这下黑子的狗性就更加膨胀了，天天遛圈回来走到楼道口，就开始拿鼻子东闻闻西嗅嗅，发现生人味就顺着味跑到人家门口叫着挠人家的门，把人家的门挠开还不算，还得到人家家里遛一圈看看，人家要是承它的情，它遛一圈也就走了，人家要是否认家里来了人，它就叫着撕咬刚才客人待过的地方，非让人家承认家里是来了人。它这种蹬鼻子上脸的行径，往往让我和邻居都非常尴尬。

黑子的丢失，是我和儿子都认为不可能的事情。

那时候儿子刚放暑假，晚上遛狗的时候我就叫着他一块儿去，儿子也很乐意跟着，他喜欢吃广场旁边那家的麻辣串儿。往往是我和我的狗友们在一块儿聊天儿，儿子在健身器

材那块儿玩，黑子就跟我的狗友们牵来的狗咬着玩。有时候咬着咬着就会跑到我的视线之外，但不用叫，过一会儿它就又跑了回来，看我们还在，就又跑不见了。因为广场离我们家很近，它在这儿玩得又欢，有时候我回家时看不到它，就先走了。它玩一会儿回来看不到我就知道我回家了，也就乖乖地开始往家跑。

这一次的开始也没什么异常，儿子要吃麻辣串时，黑子还没有回来，黑子是知道我们经常吃麻辣串那地方的，它也跑那儿找过我们。我们吃完麻辣串后黑子还没有过去，我们就先回家了，出乎意料的是我们到家后它还没有回去。我和儿子就有些着急，它平时没有这么晚到家过呀！

那天晚上，我和儿子在夜风中呼喊了一夜，也没把黑子喊回来。

黑子找不着的第五天，我同儿子在院里遇到饱受关节炎折磨的赵家奶奶，她对我们说："你们家那只狗丢了真可惜，干净净肥嘟嘟的。我早就想向你讨过来吃了它，没好意思。吃黑狗肉能治关节炎呀！"

我和儿子听得心惊肉跳。

我每天仍旧是清晨五点半就醒了，往常这个时候，黑子已经在急不可待地抓我的床单了。它围着我的床边轻轻地叫着。睡梦中的我，先是恍恍惚惚地听到似有似无的狗叫声，接着，由远及近，渐渐地清晰了。于是，我睁开睡眼惺忪的眼睛，就看见黑子没过床沿的脑袋和它那双亮晶晶黑漆漆急巴巴的眼睛。我慵懒地笑着，伸手抚抚它的脑瓜，它就在我床前欢跳了起来。

这一切都已经是半月以前的事了，也就是说黑子已经丢了半个月了。半个月来，满大街找狗成了我和儿子的主要工作。

我的身体越来越疲惫，我的心越来越凉。

自从黑子找不着之后我已经很久没有买骨头了。喜欢吃肉的儿子看见肉都掉泪，就想到他朝黑子扔肉撂骨头的情景。他哭，我也吃不下去饭。但我不能就这么看着儿子消瘦下去呀，中午做饭的时候，我给他红烧了排骨，这是儿子最喜欢吃的一道菜，但他还是没精打采的。

"要不，妈妈再给你抱只狗？"我望着木呆呆的儿子试探着问。

"妈妈，黑子是不是被人逮着吃了？如果不是被人吃了，它肯定早跑回来了。"

儿子的话还没说完，泪就又挂了满脸。

看来，他期望黑子某天突然出现在家门口的理想，也破

灭了。

儿子是真伤心呀！

黑子找不着的一个月后，乐乐来到了我们家。乐乐是按儿子的要求抱的，不是黑狗，不是大狗，是一只浅棕色的小型狗。

乐乐是该感激黑子的，我们对黑子的想念和歉意使我们对它百般宠爱。但是在它身上，算是看不到一点黑子的影子，它天天那个娇呀，捏呀，可真没有辜负了它的性别。

第二年春末，我发现还没满周岁的乐乐可就打上圈了，这让我异常气恼，它才这么大点儿，而且我连它给什么样的一条狗打上的都不知道。气恼之余，我又想起了黑子，黑子第一次打圈也不到一岁，但黑子那叫什么打圈呀，刚趴上就被那只母狗的女主人给拽了出来，嫌我们家黑子难看。那可是我们家黑子的第一次呀！

乐乐生产的时候我没在家，我到家的时候，四个雪蛋子一样的小狗已经躺在乐乐身边了。那个可爱呀！没想到长相平平的乐乐竟生下这么几个漂亮的孩子。

乐乐吧嗒吧嗒地喝着红糖水，我兴奋地蹲在它们母子旁边，黑子沮丧地从那只母狗身边向我跑来的样子就又浮现在我眼前。我觉得为此和那老肥婆断交真是今生第一快事。

后来我见到给我乐乐的那位狗友，向她说起乐乐的孩子，她一点不奇怪地说，乐乐是马尔济斯犬的后裔呀！

我就想到我的黑子可是一只具有史宾格猎犬血统的狗呀！

对黑子的想念，让我们抱回了乐乐。乐乐之后，我们也许还会继续养其他的狗，但我知道，我养的所有的狗，都是因为对黑子的想念。

那满树的繁花啊

那满树的繁花撞进我的眼睛时，我还不知道那是什么花。

那是在我搬到现在居住的这个院子之后的第一个春天里。我从外面回来，也可能是出去，在不经意间，它闯进我的眼睛，只是瞬间，就占据了我的脑海我的心海。

眼睛被它吸引着，慢慢走近树下，它的花瓣不大，一簇一簇的，深粉色的小花蕾，粉色的含苞待放的花朵，待到花开，花朵却是下面粉上面白，而凋零时，那花瓣就白成了雪一样的颜色。

莫不是一棵苹果树？可又觉得不像，一是感觉苹果花没有这么繁密，二是那树形虽也有些年份，却还是让人感觉有些不胜树冠的茂盛。心里揣测着，终没有答案。

一次，又在花边驻足时，看到一位小区的工人在不远处浇水，就上前同他搭讪了几句，问他知道不知道那是什么花？

"木瓜海棠。"他看着那棵开满花的树说，"这院子里有好几棵呢，每年都是这棵开得最好。"

第二年，果然还是我家楼下这棵木瓜海棠开得最好，那满树的繁花啊！让人感觉都透不过气，若不近前细看，还以为它只有花，没有叶子呢。

有一天晚上我从外面回来，大约是有些疲惫吧，我走得很慢。路两边的草坪灯光柔和且幽暗，只在它圆柱形的灯周围照出一小片惨白的光。隐隐约约的，空气中似有花香萦绕，我抬起头，看到那棵开花的树竟像是浮在暗夜里的一团亮光。

我睁大了眼睛，惊异地向它走去，一阵微风吹过，我看到花瓣纷纷从树上飘落的情景，真像是童话。我不由呆在树边痴想，如果有一天，他要对我说什么话，一定要选在这样的夜晚，这样有木瓜海棠开放和飘落的晚上。

第三年、第四年……每年的木瓜海棠都是那样热热闹闹地盛开，又那样凄美孤独地飘落。

有一年春天，我看着枝间堆成锦绣的重重花朵，很想给他折枝最好的寄去，但转念一想，这花即便再鲜艳，恐怕未到他手中，早已是一捧枯萎的花瓣。

"折花逢驿使，寄与陇头人。江南无所有，聊赠一枝春。"

这首诗是陆凯率兵南征路过梅岭时，正值岭梅怒放，他

登上梅岭立马于梅花丛中，回首北望，不禁想起了陇头好友范晔，正好又碰上北去的驿使，才成就了"一枝春"这样风雅的典故。

陆凯出身名门，身居要职数十年，若是闺中女子，恐怕就是另外一个样子了！

"庭中有奇树，绿叶发华滋。攀条折其荣，将以遗所思。馨香盈怀袖，路远莫致之。此物何足贵，但感别经时。"

即便再日思夜想，天遥地远，花也不可能送到思念的那个人手中。只有痴痴地捧着花儿，久久地站在树下，任香气染满衣襟。

忽然想起谁的一首歌：好久没有见到你，正好计算思念能到的距离。我也相信遥远不能改变我和你的默契，却还是抹不平静想念你的心情。

想念是一条虚线，断断续续地连着一幅幅画面。缘分是可遇不可求的风，来是缘，去也是缘。缘去缘留只在人一念之间。

大约是今年院子里的木瓜海棠开得格外繁茂的缘故吧，也是一个晚上，我从外面回家，一阵晚风吹过，漫天飞花中，那路上的花瓣就如波涛一样涌到了我的脚下。

空气中盈满淡淡的花香，我不由黯然，那满树的繁花啊！

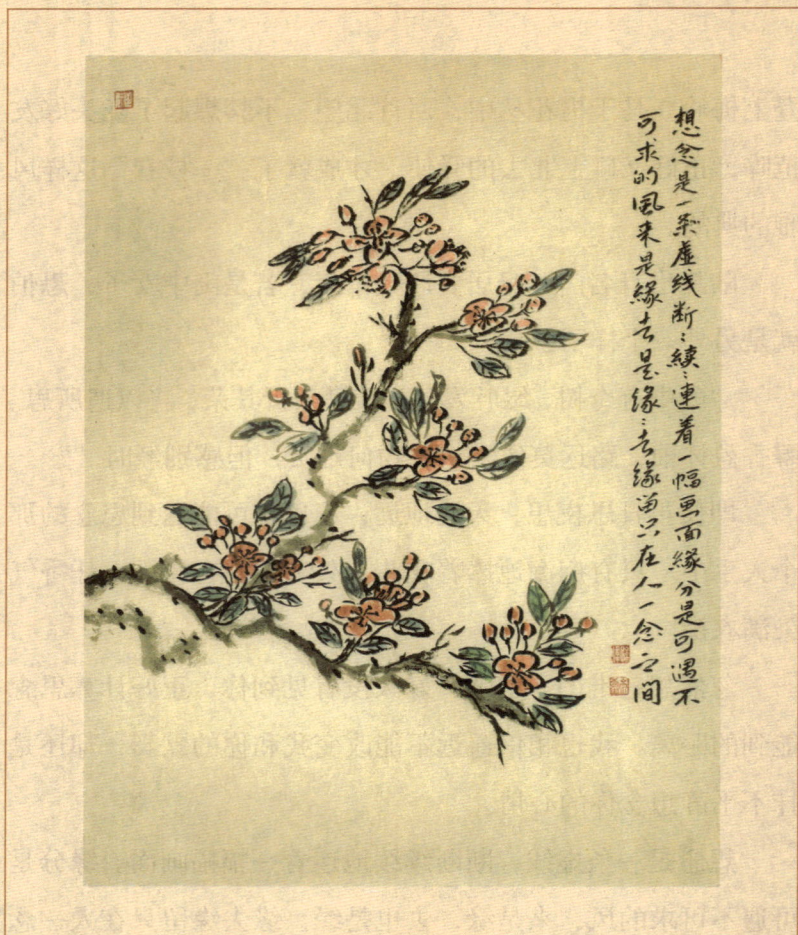

想念是一条虚线，断断续续连着一幅画面；缘分是可遇不可求的风，来是缘，去是缘，缘去缘留只在人一念之间。

那满树的繁花啊

　　想念是一条虚线，断断续续连着一幅画面；缘分是可遇不可求的风，来是缘，去是缘，缘去缘留只在人一念之间。

又白白地娇艳了一年。

　　我踩着满地的花瓣慢慢踱到树下，树上的花已经不多了，我看到那些深藏在万重黛绿间的花朵，仿佛都在微笑着，每一个笑颜，都像是一颗亮晶晶的星星。

永远的干渴

今早起床，我看到前天被我放在客厅鞋柜上的那盆仙客来的叶子，又垂下一片。

这已经是我这盆本来就不茂盛的仙客来死掉的第五片叶子了。

我叹了口气，拿起放在花盆旁边的小剪子只轻轻地一碰，它就无力地滑到了我的手中。我注视着这片躺在我手中的黄黄的蔫蔫的、可怜兮兮的蜷缩在一起的叶子，感觉它就像是一个耐不住寒冷的小女孩，在风雪中轻轻地瑟缩，但它没有颤抖，它已经在我的大意和自以为是中失去了生命。

我看看盆中的其他叶子，还有四片也都发黄了，而其中的一片还不仅仅是叶子发黄，而是也已经软软地垂在了看上去汁液还很充沛的花杆上。

也许明天早上它就会死掉了吧！或者，现在已经死掉了。

真正意义上的死亡，有时候是很难判断的。更多的时候，

我总是在一件事物死亡很久以后，才能确信它确实离我而去了。它们总是在我的眼睛还远远没有看到死亡之前，就已经没有生命了。不是我太相信自己的眼睛，而是我总是对每件事物的死亡都心存侥幸。我想在我的潜意识里，一定是很拒绝死亡的吧。但事实上是，我身边很多事物的死亡，却都和我有着直接或间接的关系。

就拿这盆仙客来说吧，它原本是我这套房子原来那个房主的花，因为我看房子时顺口夸了句她种的盆栽，后来我买下她的房子时，她就把这些盆栽都送给了我，其中包括这盆仙客来。

虽然原来那位房主的房子很新，但我还是想把墙壁再重新刷一下。这样一来，那些用砂纸从墙上打下来的旧涂料纷纷扬扬飘落的时候，这些花们的叶子上和盆子里也都无一幸免地落了白乎乎很厚的一层。因为怕这些涂料渗进土里腐蚀花根，所以那段时间我没有给它们浇水。虽然我中间几次摸过它们的土，也知道该给它们浇水了，但心里就是怕这白乎乎的涂料把它们烧坏了。于是就对它们说，再坚持几天吧，等房子一收拾干净，我就洗净你们身上的灰尘，扫净你们盆里的石灰末，给你们喝足水，喝饱水。

可是，不是所有的事情都能在事后弥补的。我是很履行诺言，但我忘了，生命和生命的耐力是不同的。

房子收拾好的第一件事情，我就是忙着洗花，浇花，但这盆仙客来，还是以每天一片叶子的速度死亡着，而且看现在的情形，已经不只是这个速度了。在它的生命里，干渴已经永远造成，很多事情亏欠了就是亏欠了，不是你想弥补就能弥补得了的。现在它盆里的土很湿润，甚至已经湿到再多浇一滴水就要洇出来的程度。但是，对于这盆渴了太久的仙客来来说，还有意义吗？

一只成功逃生的蚂蚁

　　我看着那只在我茶几边儿爬行的蚂蚁已经很久了，我一直盯着它，是因为我准备伺机干掉它。这只蚂蚁仿佛知道我的心事，它钻在凹进去的缝隙里快速地爬着，就是不出来。偶尔，它也会改变一下路线，急赤白脸地从夹缝里爬出来，可还没等我下手，它就又掉头爬回到原来的路线上了。

　　蚂蚁在我家里已经横行半年多了。它们身材瘦小，颜色棕黄，看上去柔柔弱弱的，所以起初看到这些蚂蚁三三两两在厨房的水池边漫步，在壁橱、墙角处攀援，或成堆成串搬运我遗留在灶台上的一粒米、一块肉渣时，我对它们充满了怜悯与同情，有时收拾厨房，就故意给它们留下些馍渣肉屑。

　　不想，这些小黄蚂蚁却越来越多，竟然从厨房发展到客厅、卧室，后来连卫生间都成了它们的天地。餐桌、茶几、沙发、床上，举目之间，到处都活跃着它们或急促或从容的身影。

这怎么行呢，从地上到餐桌再到床上，我想一想都觉得不寒而栗。

虽然此前我对蚂蚁充满了好感，这源于很多年前对蚂蚁的一些认识，比如有一部科教片曾经介绍过蚂蚁的家，说在沙漠中有一种蚂蚁，建的窝巢远看就如一座城堡，有四五米那么高，人类的四五米对蚂蚁来说，哪就相当于四五米啊！穴内有许多分室，每个房间都有明确分类，里面的道路四通八达，冬暖夏凉，有良好的排水、通风措施，食物不易坏掉。

还有就是蚂蚁是一种十分古老的昆虫，它的起源可追溯到一亿年前，大约与恐龙同一时代。这些信息，都让我对蚂蚁肃然起敬。

再则，蚂蚁的药用价值也很多，它对防治风湿、类风湿关节炎、肩周炎、颈椎病、骨头坏死，保肝护肝，止咳平喘，补肾强身、滋阴壮阳等都有很好的作用，尤其是它们对类风湿的贡献，我甚至对它们充满了感激，因为我母亲患有类风湿，曾经用蚂蚁泡过酒，吃过蚂蚁馍馍。

美国学者吉姆·罗恩曾说：多年来我一直给年轻人传授一个简单但非常有效的观念——蚂蚁哲学。我认为大家应该学习蚂蚁，因为它们有令人惊讶的四部哲学。第一部：永不

放弃。第二部：未雨绸缪。第三部：期待满怀。最后一部是：竭尽全力。《旧约圣经》中也写道："去察看蚂蚁的动作，可以得到智慧。"

　　有一部好莱坞的动画片《别惹蚂蚁》。讲的是十岁小男孩卢卡斯刚搬到陌生的新家，成了邻居小霸王史蒂夫欺负的对象！手无缚鸡之力的卢卡斯只好把怒气全出在后院的蚁丘身上，他用水枪制造了蚂蚁王国的一场大洪水，一瞬间破坏了蚂蚁们的家园。可卢卡斯不知道的是，他眼中的"愚蠢小蚂蚁"却拥有一个完整齐备的王国，愤怒的蚂蚁们经过审判商讨，决计要让卢卡斯受到教训。后来蚂蚁让卢卡斯懂得了只要团结什么都不用怕的道理！

　　但即便这样，我还是决定要把影响到我生活的这些蚂蚁消灭掉。打消灭战自然是残酷的，虽然我的手已经不像刚开始那样，一行动，腕就发软，可蚂蚁们还是不见减少，依旧是床上、桌上、地上乱窜。像是杀红了眼，我也就一见到蚂蚁就手按脚踩，绝不放过。

　　可眼前这只小黄蚂蚁已经让我盯得眼睛发酸，还是没有下手的机会，其实也不是我没有下手，中间有几次看它爬出缝隙，我也以迅雷不及掩耳之势向它发过飙，但每次手一抬起来，又看到它在爬。有一次我真的都按住它了，可一松手，

蚂蚁哲学
第一部 永不
放弃第二部
未雨绸缪第
三部 期待满
怀最后一部
竭尽全力

一只成功逃生的蚂蚁

蚂蚁哲学：第一部 永不放弃；第二部 未雨绸缪；第三部 期待满怀；最后一部 竭尽全力！

它又挣扎着继续往前爬了起来，而且爬得还是很快。

这茶几上有什么呢？我看了看我棕色的木头茶几，有一个玻璃花瓶，里面养着几棵竹子，还有一些喝茶的茶杯道具，只是这些而已，又没有你们的食物，你上这里来干吗呢？在厨房待着多好，有吃有喝，干吗要满房间蹿呢？你们若老老实实地待在厨房里怎么又会惹来今天的杀身之祸呢！

我知道蚂蚁的爬行是有路线的，但路线总还要有第一个蚂蚁去开拓，那么开拓路线的蚂蚁是不是蚁群里最聪明的蚂蚁？我想即便不是，那也应该是这个群体里比较有经验有智慧的个体，那么在我面前急急前行的这个个体，是不是出来找路的蚂蚁呢？我觉得它是。因为它具备了一个开拓者应该具备的所有品质，勇敢、机智、敬业、不折不挠，所有拥有这些品质的生命都是值得尊敬的。

算了，放过它吧，虽然放过聪明的敌人后果很严重，但我还是决定不再为难它了。每个生命活着都不容易，蚂蚁在我的眼里是很弱小，我只需找准机会，一个手指头就会把它轻易地消灭掉，但在宇宙天地之中，人类生活得又何尝不是如蝼蚁一般呢？

人也是很渺小的，只是一些更渺小的生命让人类感觉自己很强大而已。蚂蚁的梦想，也许并不比人类的逊色分毫。

一支银钗　又一支银钗
还有一支银钗

　　三支因岁月的久远和长期的闲置而发黑的银钗静静地在深棕色的书桌上泛着暗淡的银光。看她们的包浆及款式，最多也就是清晚期或民国时期的遗物，可是每次注视着她们，我都像是注视着中国古代的三个女人。

　　第一个是《警世通言》"庄子休鼓盆成大道"中讲到的田氏，田氏是战国中期田齐族中之女，庄生游齐国时，田宗重其人品，把女儿嫁给了他。在此之前，庄生曾娶过两任妻子，第一任妻子，得疾夭亡，第二任妻子，被撵走了。书上说，"那田氏比先前二妻，更有姿色。肌肤若冰雪，绰约似神仙。庄生不是好色之徒，却也十分相敬，真个如鱼似水。"有一日，庄生碰到一个急着要扇干亡夫之坟的妇人，深感"夫妻本是同林鸟，巴到天明各自飞"。于是就装死，变出个楚

王孙来考验妻子，妻子果真经不住考验，欲劈开亡夫的脑颅救新欢之命，此时庄子起死回生，妻子自觉无颜，就解开了腰间绣带，悬梁自缢了。庄子以瓦盆为乐器，鼓之成韵，靠着棺材而作歌，歌罢，高高兴兴地修大道去了。这个故事中的庄子很可恶，我不相信他是真的庄子，但我相信这个故事，相信这个故事中描写的那个男人和女人，我认为他们是截止目前很多中国男人和很多中国女人的缩影。

第二个是这个故事中的那个扇坟的妇人。故事虽然夸张，但却从一个侧面反映了女人对那个泯灭人性的制度的反抗和追求未来幸福生活的勇气。那位女人让我很敬佩，但这个故事却让我很气愤。但细想起来，我认为这里面有两个原因，一是那位妇人的亡夫不自信，二是对那位妇人不信任，这并不是说此女有了什么外遇被夫君发现了，如果那样的话，她说不定早身上绑块儿大石头被扔河里了。想起这位女子，我就不禁想起《卫风·硕人》里那首被后人称为千古颂美人者之绝唱的诗"手如柔荑，肤如凝脂，领如蝤蛴，齿如瓠犀，螓首蛾眉。巧笑倩兮，美目盼兮"。把这么位美人留在世上，怎么能放心呀！

即使是在自己撒手西去之后，也得让心爱的女人永远守着自己。这也许是所有男人的愿望。可是守是心甘情愿的事情，守也需要很多因素，如果有一份生死相依的感情在，如果婆家的人待她不是那么刻薄而寡恩，她怎么可能抛得下往日恩情顶着世俗的压力再去嫁人？谁没有廉耻之心？谁没有求生之欲？尤其是过去那些三从四德教育出来的女子，如果不是实在没活路了，试问谁会愿意再嫁一家，永远活在屈辱之中？

第三个让我常常想起的是吴起的妻子。吴起是战国初期著名的政治改革家，卓越的军事家、统帅、军事理论家、军事改革家，卫国人。后世把他和孙子连称"孙吴"，著有《吴子》，《吴子》与《孙子》又合称《孙吴兵法》，在中国古代军事典籍中占有重要地位。

可惜他却做了件极不光彩的事情，"杀妻求将"。虽然吴起治军严于己而宽于人，与士卒同甘共苦，最后打败了齐军，但一个为了当将军妻子都可以杀的人为了实现自己不做卿相不还家的誓言，什么苦不能吃，什么事不能做呢？

吴起最后被嫉恨他的贵族乱箭射死在楚悼王身上，这个结局很让我有些幸灾乐祸，我知道幸灾乐祸是恶劣的品性，事实上在看到他屡受排挤，英雄末路的时候，我也曾为他掬过一把同情之泪。但为了表现忠诚可以杀妻，为了实现理想可以不择手段，甚至连最基本的人格、尊严、价值、良心都

丢弃的人，当他对所谓的理想皈依到什么都可以抛弃的时候，悲剧的命运也就开始了。

钗是在簪和笄的基础上发展起来的，主要是旧时妇女用来插戴在发髻上的一种首饰，由两股簪子合成。从先民用笄固发到殷商的簪汉时的钗，不同时期不同款式的钗伴随了中国妇女两千多年，钗的出现和儒学思想逐渐成为中国官方的正统思想几乎是在一个时期。儒家提倡的道德、礼法标准束缚了中国女人多久，充满浪漫与想象的钗就陪伴了中国女人多久。繁复、精巧、细致的钗呀，那里镂刻了，垂挂了多少女人细密的心事呀！钗使古代妇女别致的发髻更加多姿多彩，也给她们单调的生活增加了无尽的乐趣。

我姥姥以前是大户人家的女儿，我没见过我姥姥，我母亲八岁的时候她就过世了，但我有她留给我母亲的三支银钗。听母亲说，姥姥手极巧，不但针线活做得讲究，还会剪花样子，谁家嫁闺女娶媳妇二三十里的人都请我姥姥剪鞋样剪窗花。我母亲姊妹四个，平时姥姥自然很忙，但是每到年节稍有闲暇，姥姥都会拿出她私藏的几件首饰在身上比来比去，这三支银钗在她梳得滑溜溜的头上就不知道插了多少次，又去了多少次。

大约我母亲生活的那个年代把这些东西都归到四旧堆里

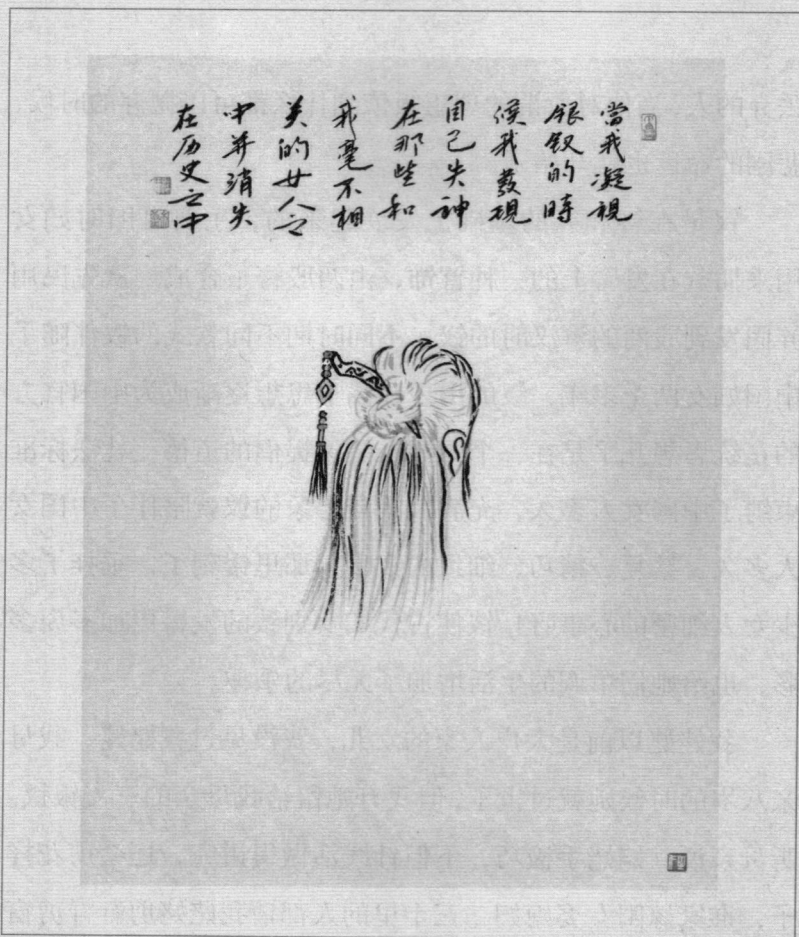

当我凝视
银钗的时
候我数现
自己失神
在那些和
我毫不相
关的女人
美的女仝
中并消失
在历史之中

一支银钗　又一支银钗　还有一支银钗

当我凝视银钗的时候，我发现自己失神在那些和我毫不相关的女人之中，并消失在历史之中！

的缘故吧，在我的记忆里，我母亲一直梳着很利索的短发，我从没有见她拿出银钗在头发上比画过或是端详过，我甚至不知道我们家还藏着这三件东西。直到母亲有天把我招回娘家，拿出三支银钗。

三支银钗，三个款式，或枝蔓环绕，摇曳生姿，或精镂细刻，荡漾着无尽的诗意。

银钗让我感到意外的同时还给我带来了满心的欢喜，并且勾起了我研究银钗的极大热情，为此我曾从书店抱回家好多本关于古代女人头饰的书。看书，看钗，看得多了，就想那些头饰下面该有一个什么样娇柔的女人。

有很多次，当我凝视银钗的时候，我发现自己失神在那些和我毫无关联的女人和女人之中。这些女人的背影都已消失在历史的尘烟之中，她们令我敬、令我惜、令我怜，但也令我痛、令我恨、令我惧。她们是一种摇曳，一种缺憾，一声令人无法抵御的叹息。她们像一阵轻烟，在空气中恋恋地游走了，在她们游走之前，钗像她们心中最后一滴泪珠，溘然坠落在尘世。

海天一般辽阔的爱

　　冰心的作品我大约在小学期间就开始读了，《繁星》《春水》《寄小读者》《小橘灯》等，每次读都感觉如清风扑面，美得让人不忍释卷。很多年后，我在这些清新婉丽，细腻典雅的文字背后感受到了深藏着的那颗博大的爱心，那种对真、善、美的崇仰和坚强的自信心与奋斗精神，感受到把爱与美恰切地融合在作品中的那种力量。

　　而对冰心那颗博大的海天一般辽阔的爱有更深的理解，还是在第三届冰心散文奖的会议期间。有次和散文学会的秘书长红孩闲聊，他说，冰心先生生前曾担任中国散文学会名誉会长，1998年的一天，周明到冰心先生家拜访，聊天当中，冰心老人好像突然想起什么，对周明说，你不是负责中国散文学会吗？我常常在刊物上看到一些陌生的名字，大多是新人，他们的散文写得很好哇！散文学会应该设立一个奖，

鼓励年轻人。我这儿有些稿费，准备拿出一些，支持你们。周明说，您有这个心情我们已经很感动了，您稿费不多，还是留给吴青他们三个子女吧！冰心老人却说，他们有工资。这时，站在一旁的吴青、陈恕连忙说，我们听我娘的。1999年3月，世纪老人冰心先生去世后，吴青、陈恕夫妇代表家属亲自将冰心先生的一笔稿费郑重交给中国散文学会。

为完成冰心老人生前遗愿，1999年末，中国散文学会召开会议决定，从2000年正式成立冰心散文奖，初步定为每两年评选一次。2002年春暖花开时节，第一届冰心散文奖在苏州吴江市颁奖，第二届冰心散文奖于2004年揭晓，包括后来成为中国作家协会主席的铁凝在后来的新书简历里也曾赫然写着获得全国第二届冰心散文奖。作为中国顶尖的散文奖，很多老作家说，写了一辈子散文，如果能得上冰心散文奖，就是死也能瞑目了。

这段往事，不仅让我感佩而且对即将举行的颁奖典礼又增加了几分敬畏和自豪。今年的颁奖典礼，也就是第三届冰心散文奖颁奖会于9月10日在西安北郊新桃花源休闲山庄举行，我是8日下午报的到，在车上我给红孩发信息问那里情况怎么样，他说吃得好，住得好，环境也好，快来吧。我心中便又增添了许多喜悦，报完到进入山庄，里面的格局便让我一下子喜欢上了这个地方。山庄很大，围绕一大湖分成六个区域，每个区域又分十几进院，每进院的院门两边都高挑着红灯笼书写着门联，院子里又分正房和东西厢房，正房是二层楼，雕梁画栋甚是考究，厢房的每个房门前也都挂着整齐划一的红灯笼，乍一进去，仿佛一脚踏进了张艺谋的电影《大红灯笼高高挂》的场景里。院里的所有门窗都是仿古实木门窗，我拿起窗台的木棍撑起我住室的窗子时，感觉自己就像是一位唐代女子。

正是金秋时节，虽然没有看到山庄里桃花盛开时的情景，但湖边开了满树的桂花却让我这个本来就喜欢桂花的人欣悦不已。在满溢的桂香里，我看到红孩背了个黑色的大包悠悠地向这里走来，便急忙叫住了他。

"上午吴青和陈恕就到了,老太太很关心女作家的成长，一见面就问我这次评奖，女作家占的比例有多少？老太太这会儿出去采风了，晚上恐怕很晚才能回来。你明天再瞻仰老太太的风采吧。"

虽然没有想过冰心先生的女儿多大年龄，但心里还是不能把女儿和老太太这个词连在一起。又一想，冰心先生1900年10月5日出生到1999年2月28日去世，活了九十九岁，被称为世纪老人，到今年已经是诞辰一百零八周

年了，那她的女儿可不就是一位老太太了。

"吴青今年多大年龄了？"

"七十一了。精神好得很。那气质，一看就是大家闺秀，不一般！"红孩很是钦敬地点头道。

大约是我的钦慕已溢于言表吧，就又听红孩很慷慨地说，"有机会我给你引见引见吧。"

机会终于来了，第二天晚上我刚走进饭厅，正四处望着找空位置就看见红孩远远地向我挥着手，我就向他走了过去，我快走到时他朝我这里迎了几步征询道："今天晚上你陪吴青吃饭吧？"

我当然是求之不得了，就急忙点头说"好"！

终于见到了心仪已久的吴青和陈恕两位先生，吴青看上去既严肃又亲切，说话干脆利索声音也响亮，言谈举止都给人一种神采奕奕的感觉，从看到吴青的第一眼，我就感到在她的目光和神情中蕴涵着一种气概和威风。陈恕则说话不紧不慢，脸上始终带着温和、平易的笑。待一阵闲聊之后，我借说话的空当问吴青能不能给我一个电话，以便日后请教。

"把你的名片给她一张。"

吴青爽快地对坐在她和我中间的陈恕说。

陈恕就笑眯眯地拿出一张白底黑字的名片，然后又拿出笔在他名字的上面认真地写上吴青的电话和电子邮箱地址。写完递给我说道："其他的都一样。"

我看了下名片，见上面写着：北京外国语大学英语学院陈恕教授的字样时，知道他和吴青原来是同事。

我最早知道吴青是二十世纪七十年代末，那时候中央电视台为了响应全国人民学习外语的热情开了一个节目《跟我学》。老师就是北京外国语大学的陈琳和吴青。但那时候，我还不知道吴青就是冰心先生的女儿。

晚餐很丰盛，但我因为上午去临潼看秦始皇兵马俑中午吃饭晚且吃得又多了，所以不饿，吃起饭来不免怏怏地提不起食欲。

"你怎么不吃？"

忽然的，我听到吴青这样说了一句。我抬起头，看到老太太不知道什么时候已停下筷子，正专注地注视着我，目光锐利却布满了关心。我没想到老太太会注意到这么一个细小的事情，被她这么出其不意地一问，又加之不好意思说中午吃多了，心里既慌又尴尬，嘴里就支支吾吾着不知道说些什么。

"是不是中午吃多了？"

"是。"我心里暗暗一惊，只有从实招来。

"是不是吃羊肉泡馍去了？"

"是。"我不得不承认老太太的厉害，只有点头继续招供。

"是不是吃老孙家羊肉泡馍去了？"

"是。"我不禁捂嘴哈哈笑道，心里对老太太的敏锐已经佩服得五体投地。

"去老孙家吃泡馍你就泡一个馍，慢慢掰，掰得越碎越好，这样馍能吃完，汤也能喝完，你多泡半个，就馍也吃不完汤也喝不完了……"

在吴青有滋有味的讲解中，我忽然想起冯骥才在一篇回忆冰心的文章里写到的一段往事。

冰心和吴先生金婚纪念日的时候，冯骥才和几位文友去看她，聊天的时候冰心向他们讲起当年自己结婚时的情景。她说她和吴文藻度蜜月，是相约在北京西山的一个古庙里。到了西山吴文藻还没来，她等得口渴，便跑到不远的农户家买了几根黄瓜在井边洗了洗，坐在庙门口高高的门槛上吃黄瓜，引得好多农家女人来看。她结婚的那间房子是庙里后院的一间破屋，门关不上，晚上屋里耗子乱窜，桌子还是三条腿。讲完忽然问冯骥才怎么结的婚？

冯骥才说，我是"文革"时结的婚。我和我未婚妻两家都被抄了，结婚没房子，街道赤卫队给了我们一间几平米的小屋，这间小屋在二楼，楼下是红卫兵总部，他们得知楼上有两个狗崽子结婚，就不断跑到院里往楼上吹喇叭，还一个劲儿打手电，电光就在天花板上扫来扫去，我和我爱人和衣而卧。我爱人吓得靠在我胸前哆嗦了一个晚上。

冰心认真地听完后，微笑又严肃地说，冯骥才，你可别抱怨生活，你们这样的结婚才能永远记得。

我不知道这段往事发生在什么时候。但我认为发生在什么时候并不重要，重要的是它发生了，并且在多年后的今天又再次地发生了。虽然内容不同，虽然对象不同，但意义是相同的。因为我在吴青身上，同样看到了冰心那海天一般辽阔又博大的爱。

冰心有一句座右铭："有了爱就有了一切。"

这句话，也镌刻在了第三届冰心散文奖的奖杯上。我很庆幸，在拿到这个奖杯之前，我已经理解了这爱的含义。

冰心有一句座右铭

有了爱就有了一切

海天一般辽阔的爱

冰心有一句座右铭："有了爱就有了一切！"

惆怅也是一种幸福

一直感觉惆怅里包含的是有忧伤和失落的。那种淡淡的如轻烟一般的惆怅萦绕心间时，大多是在思念一个人。

李清照的词总是会引起人或多或少的惆怅的。我有一天在一个细雨绵绵的午后读宋词，因为是已经读过很多次的书，拿在手里的感觉自然轻松一些，就泡了茶，备了花生、瓜子之类的干果，在藤编的摇摇椅上坐下。

红藕香残玉簟秋。轻解罗裳，独上兰舟。云中谁寄锦书来？雁字回时，月满西楼。花自飘零水自流，一种相思，两处闲愁。此情无计可消除，才下眉头，却上心头。

拿起相思笺，提满相思句。那幽幽的相思里，该有多少惆怅与忧伤的情怀！不记得多少次倚楼等待，不记得多少次

拿起相思笺
提满相思句
那幽幽的相
思裹
该有多少
惆怅与
忧伤的
情怀

——韩磊

惆怅也是一种幸福

　　拿起相思笺，提满相思句。那幽幽的相思里，该有多少惆怅与忧伤的情怀！

泪满衣衫，可当国破家亡人流离，物是人非事事休时再回忆帘卷西风，人比黄花瘦时的愁，又何尝不是一种幸福呢！有时候心里有个牵挂，就是有个寄托、有个温暖的所在。

　　落日熔金，暮云合璧，人在何处？染柳烟浓，吹梅笛怨，春意知几许！元宵佳节，融和天气，次第岂无风雨？来相召、香车宝马，谢他酒朋诗侣。中州盛日，闺门多暇，记得偏重三五。铺翠冠儿，捻金雪柳，簇带争济楚。如今憔悴，风鬟雾鬓，怕见夜间出去。不如向、帘儿底下，听人笑语。

　　这首《永遇乐》写得词采绚丽、热闹璀璨，倒反而更衬出词人伤感孤凄的悲凉心境，流寓临安，满腹辛酸的一腔凄怨。面对现实的繁华热闹，饱经忧患后漠然的心岂有陪伴朋友去观灯赏景的游兴呢？不如在隔帘笑语声中聊温旧梦。

　　幸福是相对的！此情此境是惆怅，蓦然回首，也许就全是幸福了！

　　我从藤椅上站起来，走到窗前，雨还在下着，从湿漉漉的玻璃窗往下看，院子里没有一个人，雨珠落在水泥路面的积水里，浅浅的水洼就托起了无数个涟漪。路两边被雨水淋透的柳树，翠绿而洁净。周围很安静，我的耳朵里有雨声，

也有梁祝小提琴协奏曲的旋律。

梁祝是一个美丽、凄婉、动人的爱情故事，从东晋流传到现在。梁祝的曲谱很多，有箫笛、古筝、胡琴、手风琴、萨克斯几乎所有的乐器都演奏过梁祝，我最喜欢的还是盛中国的小提琴协奏曲。在轻柔的弦乐颤音背景上，长笛吹出优美动人如鸟鸣般的华彩旋律，竖琴、小提琴依次向世人娓娓诉说着那遥远而浪漫的爱情传说。

雄的就在前面走，雌的后面叫哥哥。

不见二鹅来开口，哪有雌鹅叫雄鹅？

你不见雌鹅她对你微微笑，她笑你梁兄真像呆头鹅。

梁祝分手，依依不舍。对于祝英台来说，这十八里路上，留下的全是俩人的浪漫和美好。十八里路的结束，预示着幸福的完结。虽然故事的结尾因两人化蝶而变得美丽凄婉，但终归还是个悲剧。

梁祝的传说有很多版本，我的家乡很多年前就被中国民间文艺家协会命名为"中国梁祝之乡"，后来又被列入国家首批非物质文化遗产名录。一千多年来，梁祝爱情故事久传不衰，被称为东方版的《罗密欧与朱丽叶》，不知道被多少文艺作品作为经典爱情题材竞相传扬，从音乐、地方戏到民间小调、评书小段、剪纸、绘画几乎所有的艺术门类都或多或少地表现过这个题材。

由此我又想到《孔雀东南飞》中焦仲卿和刘兰芝的爱情，想到陆游与唐婉，想到罗密欧与朱丽叶，可惜这些经典的爱情，都是悲剧！爱情也得以现实社会为依托，而婚姻的成分却太复杂，但无论如何我还是相信爱就是一种感觉、一种默契、一种心照不宣，而婚姻，就应该是爱的最高誓言。

但愿以后的经典都是花好月圆，毕竟，这个世上的好姻缘太少了。

我因为想起一个人，而惆怅地想起这些爱情，因为爱情，而感觉岁月静好！

平淡的味道

早年读陶渊明的诗，对他描绘的"采菊东篱下，悠然见南山"之境，很是向往，因为那些诗，他在我心里成了一个出世的高人。而对于"时复墟曲中，披草共来往。相见无杂言，但道桑麻长"这样洋溢着生活气息的平淡、朴素的句子却不甚留意。

待年岁渐长，经历了世路茫茫，心中纷华靡丽之念日趋消弭，对于平淡也就慢慢有些感悟。这感悟最初是由文章中而来，继而发现任何一种达到一定境界的艺术门类，都要经过由灿烂到平淡的蜕变。这就如书中所说：文章极处无奇巧，人品极处只本然。一个人的修养如果达到炉火纯青的境界，只需使自己的精神回到纯真的本然之性而已。就像李白提出的"清水出芙蓉，天然去雕饰"。文学创作如此，做人何尝不是同理。

一个人，只有在宁静平淡的心绪中，才能看到人生的真境，在粗茶淡饭的清苦生活中，方能体会弥长的滋味。酸甜苦辣只是生活的调味品，平淡无味才是事物的本质，而据道家的辩证法所言，无便是有，有便是无来看，平淡无味中蕴藏的是无尽的味道。

纯朴的生活孕育人生的真境界，淡泊的心态才能守住清虚恬静的生活。谢纷华而甘淡泊，就是说这个淡泊，是繁华落尽，看透世事沧桑之后的顿悟，是涅槃重生之后的升华。

很早的时候我曾看过一个小故事，有一个老人和年轻人在海边钓鱼，老人见年轻人动作比较笨拙，问："刚学着钓鱼吧？"年轻人点头。老人又说："我从小就在这钓鱼，几十年了，靠这个养活了自己。"年轻人说："我向你学钓鱼吧。我要钓很多很多的鱼，赚钱后买一条渔船，然后赚更多的钱买更多渔船，接着成立公司，再争取让公司上市。"老人又问："那么公司上市后，你干什么呢？"年轻人答："那时也许我已经老了，我就可以到这里钓鱼了。"老人不解，说："你现在就能够这样做呀，同我一样。"年轻人说："不一样。您的一生只是一个点，而我的一生将是一个圆。"

酸甜苦辣
只是
生活的调
味品
平淡無味
才是
事物
的本质

平淡的味道

酸甜苦辣只是生活的调味品，平淡无味才是事物的本质。

那条隐入岁月中的小路

　　我小时候回故乡，总是要经过一条沙河。看到那条睡在宽阔的河床之中的河后，从流动的车窗向左看，可以看见一片不算大的松林，一条平坦的沙土小路曲曲折折地隐没在那片松林间。我就经常想，小路的那边是一个什么样儿的地方呢？

　　有很多时候，我甚至想下车沿着那条小路一直走下去，走到尽头。但那时候我太小了，每次身边都有长辈陪着，他们是不会允许我在没有到达目的地之前中途下车的。人的身体行动更多的时候是隶属于群体的，很多的故事和事实都在向每一个个体生命讲述着，离开群体是危险的。

　　后来，那片松林不知道什么时候就消失了，那条小路也就找不到了。我心里很失落，黯然伤神了很久。这不独是我还没有在那条小路上走过，还有一个原因就是看到那片图画

二十分钟后，我就要下车了。虽然下车后我还要再走上几里地才能到奶奶的那个村庄，但这并不影响我把那幅图画当作我的坐标。

二十多年后，我去石婆山，在快到目的地的时候，我在一片松林前忽然看见了那条熟悉的沙河，像是有预感一样，我的眼睛下意识地转向前方，果然有一条黄黄的沙土小路埋在密林深处。车子颠簸着继续前行，我泪花点点，心潮澎湃地看着那条路，我知道很快，这条路又会从我眼前消失，但"停车"这两个字，只是在我脑海里闪了一下，我什么也没说，眼睁睁地看着车子离那条小路越来越远。

我并不是不明白，这次的放弃，也许会是一生的牵挂，但是，此前我又放弃了多少风景！和心意不投的人一同走，我宁愿放弃。既是心意不投，情谊自然无法交流，他随着你走在这样一条路上心里肯定是莫名其妙，那么你对他说不说你走这条路的原委呢，不说，气氛一定会尴尬，说吧，又没有兴趣，走在这样的路上，语言应该是心灵的自然流淌。

但也不会走出我想要的心情和意境，因为时间不对，身边的人也不对。但你若让随行的人在车里等着，自己又怎么能从容地走。如果我不能给这幅画面增加美的回忆，我宁愿把它封存在记忆深处。

一缕一缕的阳光

人这一生，让你心动的小路也许很多，但和你心意相通的人却不多。有时候看上去是个微不足道的愿望，却也不是那么容易实现。

母亲啊　素不相识的母亲

　　我从郑州火车站上车的时候，卧铺车厢里的乘客已经很少了。我找到我的铺位时，看到只有在我铺位对面躺着一个面朝壁板的人，从她露在被子外面花白的卷发上，我想这应该是一位老太太。我又看了看中铺和上铺，被子都凌乱着，铺位却空荡荡的。我放好简单的行李，坐在床边愣了会儿神，从手提袋里拿出手机，给母亲报平安。

　　母亲平时住在家乡。我的家乡是一个经济不太繁荣的小城。大约有十年了吧，那时候单位还能盖家属楼，还能按工龄、年龄、职称分房子，就是在那最后一次单位分房中，母亲分到了一套一百多平方米的新房。这套又大又敞亮的房子，到现在还是让母亲感到很舒心。

　　因为弟弟早年大学毕业后留在了省直单位，我因工作变动调郑州后，我和弟弟就想让母亲来郑州和我们一起住，但母亲无论是在弟弟家还是我家，都住不长。原因是我们都没时间陪母亲，她一个人出去逛，又觉得没趣。我有时候看母亲实在寂寞，就推掉手边的工作想陪陪她，她却不让，说我不能帮你们还能再拖你们的后腿？你们好好工作，取得了成绩，就是我最大的欣慰。

这次母亲来，是因为我要去山东开几天会，孩子吃饭尚可将就，可晚上一个人守着空空的房子，他害怕。跟母亲打电话说起此事，当时倒不记得她说了些什么，但在我准备去开会的前一天，她到了郑州。没买到有座位的票，本来打算站到郑州的，车上的一个年轻人把座位让给了她，旁边几位乘客又请那位年轻人坐，几个人轮流让着座位，让母亲很感动。

"哎哟，要死啦！"

忽然的，我听到一声痛苦的呻吟。我愣了一下，看看对面铺位上那位妇人，她还保持着刚才的卧姿。我心里疑惑着，感觉那声呻吟好像就是从她那里传出的。但看她还是静静地躺着，我也不好打搅她，可心思已经从母亲身上转移到了她这里。

随着又一声呻吟，对面那位妇人慢慢翻了个身，从侧卧换成了平躺。这时候，我已经确定刚才那声呻吟和这一声呻

吟，都是对面这位妇人发出的。

"阿姨，你不舒服吗？"我俯身问她。

她慢慢睁开眼睛，打量了我片刻，似有坐起的意思，我就帮忙扶了她一把。

她起码有六十岁了，很瘦，而且看上去很虚弱。她穿着一件黛绿色暗花真丝褂子，黑色胖裤，人看上去很讲究。她皮肤微黄，眼窝深陷，脸颊和额头上布满皱纹。她站起来的时候，我感觉她就像一条垂在水面上的细柳枝。她扶着中铺在铺位前站了站，就捂着胃缓缓坐下了。

她一只胳膊放在床前的小板桌上，缓慢地拿起放在小板桌上的一个玻璃瓶。这个以前像是装果酱的瓶子里，现在装着大半瓶酸豆角。她用了很大的劲，才把那个瓶子打开。瓶子旁边的塑料袋里放着一个小铁勺，她微微抖着手，拿起铁勺舀了几粒酸豆角。

真艰难啊！我在心里感慨着。

"喝口水吧！"我看了看放在小板桌上的水杯说，"凉了没有？我替你换杯热水吧？"

她摇了摇手，扶着头，目光慈祥，表情沉静。

"到哪儿下车呀？"

"兖州。"

"我去济南，看女儿。"

"噢，一个人吗？"

"老伴退休后又被单位返聘了，走不了。我去也住不长，不放心老伴，也住不习惯。"她摆摆手说，"在哪儿都住不习惯，还是重庆，自己家里舒服。"

在交谈中知道她有两个女儿，一个在济南，一个在深圳。两个女儿都已经成了家，有了孩子，平时顾不上回家看他们老两口，她想女儿的时候，就去看他们。

"就是晕车太厉害。火车还好一些，飞机更不行了，起飞和降落的时候，受不了的。"她摆着手说。

她痛苦的表情，让我觉得回忆对她来说，就是件极其痛苦的事情。

我对晕车的痛苦是很有感触的，因为我身体状况不好的时候也晕车。但我即便是在身体条件不好的情况下，也只是坐轿车的时候晕，坐火车晕成这样，我还是第一次见到。

"昨天晚上就上车了，上车就睡，还感觉不到怎么晕。今天白天那个难受呀！一天都没有起床了，不敢睁眼。"她有气无力地说。

"那你怎么吃饭呢？"我看看表，已经快下午六点了。

"晕得实在不行，就吃几颗酸豆角。水都不敢喝，喝口

水胃里就翻得不行。"

"那什么时候才能到济南呀！"

"明天早上。"

两个晚上，一个白天，就用几粒酸豆角坚持着，为了看看女儿！这就是母亲啊！

我不禁一阵鼻酸，忽然想到我母亲。

母亲也是只有我和弟弟两个孩子。我比弟弟大十岁，我感觉我在这个世界上活稳当的时候，好像也就是十岁左右。

小时候，我身体一直很弱。两三岁了，吃根面条还差点被卡死。那时候生活条件又不好，买什么都要凭票证，母亲为了我的吃饭问题，可谓费尽心机。六岁的时候又得了胸膜炎，起初是发烧，母亲以为是疹子出不来，吓得够呛，用了很多方法，我还是昏睡在床上小脸烧得通红。母亲哭着去找住在一个院子里的张伯伯，他那时候是地区人民医院的院长。住院后一检查，胸膜积水已经很严重。医院的大夫说，这实在太悬了，再晚送来一天可能就没救了。母亲惊惶了几个月，昼夜守着我。正是冬天，每次我昏昏沉沉地醒来，耳边总是寒风呼啸的声音。母亲坐在我床边，正在给我做一双棉鞋。雪白的鞋底已经纳好了，暗绿和黑色相间的格子布鞋面，鞋脸处还镶着一圈咖啡色的绒边。

一缕一缕的阳光

　　有了孩子后，我经常头晕。母亲不知道听谁说用三月三的地菜煮水打荷包蛋治头晕，就连着给我挖了三年的地菜用来煮水打荷包蛋给我吃，后来果然就不晕了。再后来我给一位头晕的朋友介绍这个偏方，才知道那地菜是要用三月三的露水露过，趁太阳出来之前挖走才能成为药引子。

　　我就想，母亲被类风湿关节炎的疼痛大约折磨十年了，特别一到冬季，疼得更是晚上觉都睡不着。母亲的病最忌潮湿阴冷的地方，农历三月三应该是阳历的四月初，在家乡，四月初的早上应该还是很清凉的。那时候母亲身上的疼痛还没有消退，手上的关节到下午才能勉强握住筷子！

　　"到兖州得晚上十一点多了，晚饭你得在车上吃。"

　　我愣了一下，看看表已经七点多了。

　　"餐车就在隔壁,你去喝点粥吧,晚上喝点粥胃里好受。"

　　"要不，我扶你去吧？"我说，以为是她想喝点粥。

　　"我不能吃的，胃里不能装东西。"她摆摆手说。

　　我迟疑着，感觉是有些饿了。这时候，我听到远处传来服务员叫卖晚饭的声音。我要了份小米粥，她什么也没要。

　　"你从昨晚都没有吃东西能行吗？"我有些担心地问。

　　"有吃啊，酸豆角嘛。平时在家我就喜欢吃泡菜，每顿饭都离不开的。"她指了指装酸豆角的瓶子说，"你也来点

吧，很开胃的。我自己泡的。"

我欣然接受了她的建议。她就含笑从瓶子里倒了些，放到我盛菜的那个盒子的盖上。

"每年我都要泡很多的。他们都喜欢吃。"

我尝了一粒，是比咸菜铺里卖的有味道。我不知道她说的他们都指的是谁，但我想大约她的女儿们是应该包括在内的。

"给你女儿也带了些吗？"

"带了好多。再多我也拿不动了。她就喜欢吃我泡的菜。"

母亲做的菜，永远都是女儿的最爱。我不禁想到我母亲做的粉蒸肉，母亲做的又软又香的手工糊汤面。

经过这一阵闲扯，她的精神看上去好多了。又有隔壁的乘客加入进来，我们这个隔间在这个车厢里显得很热闹。

"你快下车了，我给你留个电话吧！如果有机会去重庆，可以给我打电话，住家里好了。家里的房子很大，就我和老伴俩人，很清静的。站在客厅的窗边就能看到嘉陵江。"

我记下了她的电话，并且把我的电话也留给了她。该下车了，我向她和另外两位乘客告了别，提着简单的行李向车门口走去。快到车门口的时候我回过头，看到她倚在铺位隔板上的身体，像是一张纸。她殷殷地笑着，做手势示意我继续往前走。

　　那一刻，我真想放下手中的行李，跑到她身边叫一声"母亲"。

　　母亲这个称谓的获得，并不是因为做了母亲，而是因为把母爱的光辉，照耀到素不相识的人心里。

郑州的两条路

　　三十年前，文化路刚修好的时候，好多郑州市民都不满地怨道："修恁宽的路弄啥？净是多占土地。"

　　十年前，文化路不仅成为郑州常堵车的几条路之一，而且当年修这条路的时候由于汽车、自行车都很少，没有把机动车道和非机动车道分开，所以在这条路上走，经常可以看到自行车擦着汽车玻璃一掠而过的情景。

　　也是十年前，经三路刚从农业路修到北三环的时候，之间七八个路口就只有两个红绿灯，晚上八点以后一个人走在路上，都能听到树叶落地的声音。时间不长，大约也就是两三年吧，每个路口就都陆续装上了红绿灯。五年前，路中间又装上了不锈钢的隔离护栏，但是现在这里仍然还是经常堵车。

　　虽然堵车给我的出行带来很多不便，但看看路两边这些年的变化，我还是喜欢这个城市。

首先是东风渠绿化带。十年前经三路刚修好的时候，东风渠以北还是郊区。东风渠的两边是两片杂木林。2001 年冬天我路过这里的时候，东风渠还正在修缮改造中。渠上堆了很高的黄土，几位在渠边搞硬化的工人远远看去有一种虚飘飘的感觉，他们穿着深色的衣服，一会儿蹲着，一会儿低头走几步，从他们那里传来的"叮当"声穿过猎猎寒风，一直传到很远。在很高的黄土堆上，几棵指头粗的小树在灰暗的天空下瑟缩着。渠底还没有硬化，有两缕细弱的污水在荒草萋萋中蜿蜒着。

现在东风渠上从春到秋总是花草葳蕤，树木婆娑。每次路过那里，都能看到花间树旁的石凳、渠坡上倚着或闲坐聊天或捧读思考的人，也有推着儿童车带孩子来玩的保姆，有悠闲地在鹅卵石路上漫步的老人，无论这些人在做着什么，我都能感受到从他们那里传来的那种从容与惬意。到了晚上，两岸的灯光一亮，那感觉，就跟秦淮河似的。

原来过了东风渠，站在一栋五层楼上就可以一眼看到北环。2002 年秋天河南省文学院刚建好的时候，是东风渠以北经三路上最堂皇的建筑。就是在这座建筑里，我感受到了文学的神圣和作家的使命。这个建筑承载了我太多太多美好

的记忆。可现在，在经三路上那一栋接一栋拔地而起的高大光鲜的建筑前，它却显得那样低矮和老旧，但每次路过看到它，我还是满怀深情。

郑州的道路是越来越拥挤，但郑州这座城市也越来越漂亮，越来越人性，越来越让人留恋了。

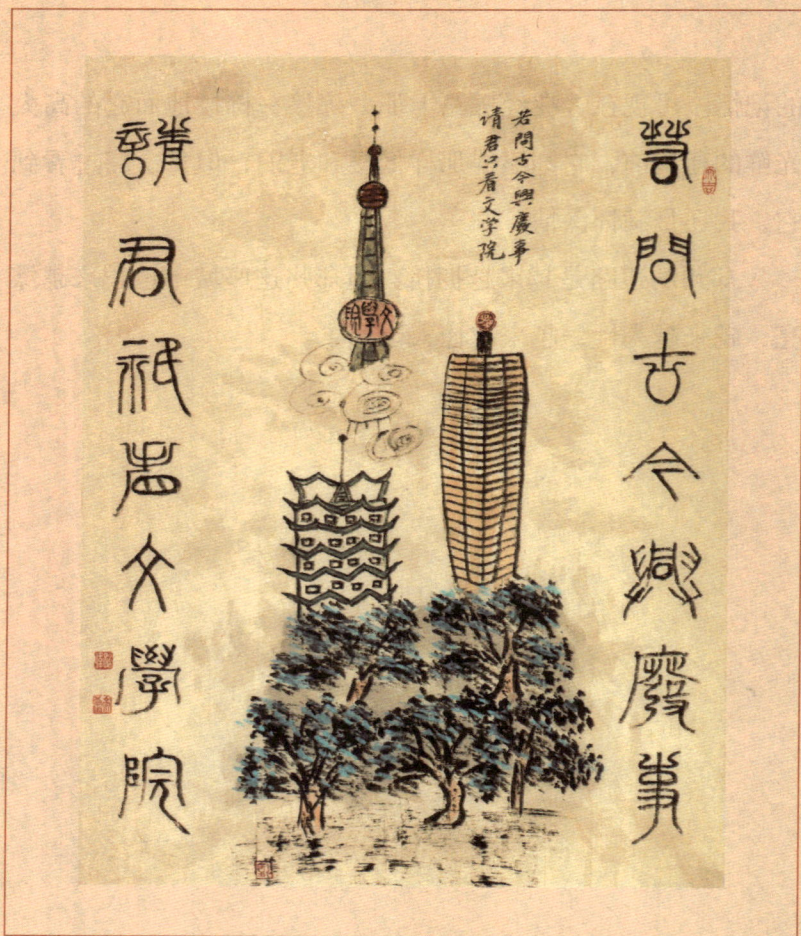

郑州的两条路

若问古今兴废事，请君只看文学院。

多想听那羊脖子上的铁铃声

我有一位长辈，是位钱币收藏专家。四十多岁的时候才娶了老婆，大约因为老婆年轻，又是过了不惑之年才成的家，所以对老婆很迁就。据说刚结婚的时候他老婆还算明白事理，但自从生了儿子后就日益嚣张起来。有女同志给他打个电话，他就得前前后后给老婆解释半天，碰上哪天有事情，或心情不好对老婆稍有怠慢，她就能跑到人家单位骂人家是第三者。有次他老婆打着他的旗号为自己娘家办事，事情办好后请人家吃饭，由于被请的人席间说他妹妹也是位钱币收藏爱好者，并且跟这位钱币收藏专家很熟。他老婆竟然工作都不让他干，在家审问了他两天。

"有时候她把我闹的呀，杀人的心都有。可人是不能杀的，婚又离不了，幸亏我年轻的时候就喜欢收藏，每当她河东狮吼我耐心耗尽将要崩溃的时候，我就一头钻进书房，狠狠摔上门整理自己的收藏或者做自己的学术研究，管她在外面闹翻天，我都充耳不闻。当然了，刚进书房的时候心里还是有气，情绪都有一个延续性嘛，但只要心思一钻进去，一沉浸其中，那就是楚天千里清秋，水随天去秋无际了。"

我有一位朋友，喜欢拉小提琴。如果不加班或应酬，每天黄昏她都会带着小提琴去湖畔公园散步，然后在夕阳中拉一曲《圣母颂》，或是在苍茫的暮霭里奏响法国作曲家马斯涅宁静典雅的《沉思》。

"我喜欢在那悠扬婉转的旋律中编织自己美丽的梦想，小提琴让我忘掉世俗的烦恼，把我带入一种田园诗般纯净恬淡的生活中去。"

从她的话里，我明白了每天挂在她脸颊的那抹恬静、温柔的笑容来自那里。

我原先在报社工作的时候，办公室有位同事喜欢摄影。几乎每个周末他都会抽出一天外出拍摄，然后在闲暇时就欣赏他拍的那些照片。有时办公室的同志们看他满脸沉醉地看照片，也会走过去跟他一起看会儿。这时候，他的兴致就格外得高，就跟人讲这张照片构图怎么怎么好，那张照片曝光怎么怎么是时候，这张怎么信手拈来，那张怎么费劲，听他讲，几乎每张照片背后都会有一个小故事。

"照这些照片的过程是个享受，看到这些照片发表在报刊上心里更是舒畅，赶上再获个奖，那感觉就更好了。现在这个社会，物欲横流来自各方面的压力都有，你不找个爱好让自己放松放松能行吗？我拍照片，无形中就把压力化解了，平时心里不痛快，看看这些照片，心里的气也没有了。"

　　我平时的爱好就是写写文章读读书，写文章自然是需要条件的，但读书则随时随地皆可为。心绪宁静当然最佳，但心情坏时也一样可以读，有时候读着读着，坏心情就变成了好心情。我是一个不喜欢说话，不喜欢与人交流的人，心情好时还给人打打电话问问好，心情不好的时候就一个人闷在房间里。一个人静静地躺在摇摇椅上，愣会儿神想想心事看看窗外的天空，无聊了就打开一本想读的书，读着读着，烦心事也就渐渐都被丢到了脑后，渐渐能和书中的文字灵犀互通，和书中的景致玲珑相见时，也就能心如止水，渐入佳境了。

　　读书对于我来说，有时候就是从现实的一点破窗而出的自由飞翔。

　　最顺遂的人生境界是无欲则刚，然而，人的欲望却是无穷无尽，这些欲望是我们前进的动力，也是我们的苦恼和压力。

　　很久以前，我读到过一篇文章，记得其中一段说，我小

的时候跟着父亲放羊，最喜欢听羊脖子上的铁铃声，只有那叮咚叮咚的声音，让人感到无限的慰藉，也像是给人燃起希望的火花。

我们俗缘半生的爱好，多像那羊脖子上叮咚叮咚的铁铃声呀！

空花泡影的美丽

佛家说人生如空花泡影，一切皆空，放下即得解脱。可是我想世间的人又有几个能放得下这空花泡影的美丽呢？人世的诱惑太多，且不说"天街小雨润如酥，草色遥看近却无"和"中庭地白树栖鸦，冷露无声湿桂花"的美丽，只说一个"爱"字，就让人对这个世界割舍不下。

数年前我母亲患类风湿关节炎，全身肿得发亮，关节连弯都不能打，每天疼得觉都睡不着。有次我去看她，被病魔折磨得憔悴不堪的母亲哭着对我说："如果不是放心不下你弟你俩，我真不想活了。"

我相信这的确是母亲当时的真实想法，人对痛苦的承受力是有限的，当痛苦让人压得快要承受不住的时候，人往往都会想到死。

十多天前我一个女友打电话，问哪里能买到氰化钾？她说她准备再最后给男友打个电话，对他说，或是听他说，我爱你之后，就吞氰化钾自杀。

说实在的，她当时的情形确实让我很担心，但当第二天我再打电话给她的时候，她却一边吃着冰淇淋一边在逛商场。

我也曾经多次想过死，我最开始是想割腕。在一个林木葱郁的湖边，我靠着一棵大树目送夕阳缓缓西沉，在夕阳快要沉到地平线的时候，我从空荡荡的手提包里拿出手机，不管怎么说死后的事情还是应该在死之前安排好的，要不然死也死不安心呀！

然后，再拿出早已经准备好的冒着森森寒光的利器，一闭眼，一狠心，"唰"一下，那如喷泉一般的鲜血就洒满了正在我面前摇曳的野花和青草上，那些洒上我一腔热血的花草们也许会打一个激灵，但它们不会知道一个生命马上就会从这个美好的世界消逝了，正如我不知道它们什么时候会从这个世界消逝一样。我看着我鲜红的热血渐渐变暗变黑，看着我喷涌的热血渐渐变缓变慢，我的意识也在夜离黄昏还有一条缝的时候渐渐模糊，渐渐邈远，在最初一刹那的痛之后，我想我肯定已经不能再感受到痛了，痛在达到极致之后就只剩下麻木了。我心里也许会有一点空，但更多的应该是看破世事的明净与淡然。

但这个计划，由于我实在找不出在割腕之前可以与之打电话的那个人，而只好放弃了。

可是当我饱受打击和挫折的时候，当生存的暗影完全遮蔽了我的生活时，我还是会时常想到死。我想过在云雾缭绕的山巅纵身跃入云海，我也想过把生命溶进湛蓝的大海。

遗憾的是，我至今还是野心勃勃地活着，活在我众多的美丽幻想之中。我虽然被这些幻想纠缠着而苦恼，但同时我也被这些幻想滋润着而快乐，我的生命因此而更加丰硕和甜美。

"爱"是对周围世界的一种拯救，也是对自己烦琐困顿的生活的一种拯救。"爱"让人对这个世界充满了欲望和温情，也让这个世界变得美丽而多彩。

需要多少力量才能冲开一座山

　　洛阳龙潭大峡谷位于洛阳市新安县石井乡西部，是秦岭与太行山的过渡地带。联合国教科文组织世界地质公园评审专家对龙潭大峡谷进行世界地质公园验收时，一位博士注视着潭瀑错落、环境幽峻的大峡谷说："我到过很多峡谷，龙潭大峡谷是世界上最美的峡谷。"

　　我们这个采风团是下午三点从郑州出发的。一辆大巴，一干人说着话，车就从连霍高速转到了两边都是高大树木的县级公路上。起先车窗外还有秋作物有房舍，待车一开始爬坡，眼前便只见山坡、沟坎、河滩了。坡上草莽丛生，夺目的是或金黄或紫艳的野菊花，较之坡上的喧哗，坡下沟坎河滩内的水就沉静得多了，她们只是或顺着山根，或依着路边涓涓地流着，听不到水声，也看不到微波。

　　大巴或山腰或山脚不知道绕了多少座山，才在傍晚时候

停在了一栋房前有溪水的楼前。我推开我房间的窗子，看到窗外的高坡上全是玉米，这让我在欣喜之余不禁对即将游览的大峡谷又增添了几分向往之情。

不想半夜却下起雨来，淅淅沥沥一直下到天亮还没有要停的意思。我望着窗外笼罩在烟雨迷蒙中的苍茫山峦不禁想，如果雨下得不大，在这样的天气中进谷倒也别有一番情趣。然而待到出发准备进谷的时候，雨却不下了。太阳虽然还没有出来，可天却是明显亮多了。

"空山新雨后呀！好，老天作美呀！"有同行的文友很有激情地这样大声说了一句。

两边都是山，山下是我们脚下这条缓缓上行的水泥路。在路的一面，一条宽阔清澈的溪流打着浪花"哗哗"地流着。山脚、山坡、山顶，全是绿得化不开的树。

导游讲解得好，且殷勤。据说这里的导游带团进谷都要随身带四样东西，针线包、手机、塑料袋和烟灰缸。这让我很感动，而且想，如果每个景点的导游都能肩负起服务人员、环卫人员和森林防护人员这样一些角色就好了。

在一座看上去很新的石拱桥上，导游指着桥两边的两排龙头说："摸摸龙头，万事不愁。"

我就有些兴致勃勃，刚欲近前，一边的文友说，摸它干什么，新的。我就有些不舍地止了脚步，心下却想，什么新的旧的，难道旧的摸摸就真能万事不愁了！出来采风也好，旅游也好，都是玩个心情，何不信上一回，图个皆大欢喜。那么认真干吗？有些事看得太透，就会失了乐子。我难道不知道这只是一个愿望吗？但心里有一个愿望，总还是好的。

像许多地质公园景区的标志碑一样，这里的碑体也选择的是景区内最典型的沉积构造和地质剖面。碑面是景区地质遗迹中最有代表性的波纹和泥裂现象。这块巨石的精美和丰厚让我们这拨人第一次停下了脚步，纷纷猜测着上面如波浪一般的石纹和小泥鳅一般凸起的石痕是怎么形成的。

导游说，十二亿年前这里是一片汪洋大海，这些石头上的痕迹是在水或风的作用下，沉积物表面的砂质沉积物在迁移过程中所形成的层面遗迹。就像我们前面马上就要到的红石峡，那里的紫红色石英砂岩就是沉积于距今十二亿年前的海滨地带。二百六十万年以前，由于新构造运动的强烈抬升和水的冲刷，形成了今天高达百余米的丹崖长墙和宽仅数米的碧水丹峡景观。

果然，在跨过一条由一块一块的波痕石垫脚的浅滩之后，我们走的栈道就嵌在如上水石一般的砂岩上。对面瀑布飞泻，声震山谷，脚下碧水激滟，深不可测，我问导游这水有多深，

答曰，四五米。我就有些担心这看上去老不结实的紫红色砂岩的硬度，便抬手在一处看上去已风化得很有些像土的岩石上掰了一下，却出乎我意料的坚硬。我不甘心，又使劲掰了一下，除了五个手指有擦疼的感觉外，那看上去像是已经糟了的石头还是纹丝不动。我不由笑了，谁建栈道之前不先勘探一下建栈道的岩石，如果真像我想的那样，谁还会劳神费力地建什么栈道。

栈道终于爬完了，却进入了一条隧道，道内蜿蜿蜒蜒，犬石错落，不甚宽，倒也能容一人从容通过。问导游，说是为进入峡谷方便开凿的一条石洞，长度有六十一米，东暖夏凉。我问夏天能凉到什么程度，导游说，如果天热的时候来龙潭大峡谷，爬刚才那条栈道游人都要出汗，但只要一进洞，汗马上就消了，而且还会感到凉飕飕的。

"那岂不是要感冒了。"我笑道。

导游羞涩地抿了下嘴，对我说，出了这个隧道，我们就会一脚踏在十二亿年前的海滨地带了。这句话，不禁让我的心一下子澎湃了起来。十二亿年前的海滨！我这样想的时候，甚至感到眼睛还热了一下。

"看你的脚下。"

我刚一脚踏在隧道外面的石头上，就听导游这样说了一句。我一低头，呀！脚下一大片，一大片，全是不同形状的波痕石，有的呈紫红色，有的呈灰白色，层理交错，纹路惊心，那种对人的冲击力，实在太大了。

"这么多游人走，磨坏了就太可惜了！"我顾盼左右，不忍抬脚。

"我们这个景区是才开发的，景区领导已经在考虑这个问题了。"导游说。

"用玻璃给罩上。那样既可以让游人找到感觉，也保护了这些石头。"我一边小心翼翼地走着，一边给别人出着主意，感觉自己像只小鸟一样轻盈地掠过。

又经过一段栈道、溪水、碧潭、悬崖、瀑布之后，我们来到了地势比较平缓的黄龙峪。这是进入大峡谷的缓冲地带，在开阔的峡谷中，溪水淙淙，植被茂盛。听导游说这里的植物主要有鳞毛蕨、蒲扇卷柏、地丁、厚朴、天麻、百合、海棠等植物。这些植物，有的是我认识的，比如海棠、百合，但更多的是我不认识的，认识的像是见了老朋友，不胜欢喜，不认识的在导游的指点下又认识了几种，但愿下次再见到它们，我会一眼把它们认出来。

"龙潭大峡谷植被覆盖率达百分之九十以上，主要由天然次生林构成，主要风景树有青檀、白蜡和三叶槭等树种。"

导游介绍说。

　　我请她把青檀指给我，她就指着一大片树丛说："这就是。"

　　我看看这片树丛，都是些算不上"材"的小树，且树干不明，好像从树根就分成了好多枝权。与其说一棵树，不如说一丛树来得准确。怎么会是这样呢？是不是跟它生长的环境有关系呢？我注视着青檀那些纵横交错、如盘龙卧虬般抓伏在岩石上的树根想，没有土，仅靠吸收石英砂岩裂缝中的水分生长，这样的生命，这样顽强的生命，这样抱着石头生长的生命，你还要求它成什么人类眼中的"材"！它的存在，就是在昭示着诸多的人成"材"。

　　黄龙峪地势虽然平坦，但两侧悬崖上却是怪石嶙峋。印象最深的是锯齿崖，在高高的崖壁上，一组一组尖溜溜的三角型石头真像是一个一个镶嵌在山体的巨型齿轮，让人不禁叹为观止。

　　走过黄龙峪，眼前突然高峡耸立，雄关挡路。放眼峡谷上空，岚烟弥漫，若淡云薄雾在轻舒曼卷。

　　"这就是本景区内最具有代表性的红岩嶂谷群地貌，我们现在看到的这个隘谷叫一线天，两边的山原来是连在一起的，由于地壳运动和长时间的水流冲刷才形成了今天这个两侧峭壁直立，长二十米，宽仅一至三米的隘谷。"导游介绍说。

我心中不禁一震，水竟然可以把一座山冲开！那得需要多少力量，多少信念，多少年呀！

肯定是年复一年吧，海潮带着激情，带着坚忍不拔的意志，一次次冲向山体，但她遭到了拒绝，她只有一次次地退回大海，可她没有放弃，她又冲向大山，不知道在她哪次的冲击下，坚硬的山体终于裂开了一丝不易察觉的缝隙……

我想水穿过那条缝隙的时候，一定比在海面上翻涌更有快感。

十二亿年后，山成了凝固的波浪，水成了流动的群山。

是的，在黄龙峡，在青龙峡，在黑龙峡，在整个龙潭大峡谷走，你会感到每一处风景都是水留下的旷世之作。且不说夹带砂砾的涡流挖钻的众多壶穴、石龛、潭泊、翁谷，只看看那立壁欲倾，光滑、润美，具有鹅卵石一般质地的高崖，就知道水流过这里的时候交织着多么汹涌澎湃的柔情。

佛光岩，此处崖壁因被水流打磨得非常光滑，雨过天晴后，这面崖壁就会像镜子一样反射光线，在黑暗的峡谷内如银光闪烁，佛光普照。

佛光罗汉崖，此处崖壁是由质地致密的中厚层石英岩状砂岩和质地松散的薄层状泥质砂岩组成，经过水流数万年的

冲刷，形成了垂直岩层的一根根石柱，由于地壳运动的抬升，把这些石柱抬升到陡崖的上部，又经过风吹日晒，雨水冲刷，光滑的石柱被风化得坑坑洼洼，但就是这些被风化的一根根石柱，远远望去，却似数百个罗汉在崖壁之上聆听佛祖讲经说法。

水当年从这里奔涌而过的时候，没有想着要留下什么，她们只是奔腾着，一往无前地向前奔腾着，但是几百万年后，这里却成了一道奇丽壮美的风景。

潭前有关峡，潭后有飞瀑，关峡相望，潭泊联珠，瀑布联叠，飞练悬空，沟深谷狭。仰视高空，仅露天光一线。峡谷内，一脉瘦水，潭连瀑接，蜿蜒曲折，奇幻无穷，置身其中，恍然如隔世外。

在龙潭大峡谷走，就是沿着水走，水走完了，龙潭大峡谷也就走完了。再俯视峡谷，远观山岭，却是云雾飘渺，苍山茫昧，整个世界仿佛都浮在一片绿色之中。

广东大峡谷

　　广东大峡谷在粤北韶关市乳源瑶族自治县西南的大布镇。乳源是南宋乾道三年，也就是公元 1167 年置的县，因县北丰岗岭溶洞产钟乳，穴中有源泉流出，故得名乳源。

　　大峡谷长 15 公里，谷深 300 多米，是华南唯一的地陷式峡谷。据专家考证，大峡谷形成于距今一亿三千万年前的喜马拉雅造山运动的后期。由于地壳几度升沉，地层断裂并经风化侵蚀等作用，让广东大峡谷成了中国岩石层理丰富的地陷式石英砂岩峰林的代表。

　　从乳源县城到大峡谷，一路上全是在山里绕，一会儿山脚一会儿山腰。司机小刘说，因为这条路弯太多，有很多外地司机跑一段就掉头回去，不敢跑了。

　　快到大峡谷的时候，路却忽然好走了。平缓的地势就像我们豫南随处可见的乡野，进了大峡谷旅游区的大门，还是

没有发现异常，只有平静的大布河，在一片景观树丛后面闪着粼粼的柔波。

好像忽然的，我就站在了大峡谷的旁边。不，好像忽然的，地就被撕开了条大裂缝。

真是刀劈斧斫呀！那简直是直上直下的绝壁峡谷，险峻得让人不禁一阵目眩。有一条 200 多米的瀑布，叫腾龙瀑布，从悬崖间奔涌而出。那气势，磅礴得撼人心魄。再往远处看，满目都是郁郁葱葱的树了，峡谷虽仍陡峭，却也有了些峰峦层叠的意思。

已经有人开始陆陆续续地沿着宽窄不一，怎么说也不算规整的台阶往谷底慢慢走去了。

不知道走了多少台阶，下到谷底的时候我的腿已经在微微打颤，不是吓的，是累的。已经有人站在腾龙瀑布下和观瀑平台上呼朋引伴，还有的人闭上双眼作深呼吸，在吸氧洗肺。

据介绍，2005 年有专家在腾龙瀑布的潭中发现过被称之为"水中大熊猫"的桃花水母，我觉得看到这样珍稀动物的几率太微乎其微，就和另外数人沿着谷底的小道继续往前走。

小道崎岖，道边的植物茂盛而洁净。那些泛着太阳光泽的叶子，嫩得像是春天刚长出的新绿，让人很难相信这是十月底的树叶，是快要被冬天的风吹落的树叶。后来听一位本地作家说，广东的树叶都是春天才落。

在一个陡坡前，我们遇到了那拨走在我们前面的人。我告诉他们前面可以出谷，他们却极不放心地从我们面前走了回去。

不久，我心里也开始没底了。怎么走着走着，又往上了？下来之前感觉谷底的路就是依着山脚，顺着溪水，虽然曲折，却也没有太大的坡度呀！再说看地形，还不到该出谷的地方啊！

可是面前只有这一条路，没什么可犹豫的，要么往前只管走，要么回头走熟悉的路。

简短的商量后，我们决定往前走。

感觉快要上到半山腰的时候，又开始往下走，我已经顾不得再看风景，只是一心一意地专注在台阶上。

又听到流水声了，"哗哗"的，像是瀑布。我正疑心，眼前豁然一亮，我们又下到了谷底。路平坦也宽敞了很多，没走几步，蓦然回头，面前果然又是一条瀑布。

这才恍然明白刚才的路。

看地图，这条瀑布应该就是黄龙潭瀑布了。黄龙潭瀑布

落差不大，潭很深，上面水流过的石头平滑而温润，潭周围却是怪石嶙峋。

我盯着溪水流过的石头看了会儿，发现那些石头，全是黄蜡石。我感到很惊奇，同时也感到惊喜。再细想，也对。

黄蜡石主要成分是石英，属矽化安岩或砂岩，大峡谷就是石英砂岩地貌。黄蜡石主要产于两广地区，又以广东东江沿岸及潮州的质地最好，石色纯正。另外还有韶关、清远、台山、开平等地也出产黄蜡石。黄蜡石由于在地质形成过程中掺杂的矿物不同而有黄蜡、白蜡、红蜡、绿蜡、黑蜡、彩蜡等品种。又由于其二氧化硅的纯度、石英体颗粒的大小、表层熔融的情况不同可分为冻蜡、晶蜡、油蜡、胶蜡、细蜡、粗蜡等。黄蜡石润泽，没有太大的火气，无论是从视觉，手感都给人一种愉悦感。

眼前的这些黄蜡石虽然还被壳包裹着，但就像美玉会生烟一样，透过粗粝的石皮，我依然可以窥视到里面黄蜡石的晶莹，那实在是妙啊！

站在潭边环顾四周，慢慢理解了大峡谷简介上介绍的雄、奇、险、秀、幽这几个字。

在纵横的沟壑，林立的奇峰中，高大的参天古木随处可见。看大峡谷简介，峡谷中有动植物4100多种，其中桫椤、苏铁蕨等还是恐龙时代的珍稀植物。从这个层面看，这里无疑是存在着一个微型的原始森林。

看到观音桥，我就知道离我们要走上去的通天梯不远了。观音桥是座吊桥，我走在上面很害怕。下面碧绿的水夹在如同墙壁一样的石缝中，水面大约有一米，最多两米那么宽，而壁立的岩石离水面至少有四五米那么高，我走在左右晃动的吊桥上恐怖地想，我不会游泳，万一掉下去，活着的可能性就不大了。

通天梯是一条坡度最多45度斜角的石梯，听当地人说总共是1386级。我站在石梯下往上看看，只看到书本那样大一块蓝天。通天梯旁边原来有一条地轨缆车，看情形，已经废弃多时了。

没什么可犹豫的，往上爬吧。累了休息休息，正好再看看野花，看看那些翠映生辉的峰峦。

不知道休息了多少次后，我们终于气喘吁吁地爬了上来。回头再放眼谷中，在葱茏的树木间，隐约看到一条蜿蜒如蛇道的小路，渐渐隐没在林间，沿着这条路走，还可以看到很多飞瀑流泉，我们刚才走的路，大约是整个大峡谷景点的三分之一。

走过千米游廊，走到飞虹桥上，看到平静的大布河流过

梯阶状的岩石，流过飞虹桥，突然腾空冲下，就形成了那条腾龙瀑布。

再看广东大峡谷地图，心里对图上标注的那些拐拐角角，有一种说不出的清明。

走近中牟

    一个人对一个城市的向往，一般来说有两个原因。一个是这个城市知名度很高，为了那一道生动的风景，我们愿意收拾好心情去积累能够细细回味的蹉跎往事；还有一个原因，就是这个城市和我们走过的山重水复的年华有过这样那样的瓜葛。

    我对中牟的向往是到荥阳文联工作之后。作为一个地方的文化工作者，总要对这个地方的历史文化有所了解，作为一个作家，在细究一件事情一段故事后，就想变成文字。我几年前写过一篇《虎牢关那片区域》的散文，开头说："历史上的虎牢关在荥阳市汜水镇大伾山的沟壑峰峦之上，成皋古城的东侧。成皋城是和荥阳城齐名的历史名城。成皋城、竹芦渡、牛口峪共同成就了虎牢关的古战场之名。"

    据《水经注·河水》记载，周穆王姬满在圃田泽打猎，

命随从掠林惊兽时，忽然看到有老虎在芦苇丛中游荡，"天子将至，七萃之士高奔戎生捕虎而献之天子，命之为柙，畜之东虢，是曰虎牢矣。然则虎牢之名，自此始也。秦以为关，汉乃县之"。

在我的《荥阳堂》一文中有这样一段文字："臣民迁来了，得解决粮食的问题呀，荥泽、圃田泽周边有许多滩涂和大片荒地，这些滩涂土质肥沃，易于开发，且开发当年就会有好的收成。郑武公就率领臣民开发了沿河、济一带的滩涂泽薮，完成了'武公之略'。"

在这两篇文章中都出现了一个地名"圃田泽"，这个和荥阳有着千丝万缕联系的地名牢牢地印在我的脑海里，让我对这个地方充满好奇和疑问。

在写《那一条楚河汉界》的散文中，我对贾鲁河产生了浓厚的兴趣，贾鲁河是河南省境内除黄河以外最长、流域面积最广的河流。据说贾鲁河的前身就是楚汉相争时的"鸿沟"，据史料记载，鸿沟是战国时期魏国所凿，魏惠王十年，公元前361年开通，从荥阳北面引黄河水入圃田泽，东流经开封境内，再南下注入颍河，当时开挖的目的主要是为了灌溉农田。后又经过二十多年的开发，至惠王三十一年连通了济、濮、濉、颍、汝、泗诸水，成为当时中原大地上的主干水道，

以此为主形成了水路交通网和大面积的灌溉区。

　　因此，鸿沟一带在当时也具有十分重要的战略地位，成为兵家必争之地。秦朝末年，楚霸王项羽与汉王刘邦在此对峙，后楚与汉约定"以鸿沟为界，中分天下，鸿沟以西为汉，以东者为楚"。

　　发现鸿沟，就是象棋棋盘中的楚河汉界，也就是今天的贾鲁河曾让我兴奋不已，我甚至想沿着今天的贾鲁河由始到终地走一遍，因此，我查了很多资料，在这个过程中，意外地了解到困扰我多时的圃田泽，竟然就是今天的中牟。

　　中牟，多么熟悉又陌生的一个城市啊！说熟悉是因为从郑州到开封它是必经之地，而且我和中牟的文联主席王银铃又是文学院的同学，每次或见面或通电话，她都会很热情地邀请：来中牟玩吧，来看看我们的雁鸣湖。说陌生是因为我除了知道它的一些景点之外对它真的是一无所知。去过绿博园，去过我的老师孙荪的官渡草堂，这是我在中牟停留的仅有的两个地方。

　　2015年春天，我们有机会路过中牟，顺便去看了农业公园和四牟园。那是我第一次走进中牟，感觉中牟的城市框架拉得很大，和我心里的样子有很大差距，虽然我没有想象过中牟是什么样子。

在从农业公园去四牟园的途中路过贾鲁河，宽阔的贾鲁河让我甚至不相信那就是我在郑州看到的窄如河沟、浅可见底的贾鲁河！但它就是今天中牟的贾鲁河！那次的行程让我有许多感慨，当时也考虑着写篇东西，却因种种原因一直搁置着。

也许事情都需要机缘巧合地促成，前不久中牟县举办雁鸣湖金秋笔会，这件事情的具体负责人就是我的同学王银铃。此前她跟我说过多次，要举办这么一个笔会，要邀请一部分同学参加。"你可一定要参加啊，要给我们写篇文章。"她爽朗如银铃般的声音从电话里传来，让我不由自主地都一一答应了下来。

同学们毕业转眼已经十多年，平时忙于工作和生活疏于联系，若不趁着笔会见见面，再见不知还要到何时？况且，若不是笔会，也不会一次见这么多人。

但很不巧，开幕式那天我这里却有公务活动，直到下午四点才得以脱身，还没到中牟县城天已经黑了。一路上不断接到王银铃打来的电话，走到哪儿了，同学们都在等你等等类似的电话，我到中牟的时候已经是晚上六点多了。中牟的文联副主席在门口接我，他见到我的第一句话就是，先去餐厅吧，你们同学都在等你吃饭呢。

这个小院
就是诺贝
尔文学奖
获得者我
送给他的
奖品
孙荪老师
如是说

走近中牟

这个小院，就是诺贝尔文学奖获得者，我送给他的奖品。

——孙荪老师如是说

很温暖也很感动，这就是同学情谊啊！

这次来中牟依然是行程匆匆，大约是想让我们多看些地方，多了解一些中牟的变化吧，所以每个地方几乎都是走马观花，却也印象深刻。

让作家们最感慨的地方，就是孙苏老师的儿子在农业公园内正在开发的畅园了。全是一栋一栋独立的木屋，每栋木屋风格各异，大小不一，大的有四百多平方米，最小的大约有一百多平方米，还有二百多的三百多的，芬兰风格的木屋用的是芬兰进口过来的木头，加拿大风格的木屋用的是加拿大运来的木头，俄罗斯风格的木屋用的是俄罗斯的木头。

这些国家都是进入北极圈的国家，生长在寒冷地带的树木生长慢，木质非常密实，他们那里的人又少，比如加拿大，一千万平方公里的国土面积，人口才三千多万，森林覆盖率达到59%，面积占全世界的10%，相当于整个亚洲的森林面积。加拿大的森林资源实在太丰富了，所到之处，不管是城市、乡村，还是大山、海边，处处可见高大、浓密的森林，而且大多是几十米高，一两米粗的大树，这么丰富的木材资源他们根本用不了。

"孙老师，你这木屋要卖的话得多少钱？"在孙老师侃侃而谈的介绍中，已经有同学按捺不住喜欢。

　　"目前准备出租，卖的话估计会价格不菲啊！"孙老师笑呵呵地回答。

　　"回去还是要好好写东西啊，万一拿个诺贝尔文学奖那买房子就不是问题了。"有同学感慨道。

　　"你们这些学生，无论谁拿到诺贝尔文学奖，我就奖励你们一套。"孙老师兴致勃勃地说。

　　这句话在同学们中掀起了一个高潮，几位同学已经在摩拳擦掌分析拿到诺奖的可能性了。

　　因为对一座小木屋的热爱激起文学的创作热情，也未尝不是一件好事情。我望着木屋前面宽阔的湖面欣悦地想。

　　中牟不仅在城市规划中把自己定位成一个突出文化特色，大力发展休闲旅游产业及生态农业，形成高品位的田园风貌的城市，而且中牟这几年都在朝着这个方向发展。

　　我的那些同学们即使拿不到诺奖，想要在中牟寻一处临水而居、宁静清幽之处也不是什么难事。

被速度丢失的风景

是深秋的一个上午，太阳在云层里，即使他偶尔想起来关照一下万物，也只是给这块儿已经很显萧瑟的土地，带来片刻稍微的明亮。他的热度与威力，已随着夏日远走他乡了。没有风，温度很舒爽。

我站在客厅的窗前，似想非想着一些人和一些事。忽然的，电话响了，是Z君的，问忙什么。没事儿，我答曰。Z君轻笑了下说，现在的人谁不是忙得连见面打招呼都是赶时间，开着车都嫌跑得慢，你没事儿！

"不想忙那些没用的事情，不如一个人呆着。你呢，最近忙什么？"我仍旧有些没精打采。

"我也没事儿。让我想想，现在离吃饭还有一段时间，不如想个什么节目消磨一下吧！去看黄河吧！我还没有在这个季节认真地看过黄河呢！"

"我也没有！"听到看黄河，我的情绪一下子高涨了起来。

一直以来，我都固执地认为，我来郑州就是想离黄河近点。虽然我个人和黄河并没什么渊源，但我还是从心里对黄河感到亲。不知道这是不是与从小受的教育有关。毕竟，这是我们中华民族的母亲河，是一条承载着我们这个民族太多苦难和文化的河。

黄河离我家的直线距离真的很近。大约二十分钟吧，Z君的车子就离开了花园路拐到了一个路口竖着"花园口村"牌子的小路。小路不宽，但路况很好。两边高大的杨树上叶子还沙沙地丰茂着。

经过花园口游览区的大门，穿过路两边各式的农家饭店，车子一个拐弯，眼睛就被一大片芦苇填了个满满当当。一棵挤着一棵，一穗压着一穗，从沟里一直蔓延到沟坎路边。

"芦苇呀！我好想折几棵苇花回去。"我兴致勃勃地叫道。

"回来还可以走这条路，等回来再折吧！"Z君含笑道。

那片浩浩荡荡的芦苇在车子跃上黄河大堤后就看不见了。眼前一大片整齐的悬铃木林又打动了我的心。这片横平竖直、从哪个角度看都是一条直线的悬铃木林能够在我看到

它的第一眼就把我深深地打动，不仅是因为它挂在树上的、色彩斑斓的树叶，更主要的是它铺展在地上的、那些厚厚的树叶。这些树叶有的也还绿着，我不知道这些也还绿着的树叶怎么就飘落了下来，而那些已经金黄的树叶怎么还挂在枝头，但这些深深浅浅的黄和这些深深浅浅的绿，都装点了枝头和大地。它们让我在为它们的美惊叹的同时，也让我心里生出浓浓的感动。

还有杨树林，这些挺拔而高耸的杨树，这些像仪仗队一样整齐的杨树，是在等待谁的检阅？好想在它的树下走走，好想在它落满枯叶的树下走走，却怕听到枯叶在脚下破碎的声音。还是不要打扰它们的清静吧，还是不要破坏它们的完整吧，很多时候，我更愿意像一个过客。来了，悄悄地。看了，静静地。走了，默默地。很喜欢徐志摩《再别康桥》里的一句诗：悄悄的我走了，正如我悄悄的来；我挥一挥衣袖，不带走一片云彩。

我认为这种状态，才是每一个人来这个世界上都应该具备的一种人生状态。

倒是那片栾树林出现在我视线之内的时候，让我大大地惊诧了一回。因为那片栾树林离堤坝很远，我的眼睛又有些近视，所以远远看到那些被霜打过的鲜红的栾树叶，还以为是什么花。

"那不是花，是栾树的叶子。"

"怎么那么红呀！"我对我刚才的认识深信不疑，便让Z君把车开慢些。我瞪大眼睛仔细看的结果让我很失望。"真是树叶！可是它们红得也太夸张了。"

"你忘了杜牧的霜叶红于二月花了吗？"

"当时读的时候没感受，你这么一提醒，才觉得这比喻真是贴切！"

大堤上的柏油路面乌黑而平展，为防洪水准备的大石头整齐地码放在大堤内外两侧，我看到在每堆石头上都有一组用毛笔写上去的数字，我想大概是这些石头的立方数。

车子慢慢向前行驶着，大堤内矮墩墩的柳树在车窗外没完没了地绵延着。我虽然知道在这些树干粗壮的柳树后面就是不舍昼夜奔腾着的黄河，但是老看不到，心里不禁着急。我朝这些柳树后面极力远望，除了更远处的青青的麦苗外，什么也看不到。

"我们不沿着大堤走了，走这条不知道通向哪儿的土路好不好？"在柏油路弧形的拐角处，Z君停下车望着前方的土路说。

我首肯的结果是，车子从平稳变成了颠簸，车速从原来

的时速八十公里变成了四十公里。好在不久，Z君就把车子停了下来。

走出车，一股浓郁的青草味就扑面而来。我低头看了下草，已经枯萎了大半。但是这些青草味怎么还会这样浓郁呢？我想到我住的那个小区里四季青翠的草坪，它们好像只有在修剪的时候才会散发出这样浓郁的草香。我又吸了吸鼻子，感觉这草香里的味含着一种野味，一种搀和着阳光、雨露、鸟粪……肯定不止是这些，这些我那个小区里的草也能享受到，但是我无法再思考下去了，从堤坝下的柳林里传来的异常热闹的鸟鸣让我无心再思考这个问题，我不由自主地追随着鸟鸣，向柳林走去。在堤坝的边沿，我站住了。我站住的原因一个是堤坝太陡，下不去；再一个是下面的柳林太茂盛了，我根本看不到人可以在下面走的可能，更何况，那里还住着这些成群结队、肆无忌惮的飞来飞去的鸟们。

这里是鸟的世界，是麻雀、花喜鹊、灰喜鹊和一些不知名的鸟们的世界。它们欢叫着，飞翔着，一起飞就是一群，一落下就是一片喧哗，它们像是不约而同地"哗"一下从树丛里飞向天空，像是事先排演好的，一飞就成队列，那队列不断变化着，却总是很有序。

"它们是不是在开一场音乐会，抑或是一场盛大的舞

会！"Z君笑道。

我抿嘴笑着看了Z君一眼，没有说话。

"王维有一句诗，竹喧归浣女，在这里不如改成竹喧归浣鸟的好。"Z君又说道。

我琢磨着Z君的创意，就听他又说道："柳浪闻莺是西湖十景之一，到底不如柳浪闻雀的好，大约江南的文人词气都太精致了吧，连听鸟鸣都只听那婉转的莺声，却哪里有眼下这群噪雀的热闹，在它们的热闹里，充满了世俗生活的温度。"

我注视着远处色彩分明的风景，很赞同Z君说的话。

"那条河是什么河？"我收回投在远处的目光，看着柳林后面一条清澈的河流问道。

"黄河呀！"

"不会吧！黄河很宽很浑浊的。"我不由大叫道。

"是黄河的一个支流。你在写桃花峪的时候不是写到过隋代开凿的通济渠吗？你知道通济渠分东西两段，西段自洛阳城西引洛水和涧水为水源，循顺阳渠故道，经偃师至巩县的洛口入黄河；东段自荥阳西北起，引黄河水经荥阳，于开封附近与汴水合流，你看《清明上河图》中，清亮宽阔的汴河贯通开封古城，北宋时期的东京汴梁，城内水系非常发达，

城中河流密布，连街衔巷，舟楫往来。汴河、蔡河、金水河、五丈河四条水系分东南西北四方而流。汴河作为重要的水运通道衔接南北，是交通经济大动脉，著名的'隋堤烟柳'就是古汴京八景之一。"

"噢！"我愣愣地答道，"想不到黄河还有这么清纯、安静的一面！"

"这会儿黄河很安静！"Z君望着远处说。

远处，是一片宽阔且已经枯黄的秋草。有几株小树，像是被谁遗忘在那里的感叹号。但更远处的冬小麦，却把无尽的青翠一直铺展到天边。有一些水鸟，在裸露的黄土和麦苗间起起落落，像是水墨画里的一个一个小墨点。

我在草地上坐了下来。Z君干脆平躺在草地上，并且鼓动我也躺下，把折叠的身体打开，像黄河那样，看着头顶上的高天流云。我没有受他的鼓动，却也把目光投向了天空，天空灰蒙蒙的，有些淡淡的云，也是裹着一层灰色。有飞机从头顶飞过，远远的如一条白线，但声音却很响。

"天空也不安静。"Z君说。

我们从草地上站起来的时候，已经是午后。大约是因为要离开这里的缘故吧，便有些不舍地四处看着，这时候，一座废弃的瓦房吸引了我们的注意。这座瓦房就在我们身后不到一百米的地方，和我们仅隔一条土路，由于刚才我们只顾着前方的风景，竟全没有注意到它。

瓦房很矮，周围野蒿丛生，我想若不是赶在深秋草木凋零，它在这些野蒿里沉睡着，从外面还真是不容易看到它。

我们一边用手扒着野蒿，一边小心翼翼地走进去，我甚至想到聊斋里那些狐狸精出没的场所。待走近了，才发现我们看到的瓦房实际上只是个房顶，事实上除了这个房顶，这个房子的其他部分几乎全陷在黄土里，看情形，像是黄河决堤时夹带的大量泥沙把它填实了。从它屋脊上残破的琉璃瓦判断，它应该是一座庙，并且不应该是当代建筑。

从野蒿丛生的小庙旁出来，重又上车。

"幸亏咱们没有沿着堤坝上的路走，要不然也不会发现这座小庙，这座小庙应该纳入到花园口游览区的范围之中。"我说。

"是呀！我们在享受速度带来的便捷和效益的时候，又遗憾地丢失了身边的多少风景呀！"

"太对了！古人就是因为出门乘船乘马车走得慢，所以我们今天才能读到'月落乌啼霜满天，江枫渔火对愁眠，姑苏城外寒山寺，夜半钟声到客船'这样的好诗，才能读到《蜀道难》，读到'野旷天低树，江清月近人'。若是搁现在，

去四川往飞机上一坐，个把小时到了，怎么可能会发出'蜀道难，难于上青天'这样的感慨！什么时候坐在马车上发现的东西都比坐在火车上发现的东西多。"我大发感慨。

"还有宋代李之仪的'我住长江头，君住长江尾，日日思君不见君，共饮长江水'。这种思念之美，现在还有吗？速度早把它破坏掉了。"

"佩甫老师前一段不是出了本长篇《等等灵魂》嘛，我一看到这书名就觉得好，但又说不清怎么好，有次见到佩甫老师我就问他为什么想了这么个书名，李老师当时对我说，人总要隔一段时间就要关照一下自己的灵魂，回头看看自己走的路是不是当初启程时想走的路。这段话真是刻骨铭心呀！你想有多少人这一生走了半辈子了，却发现不知道什么时候自己早已背离了当初的路，为什么会这样呢，走得太急了，太匆忙了，顾不上关照自己的灵魂，顾不上回头！"

一路发着感慨，车子就驶上了大堤，不久，滔滔黄河就出现在窗外，Z君把车停在路边，我们下了车，具有土地颜色和土地质地的河水就一下子填满了我们的眼睛。

这里的确是看黄河的好地方，黄河在这一段的河床要整齐得多，没有分岔的河流，不像一桥那里，河水被分成几缕，还频繁地改道。而且黄河自西向东走到这里的时候，忽然掉了个角往北去了。所以站在这里看黄河，就感觉那缓慢的滚滚浊流是向着你流过来，流过来……我有一种快要被淹没的感觉，急忙把目光从远处收回，看到脚下受到河堤拦截的河水也只是起了几道涟漪，就静静地转身远去了。这个时候的黄河，是安静而和顺，是深厚而宽广的，她是从《诗经》里走出的女子，带着古代的气息，向我缓缓走来，转脸又辞我而去。忽然的，我脑海里就跳出"静水深流"这四个字，这是贾平凹新出的一本散文集的名字，我还没有读，但是此刻，我感觉我对这四个字的感悟又深了一层。

大约是那次看黄河给我的记忆太深刻的缘故吧，回去后就不断和家人讲起，终于说的家人兴起，也驱车奔那儿去了。却怎么也找不到向花园口村拐的那个路口，车子在我记忆中的那段路来来回回转了好多圈，却终没找到。我觉得太奇怪了，明明就是这里嘛，怎么会找不到？那天不会是撞到桃花源里了吧！我把这个经历和想法告诉Z君，他哈哈大笑说，你就把它当成桃花源吧！但终究狠不下心，答应有时间陪我再去一次。

我们再一次沿着熟悉的路往黄河边走，已经是立冬之后月余了。杨树的叶子几乎落光了，只有树梢上的几片叶子还在恋恋地望着天空。芦苇花在枯瘦中摇摆着，好像是在等待

北风吹散的那一刻。悬铃木的树叶，栾树的树叶都已经落光了，灰蒙蒙的，像横着一带烟雾。

我忽然想起《论语》中的一句话："子在川上，曰：'逝者如斯夫！不舍昼夜。'"

孔子在河岸上，一定是仰观俯察，再看河川里的流水，因而兴起感叹。他所说的"逝者"，应该是没有特定的所指，自可包罗万象。就天地人事而言，孔子仰观天文，想到日月运行，昼夜更始，便是往一日即去一日，俯察地理，想到花开木落，四时变迁，便是往一年即去一年。天地如此，生在天地间的人，亦不例外。人自出生以后，由少而壮，由壮而老，每过一日，即去一日，每过一岁，即去一岁。个人如此，群体亦不例外。中国历史到了五帝时代，不再有三皇，到了夏商周，不再有五帝。孔子生在春秋乱世，想见西周盛况，也见不到，只能梦见周公而已。由此可知，自然界、人世间、宇宙万物，无一不是逝者，无一不像河里的流水，昼夜不停地流，一经流去，便不会流回来。所以李太白《将进酒》说：奔流到海不复回。古希腊哲人也说：濯足急流，抽足再入，已非前水。

正是傍晚，风静天晴，我看到倒车镜里杨树光秃秃的枝丫在夕阳的映衬下，美得让人心碎。

思想之声

莫言先生题写的四幅书名

三审后，总编把原来的书名《对岸》，改成了《最后一位淑女》。

待心平气和，脑海里忽然跳出一幅画面。

在四周暮色慢慢升起的山间，莫言先生、大卫和我在谈莫言先生早年的一个短篇小说《透明的胡萝卜》。大卫说得很起劲，莫言先生表情恬淡，目光好像一直在远处的群山间。

这是在一个笔会的晚饭后，我们站在石头护栏旁边，护栏的外面是笼罩在沉沉暮色中的旷野和初夏的山峦。不远处的宾馆在越来越浓的暮色里亮起了灯盏。那些灯光不但没有照亮黑暗，反倒把沉沉暮色弄得模糊而苍茫。

在深长迷离的暮色中，我对莫言先生说："我有一个长篇，刚写完。如果您有时间的话，帮我看看吧。"

忘了莫言先生当时是怎么回答的，大意是他在写长篇，等写完吧。莫言先生说话时的眼睛我现在还记忆犹新，从那眼睛里，我知道他绝没有推托之意。我却再没有和他提起过这件事。

请莫言先生题写个书名吧！我想。却不好意思对莫言先生说。就想到一个和莫言先生熟悉的同乡。

"我知道莫言先生春节回山东高密老家过年了，想回去写点东西，不知道他现在在哪儿。我联系联系吧。"

他这一联系，几天没消息。这本书出版社要赶全国图书订货会，开订货会之前，还准备开个研讨会。这样算起来，时间是很紧张了。

"已经和莫言先生联系过了，他说写好了通知我。"

一晃半个月过去了，我打电话给同乡，他说，这事不能催。我问他对莫言先生说没说是我的长篇，他说，说了。

我就觉得我得和莫言先生联系一下了。又想那么久都没联系了，还是先发个信息吧。我的信息是三点多发的，快六点的时候，莫言先生回信息说，已题，请告地址寄去。我哪里能让他再跑到邮局，对他不计报酬的慨然相助，我已经是很感激了，况且我本来就打算等他写好后去北京拜访他。

不必专跑一次，别客气。特快给你。他马上回信息说。

这样一来，我也就不好再坚持什么了，只有等去北京开

研讨会时再说了。

三天之后，我收到了莫言先生寄来的邮件。

棕色的信封，深蓝色的钢笔字，信皮上几乎写满了收件人地址和姓名。在印着邮政编码四个字的下面写着莫言，和信封上的字一样，也是小行书。

我小心地拿剪刀剪开信封，里面除了两幅题写的书名外，还有一封信：

韩露：

　　前些日子王总与我说过，即写了，但昨天找不到了，无奈只好重写，但总也不满意，寄去，不知能用否？

　　即颂

春安！

莫言

三月十五日

我很感动，也很感慨，心想，这才是大家呀！在世风低下的今天，不仅不计报酬欣然给我题写了书名，而且还这么认真，谦虚，反复题写还觉得不满意！

莫言先生的毛笔字我是见过的，那是用深厚的学养和人

高山仰止！

莫言先生题写的四幅书名

高山仰止！

格浸润出来的字，一撇一捺都散发着中国文化特有的气息。谦恭、质朴、充满田园气息而不失典雅、端庄。就是因为莫言先生字里弥漫着十足的书香气，我才想到请他题写书名，因为我觉得在我这个长篇里，也不失传统文化的含蓄和韵味。

两幅字各有千秋，一幅平和宁静，另一幅洒脱不羁，犹如儒道两家，难分伯仲。我决定拿到出版社，让总编看看。因为总编的毛笔字写得也很有功底。

总编反复看过后，叫编辑上来拿字去扫描。编辑上来得很快，总编简单地给她介绍完情况后，忽然说了一句："这会儿你可以趁机抢一幅。"

我立刻紧张起来，我那是真舍不得啊！

"不过这幅没有盖章。"

"对，不能算是一幅完整的作品。"我马上接着总编的话说道。

总编看着我意味深长地笑笑，对编辑说："作者在这儿等着，你快去扫吧。"

我感到一阵轻松。

时间不长，编辑拿着字上来了，说："写错了一个字。"

我奇怪地接过字，一个字一个字地看过后说："不错啊，哪儿错了？"

"应该是最后一'个'淑女，莫言先生写成最后一'位'淑女了。"

"不就是《最后一位淑女》吗？"

"不是的，韩老师，选题报的是《最后一个淑女》。"

"那怎么办？改选题吧！"

"马上书就出来了，这时候还怎么改选题？让我写个'个'把莫言的'位'替换下来吧！"

总编说着就铺开宣纸，拉开了写字的架势。

"你行吗？"我担心地说。

"咳，老单经常干这事了！"

片刻，一张《最后一个淑女》的书名就在总编的笔下诞生了。

这件事情过去三天后，我收到莫言先生的短信：韩露，早先写那两张找到，已于前日寄去，请收。

第二天，我又收到了莫言先生寄来的第二个邮件。

我小心地拿剪刀剪开信封，里面除了两幅题写的书名外，还有一封信：

韩露：

　　终于将前些日子所题书名从书缝中搜出来。看了一下似乎确比寄去的两幅要自然一些，因此还是寄去供你选择。举手之劳不必客气。

　　春天已到，即颂安好！

莫言

三月十六日

　　信写在荣宝斋印制的多福多寿图案的宣纸信笺上，深蓝色的钢笔字，书法的行文样式，心闲气定的行楷字。

　　如果把这封信装裱一下挂在书房里，是可以驯养心灵的！我这样想的时候，实际上已经决定把它们捐献给当代文学馆了。

　　我把这两幅字拿到总编那里，他认真地看过后，对站在我旁边的编辑严肃地说："改选题吧！"

茶到淡时方是味

"茶到淡时方是味，心入静境自成仙。"

这是张振国教授的两句诗，我却感觉这两句诗，就是北大教授张振国。

我第一次见张教授是 2008 年的冬季，在北大静园草坪西侧，北大三院张教授的书房里，先生谦恭、温厚，很有长者风范。张老师见到我们很高兴，忙着让座倒茶，可他书房的空间太有限了，又被满室的书籍和碑帖、字画占据着，显得很拥挤。他起身给我们倒茶，我们就要站起来给他让路儿，谈话的气氛就在这样的礼让中活跃了起来。

张教授字翁图，是中国书法家协会会员，北京大学书画研究会会长，泰国公主诗琳通的书法导师。因为听到很多先生的逸闻雅事，脑海里就浮现出一些他的影像，但初次接触，却和我脑海里的那个教授出入很大，时间弥久，那些原来的

想象反而更鲜活。

翁图先生写书法也写诗，他的很多书法内容是自撰的诗句，他的诗、他的书法都是他的心迹和灵迹，所以他无论书法还是诗，一切都是从心所欲不逾矩的生命状态，是从容练达的一种启悟心态。

他在琐屑生活中体味诗意，在庸常生命中创造诗意。在一般人眼里，落叶就是落叶，落花仍是落花，而在先生这里，红叶与落花皆成艺术，凡俗生活皆充满诗意。翁图先生让我感觉他更像诗人的是他写在红叶和花瓣上的那些作品，那些写着"一叶吟秋"写着"唯真""唯美""唯善"的红叶和花瓣自然是不能长久保存和流芳百世，然而欢愉的情致和情调，在先生落笔的刹那间，已散播给每一位诗化的生命。

先生的从心所欲和诗人的赤子之心还表现在很多事情上。2010年秋，我家乡的领导请他去写字，他问到我，家乡的领导说，才女啊，可惜被挖走了。张教授起身说，那就先给才女写幅字吧。

后来朋友把这幅字送给我时，感慨地说，张老对你真是很看重啊！那么多领导在那儿等着，先给你写一幅，别的领导请他再写一幅同样内容的字，他就不写了，说这几个字只给公主写了一幅。你享受的是公主的待遇啊！

　　我展开淡蓝色的洒金宣纸，上面的字是："素心如雪，韩露艺友留念"。这件事情让我至今思之仍感动不已。

　　2011 年夏，我的长篇小说出版后，中国作协在北京开研讨会，会后我和儿子去北大看他。张老师在北大内部食堂请我和儿子吃了顿包子小米粥。从食堂到书房，经过北大著名的燕南园，一路上张老师都在给我们讲在那里住过的北大名师，蔡元培、胡适、周培源、朱自清、冰心、朱光潜等。每一位都是能照亮中国现当代星空的大师。

　　因为是第一次见我儿子，张老师很高兴，让孩子想句话，他给孩子写幅字。我儿子就想了谦、忍、余、气、仁这五个字，张老师问为什么要写这几个字，我儿子说，谦虚、忍让、留余、气节、仁厚是我人生的信条，张老师很高兴，表扬了儿子，并在字的落款处写上了禹涵小友雅嘱。

　　这次拜谒，是在张先生燕北园的居所，先生的居室在一楼，门前有一篱笆小院，院外有一丛矮竹，如果是夏秋，在这里还可以看到兰草和菊花，院内有一凉棚，是留给葫芦、丝瓜和苦瓜的。

　　隔壁院内的白玉兰开得正好，先生很高兴地看着满树的花说，我原来想要在窗下植一棵玉兰呢，邻居先种了，现在半个树冠伸到我的院里，好景共赏，我沾光借花入院了。

翁图先生的恬淡胸襟，我此前是有所耳闻目睹的，但这段话，仍然对我的内心震动很大。

　　先生的书房和客厅都是一式的中式家具，在书房的茶几上，放着一块灰青色的椭圆形石头，在这块石头的正中间有一块如满月般的白色。

　　翁图先生竟然真把月亮收藏到家里了！我暗自感慨。

　　这就要带出先生另外一个故事了，一位喜欢收藏的友人，某日拜访先生并与之共同把玩他花费巨资购得的稀世珍品。入夜，先生邀友人在北大未名湖畔散步，此时，万籁俱寂，月色如水，翁图先生对友人说，收藏名贵古董，实在太奢侈了。不如收藏这月亮吧，不用花一分钱，其乐亦在其中也。

　　后来北大书画协会副会长、北大经济学院教授王曙光先生有感于此事写了篇《收藏月亮的人》的散文发表在北大校报上，先生曾让我看过，我也因为那篇文章记住了这位北大才子。

　　"曙光去年给我写了幅字，你看看。"先生拿起一个卷轴高兴地说，"夜半潜入老翁家，盗罢苦瓜抢丝瓜，篱笆架下秋实美，老翁慷慨我愧煞。羡彼翁妪常恩爱，深夜为我展书画。藏月老人得奇石，石上明月诗意佳，人生逍遥脱俗累，老来淡定乐无涯，浑忘世间名与利，农人本色在无华。与翁幸成忘年交，习罢书翰学种瓜。愿于翁前常磨墨，满纸灿灿赏烟霞。尘间琐事何足道，不如伴翁闲吃茶。

"壬辰七月望日，月明风轻，吾与丹莉深夜送翁图师回家，师母披衣相迎。庭前篱笆架上丝瓜苦瓜正嫩，翁图先生与师母为吾摘得数枚，仅及数寸，吾辈形如劫贼也。忆及吾数年前为翁图师所作旧诗，倍增情趣，吾曾写一文，名曰收藏月亮的人以记先生逸事，后翁图先生遂得藏月老人之雅号，当夜翁图师示余唐名臣魏征之书法拓片又同赏忠良兄所赠之奇石，上有圆月浑然天成，令人叹为观止，遂口占此打油诗聊记一时之乐耳。壬辰年七月十六日东莱舒旷。"

曙光是山东东莱人，号舒旷。先生一边卷着字，一边慢慢介绍道。

我感慨万分，原以为流觞曲水的文人雅事早已湮没在历史的烟尘之中，不想在这里竟又重现。我于是又想到了陶渊明，想到当今艺术圈里的狂士，一个艺术家的精神趣向不论是向内心归宿还是向外张扬，若都是出于对宇宙自然的理解，对人生和艺术的理解，那不论怎样都是一种情操的显现，但可惜现代人大多是有意为之。像"庭前篱笆架上丝瓜苦瓜正嫩，翁图先生与师母为吾摘得数枚，仅及数寸"这样充满人间温情和纯真气息的又有多少呢！

燕园未名湖畔翁图教授观潮听松

茶到淡时方是味

燕园未名湖畔，翁图教授观潮听松。

诗人娄德平

给娄德平定位是很困难的。

我最早知道娄德平这个名字，实际上是和他的书法连在一起的。

大约有十多年了吧，那时候我还在一家报社，有次去我们社长、党委书记办公室，看到正对着他办公桌的那面墙上挂着一幅"龙"字。那幅字写在四尺整张的白色宣纸上，横幅，就一个字，那个字写得神采飞扬，脱古异今，很率性。

一般来说，艺术家的作品都是与其性情、学养相统一的，从这幅蕴涵着阔达与激情的字中，从他那种蕴含在气度之中的韵律之美中，我像欣赏音乐那样地欣赏了它急缓的旋律，隐约理解了它包含的人生主旨，同时，也记住了娄德平这个名字，并感觉这个人是有大气魄的。

见到娄德平本人，是个偶然。今年春天我去河南美术出

版社找一位书法家办事，事情办完之后就随意聊了起来，他说，晚上一起吃饭吧，北京来了一位书法家。我问是谁，他说是娄德平。就是那个写"龙"字的娄德平嘛？大约是太意外了吧，我有些不相信自己的耳朵。

大书法家，哪能只写个龙字！他那龙字写得有特点，他好给人送，别人也好买，就影响大。他实际上是个社会活动家，人也很热情。我那套《王铎全集》出版后在北京开新闻发布会，找到他，他叫去几十家媒体，一下发行一万多套，要不是他帮忙，一千套也不一定能发行了。

他这个人还很有政治远见，"文革"的时候，中国那些书画家都被打成了臭老九，谁都不理，他带着女儿，小女孩才几岁，长得漂亮可爱，一个一个地去拜访那些大家，拜他们为师，刘海粟、沙孟海、赵朴初、李苦禅、王雪涛、黄胄、林散之、启功，中国那时候活着的书画大家几乎全是他女儿的老师。小女孩12岁就以"智力超常儿童"破例进入中央美术学院深造，教育部副部长亲自负责指导她的学习。14岁就当选为中国书法家协会第一届全国代表大会会员，是中国书法家协会年龄最小的会员。

1987年他女儿就在日本东京画廊举办作品展，将个人作品展收入的一部分捐赠给宋庆龄少年儿童基金会和全国青

一缕一缕的阳光

年联合会人才交流基金会，1998 年给教育部捐助了一千万元人民币，捐赠仪式在人民大会堂举行的。

朋友的这一番介绍，无形中又给娄德平这个人增加了一层神秘。我的好奇心也被浓墨重彩地调动了起来。

见到娄德平更具有戏剧性。我和朋友一前一后往饭店走，刚到饭店门口就听到朋友说："娄老师，你怎么在这儿站着。"我乍一抬头，就看到朋友握着一个人的手，那人满头白发，个子不高，谦恭、温厚。

"我在这里等你们啊！我怕你们找不到地方。"他的普通话带着浓浓的东北口音。

"噫，走走，哪能让你在这里等我们。"朋友拽着他上了楼。

那天吃饭的气氛很热烈，因为都是文化圈里的人，便都无拘无束放得很开。娄老给我们讲他在夏威夷玩冲浪，他说，我就喜欢海，我就喜欢同海浪搏击，随波逐浪，在大海的怀抱里我才感到开怀，我才感到痛快淋漓。你看我这身板，你看我这全身的肌肉，都是拜大海所赐。

娄德平确实不像七十多岁的人，不仅气色好，重要的是他那种积极豪迈、激情澎湃的诗人气质。

我跟我家人说，如果我死了，就把我的骨灰撒入大海，

如果有一天我奔向大海再也没有回来，不要找我，那是我和大海一起度蜜月去了。

因为大海是他的情人。有人大声说道。

海啊！海，
你想把我拉进你的胸怀，
我也想把你收进我的心海。

有人朗诵起了娄老的诗，又有人加入了进来，朗诵的阵势再逐渐增大。

把海搂过来，
带回家去做爱。
咱生个孩子，
还叫海！

初次见面，我感觉娄老的本质应该还是诗人，但最后把他定位成诗人，是今年夏天的事情。

我因为有事请他帮忙，去北京拜访他。下了车和他联系，他说来我的书房，这里还有两位客人，中午一起吃饭。他的

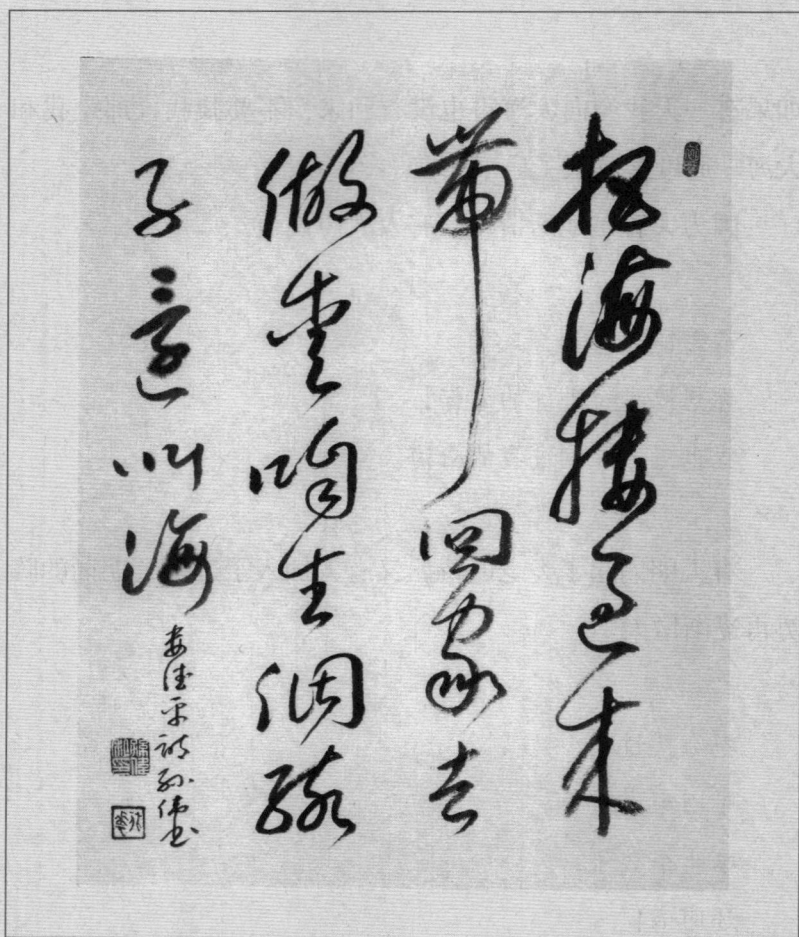

诗人娄德平

　　把海搂过来，带回家去做爱，咱生个孩子还叫海。

娄德平诗　孙伟书

书房在建外 SOHO，一进门，就觉得迎面扑来的那种艺术气息一下子就压住了我的整个思维。那些放在地上的、摆在桌子上的油画，那些中国传统的红木家具、文房四宝，那些现在想不起来，当时感觉满眼都是满当当充塞在房间各个角落桌边的雕塑、瓷器、绘画。那些画有他女儿的，也有他太太的。

另外两个客人也是女士，大约和娄老很熟，吃饭的时候又朗诵起了娄老的诗：

我的孤独

我的孤独是天堂，

我的孤独是地狱，

在那里每一个地方，

我都要种上莲花和菩提树。

我的孤独是太阳，

我的孤独是星星，

我要坚持不断地克隆太阳和星星，

挂满天堂，挂满地狱。

直到有一天天堂不是天堂，

地狱不是地狱，
宇宙之神把天堂与地狱搅和在一起，
重新命名。

这首禅意四溢的诗需要多么大的气魄、心胸和慈悲啊！我正感叹着，耳边忽然传来一声清脆的掌声，娄老一边鼓掌一边率性地大叫着"好"。他的掌声很有力，声音也很洪亮，发自内心的开怀让他的整个脸庞充满赤子般的光辉。

饮尽晨露，
喝断晚霞。
老壶内
又放进星星一把。
手不离壶，摸一摸乾坤有多大，
口不离茶，问一问岁月谁点化。
品梦里
心空意无涯，
清气袅袅通天道，
笑流水漂去多少浮华。

娄老刚声情并茂地朗诵完，一位女士马上笑着做注释，这是娄老的《茶道》。

这是何等的豪气，何等的胸襟，何等的气派啊！这是年过七旬的娄老的自喻自况，但同时又是自我的人生况味与体验。"品梦里，心空意无涯"，人生何尝不是一场梦，但因为这个"意"才让人生多彩而丰富，人这一生除了自己的感情感受是自己的，还有什么是属于你的？一切都是空的，但记忆是恒久的。"笑流水漂去多少浮华"，咋一看让人想到元曲的清丽，再细品，则是东坡的大江东去浪淘尽。

"我送给你一本我的诗集吧，《冰与火的对话》。"娄老说，并趁兴在扉页上题了字。

我翻开封面，在作者简介上看到有这样一段文字，娄德平，当代著名书法家、诗人、艺术活动家。东西方艺术家协会主席、中国诗酒文化协会副会长、亚洲孔子协会常务理事、国际诗书画协会理事、华夏之窗文化研究中心董事长、中国美术家协会荣誉理事、中国艺术中心董事。

娄德平的"官帽"很多，对很多事情也都投入了很大的热情和兴趣，但我认为他骨子里还是位诗人，他用诗人的如火热情和悲悯之心，用他充沛的精力和澎湃的激情去写字、写诗、写人生。

一缕一缕的阳光

娄老去普陀山拜见中国佛学协会副会长、浙江省佛学协会会长——戒忍方丈，送给戒忍方丈一本诗集，就是这本《冰与火的对话》。戒忍方丈一边读一边不断啧声赞叹，到最后竟然击案而起，当场挥墨写下了感言：

娄老师的诗词是佛陀开示的法语，真理得到了彰显，智慧放出了光明，读了娄老师的诗词，生命找到了归宿。

有的人念了一辈子经也未必参透佛法，有的人写了一辈子诗也未必是诗人，因为佛法需要悟性，而诗人的骨子里是要有诗性的。

把中国传统文化的元素
放进熟知的世界

  我上初中的时候，知道一句话：文学是表现人类的"真、善、美"。后来，又知道一句话"作家是人类灵魂的工程师"。

  再后来，发现这些话在我们的先秦文学中早有体现。"素朴而天下莫能与之争美""明心见性"，两千多年前儒道两家就把求"真"与求"善"结合了起来，就把"天人合一"与"尽善尽美"推崇为理想的人生境界。

  把先秦文学中的这种人生境界，上升为文学理论的是南北朝时期的文学理论家刘勰，他说，"文原于道"。"原"是本，"道"是"自然之道"；"原道"，就是文本于"自然之道"。

  1972年6月5日，联合国在瑞典首都斯德哥尔摩召开了人类环境会议。为什么会召开这样一个会呢？因为生物多样性丧失的趋势正使生态系统滑向不可恢复的临界点，因为全球气候变暖，导致了冰川融化、冰盖缩小、冰架断裂。

这是人类历史上第一次在全世界范围内研究保护人类环境的会议。这次会议提出了响遍世界的环境保护口号：只有一个地球！而在中国思想史上，"天人合一"是一个基本的信念。两千多年前的中国古人就明白人生活在天地之间，自然环境之内，是整个物质世界的一部分，也就是说，人和自然环境是一个整体。

在文学上，近年来从朦胧诗人的"自我表现"，到新生代作家的个性化写作，再到更年轻一代作家的"下半身写作"，文学的表现形式似乎越来越多。作为一个有责任感的作家，是不是要问问自己：文学到底应该表现什么？

刘勰在《文心雕龙》开篇就写道：文学作品就是"写天地之辉光，晓生民之耳目矣"。

我认为，表现人类的真、善、美，是文学永恒的主题。作家的责任是什么？作家的责任就是，导人向善，就是捍卫逐渐被中国人忽视的中国文化。

想想我们的传统文化，是多么的博大精深，又是多么的辉煌啊！

当司马迁在绵帛、丝绢上写"史家之绝唱，无韵之离骚"

的《史记》时，罗马帝国讲的是暴力、血腥和淫乱，他们甚至还没有反思的能力。而中国，周朝早先的君主周文王，就让中国人进入了一个人性化时代，礼仪时代，社会崇尚的就是仁义礼智信。人们关注的是人而不是神，关注的是现世而不是来世。但直到19世纪，欧洲人还深受宗教神权的压迫和禁锢。

从历史发展来看，中国的社会文明和政治文明要比西方先进一两千年。

总体来说，汉文化还是以儒家文化为代表、为主体的文化。维系中华民族精神的主体文化是儒学。儒学主张泰山不辞细壤，故能成其大，河海不择细流，故能就其深。这种精神使中国传统文化具有巨大的包容性，对外来文化向来不排斥。可以说，中国传统文化之所以博大精深，川流不息，正是由于其吸纳百川的结果。

但儒家文化近百年的断裂，使我们这个民族的价值观念、思维方法、生活样式、风俗习惯，这些民族认同最根本的东西都发生了改变。

著名思想家龚自珍当时在研究春秋战国时期历史时，曾得出一个非常重要的观点，那就是"欲灭人之国，必先灭其史"。

一缕一缕的阳光

　　文化是历史的载体，如果我们大家都不认同这个文化，那么我们还有历史吗？如果这个国家的人民都不知道自己国家的历史了，那么还有这个国家吗？在这样一个情况下，我认为每一位作家心里都应该有传播中国文化这个使命感。

　　表现在创作上，那就是尽量多地关注中国的传统文化。说到传统文化那真是俯拾皆是啊！且不说文学艺术这些离一般百姓生活稍远一些的雅文化，只说我们日常生活经常接触到的文化，比如中国的姓氏、姓名，这里就很有讲究，一本书都写不完；再说风俗，那更是丰富多彩，有句俗话：十里不同风，百里不同俗；还有品种繁多的民间文化，比如民间歌舞、戏曲、谚语歌谣，这些可以说就是我们生活中的一部分，是我们取之不尽用之不竭的富矿。把这些纯粹的中国传统文化的元素放进我熟知的世界里，捕捉引起我的思考和让我心灵感到震颤的事物，这就是我创作的基本原则。

　　总以为，人的内心需要一个依靠，人的内心需要爱来滋润。温暖永远都最有召唤力。

　　总以为，人这一生所有的感觉，都是从别处借来的一把烟雾，当我们回首暮色苍茫的来路，那些闪闪发亮的，往往是我们在不经意间丢失的爱的碎片。

　　这些闪闪发光的，让我们不再清澈的眼睛里仍旧饱含泪

水的事物，或许就是作家应该呈现给读者的。

在创作上，尤其是在小说创作上，我更愿意去找寻人性中的"爱"。即便这爱是伴随着苦难、彷徨、野蛮。我宁愿放弃跌宕起伏的故事和引人入胜的情节，因为我更感兴趣的是人物内心的悸动和波澜，那些微微泛起的涟漪，谁说不是推动人物行动的强大动力，是决定人物最终命运的内在动因。

这样就涉及我对小说的一个理解，我认为好的小说是要具备以下这几种品质的，一个是思想性，一个是品味性，还有就是诗性，这不仅是小说要具备的品性，而是所有的文学作品，都应该具有的品性，而恰恰，在我们传统的小说中说的最多是如何讲一个好故事。

关于故事，我认为在我们的日常生活中就到处是故事，作为一个长篇，即使不刻意营造故事，那故事也是存在于文字之中的。我希望我能用文字自身的力量和语言特有的悬念性，引领读者走进我的思考，完成小说应该具有的独特的艺术品质，一言难以道尽或是不可言说的幽深、迷离、苍茫以及却道天凉好个秋的欲说还休。

纪伯伦有一句话，我用在了我第一本散文集的扉页上，他是这么说的：我说的话有一半是没有意义的；我把它说出来，为的是也许会让你听到其他的一半。在文学创作中，我喜欢意在言外，我希望读者能在我的留白中，在我没有写出来的文字中听到春雷滚滚，看到云起云飞，并感知我这颗跳动的悲悯之心。

"积学储宝"一语出自古代文艺理论家刘勰的《文心雕龙》，原文是"积学以储宝，酌理以富才，研阅以穷照，驯致以绎辞"。什么是宝？知识就是宝，积累知识就是储备自身的资产，而且这笔资产是任何人都拿不走，可以伴随我们终生，让我们受益一生；知识帮助我们明辨事理，更加丰富自己的才识；知识帮助我们体验生活以提高观察的能力，帮助我们顺应情感以演绎美妙华章。

悠悠五千年文化，百家争鸣，经典无数，如何取舍，如何学习？孔子说过："吾非生而知之者，好古敏以求之者也。"《增广贤文》一开始就写道："观今宜鉴古，无古不成今。"可见古人对学习他们的古人的重视。历史的发展是一个连续不断的进程，今人有古人，古人又有他们的古人，要割断古今的联系是根本不可能的。我们中华民族生长繁衍在中国这块土地上，其所以形成自己独特的民族精神，全赖亘古不断的中国文化的滋养。

那么，我们究竟应该怎样把中国传统文化的元素，放进我们熟知的世界里呢？我觉得柳宗元的做法值得我们学习。

柳宗元是唐朝文人中很有见识的一个人，可以算是唐朝新思想的一个代表。他的学问很深厚，正如韩愈所说，"议论证据古今，出入经史百子，踔厉风发，率常屈其座人"。他读了大量的古书，却并不是"食古不化"，而是善于对古事进行辨别，提出自己的新见解。真可谓畅游于古籍，既钻进去，取其精粹，又跳出来，去其芜杂，真正做到为时所用，有益于社会。

扬州八怪

郑板桥

郑燮身后的竹子不是他的代表作《竹石图》，那是他取法于纸窗粉壁日光月影中的竹。板桥画竹"胸无成竹"，他强调的是胸中"莫知其然而然"的竹。看这位康熙秀才，雍正举人，乾隆元年的进士，不论是在穷困潦倒之时，还是作吏县令之时，都是一身傲气的清高之士，头上一顶帽子似戴非戴，微微欠身，表情却是一副横眉冷对千夫指的对世俗社会的不齿。

黄 慎

黄慎的写意人物，创造出了将草书入画的独特风格。怀素的草书到了黄慎那里，就变为"破毫秃颖"，化联绵不断为时断时续，笔意更加跳荡粗狂，风格更加豪宕奇肆。画家

笔下的黄慎行笔也是"挥洒迅疾如风"，点画如风卷落叶。人物虽是写意，然神态毕现。"扬州八怪"诸家继承了石涛、徐渭、朱耷等人的创作方法，这幅画的设色就让我想到了徐渭的"黑团团里墨团团，黑墨团中天地宽"。

金 农

金农五十岁以后才开始作画，他的画是建立在他的博学多才之上的。金农精篆刻、鉴定，他还把这种古拙的金石笔意带进画中，所以他的画看上去古雅拙朴，布局考究。画家画扬州八怪，一人一幅，共画了八幅。八幅作品我最喜欢金农这幅。浓淡不一的墨块营造出一种云气升腾，飘摇出世的意象。站在云端的金农已经是跳出三界外不在五行中的凡人了。看他那混沌不清的面孔，天性散淡的金农已经是喜怒哀乐不入于胸次了！什么古拙淡雅、真率天成的"漆书"，什么扬州八怪的核心人物，什么居于扬州八怪之首，都是这渐行渐远的浮云。

这幅画，画出了人生的空茫。

李方膺

李方膺爱梅，尤爱白色梅花，故平时喜穿白色的服装，并取别号为白衣山人。李方膺历尽仕途沉浮，先后入狱和罢官，但从不向贪官污吏和邪恶势力屈服。他为官清正，但因清廉而无任何积蓄，只有寄居于南京项氏的借园。李方膺作竹石图，多以风雨为背景，那是抒发他风吹雨打，我自岿然不动的气概。傲岸不羁的李方膺，即使穷到乞米卖梅的地步，他的生活依然是看梅画梅。

李 鱓

李鱓是康熙五十年的举人，五十三年以绘画召为内廷供奉，因不愿受正统派画风束缚而被排挤出来。看画面中的李鱓，即使被排挤出庙堂，身处荒野，还是一副不服气。李鱓的自傲是有资本的，他到扬州后从石涛笔法中得到启发，以破笔泼墨作画，形成自己任意挥洒、水墨融成奇趣的独特风格。他又喜在画上作长文题跋，字迹参差错落，使画面十分丰富，其作品对晚清花鸟画有很大的影响。

罗 聘

罗聘是金农的入室弟子。他是一位"画名甚高而生活甚苦"的画家，我看他专注且空洞的观望那丛蓬草的时候，我甚至不知道他注视的是他自己还是他的妻子方婉仪。方家世

代官宦，罗聘能娶方婉仪为妻，是方家人凭志趣择婿的结果。结婚后，两人情趣相投，虽粗茶淡饭，但琴瑟和谐。可罗聘的玩性太大了，即便妻子患病卧床，也影响不了他游山玩水。他的妻子方婉仪在扬州病逝时，罗聘正游玩在进京的路上。

高　翔

画面中的高翔生活看上去很安逸，可他那翻着的白眼，还是暴露了他心中的不平之气。高翔除擅长画山水花卉外，也精于写真和刻印。据说金农、汪士慎诗集开首印的小像，即系高翔手笔，线描简练，神态逼真。他的山水取法石涛，他和石涛的友谊也很深。石涛死后，高翔每年春天都去扫墓，直到死都没有断过。

汪士慎

汪士慎即使闭着眼睛，他笔下的梅花依然是清妙多姿。汪士慎的心就是他的眼睛。汪士慎五十四岁时左眼病盲，仍能常到扬州城外梅花岭赏梅、写梅。刻印曰：左盲生、尚留一目著梅花。六十七岁时双目俱瞽，但仍能挥写狂草大字，署款心观，所谓盲于目，不盲于心。汪士慎随意点的笔就像春风，无意中就泄露了他内心空裹着的幽香。

大道至简

——读霍春阳小写意花鸟画有感

霍春阳，1946 年出生于河北省清苑县李庄乡李庄村，1969 年毕业于天津美术学院并留校任教。历任天津美术学院中国画系主任、教授、硕士研究生导师。

现任天津美术学院美术馆馆长、天津美术家协会副主席，读霍春阳的花鸟画，很多人的第一感受一般都是画面设置这么简单！

其实，霍春阳的小写意花鸟画是简而不单。

我看过很多霍春阳的花鸟画，基本是小写意，扇面、小斗方，四尺整纸的都很少。我跟霍春阳本人也有过几次接触，感触最深的场景有两个。

一个是在他画室看他画画，很大的一个画室，被他的各类收藏品挤压得只剩下几条能容一个人通过的窄巷，画案上堆满了纸，留下的部分，最多能画四尺斗方。

霍春阳埋头在纸堆中，在看着照片画册页，我在他旁边站着，看那些照片怎么样从现实生活中的花草脱胎成一幅一幅的艺术品。很繁杂的画面，在霍春阳的笔下就变成了舒朗俊逸、质朴秀美的境界，那些画作犹如归去的隐者，宁静素雅，秀骨飘逸。

他的画笔有化腐朽为神奇的力量！

还有一个是在秋天的傍晚，我们一起参加一个文艺圈的聚会，刚下过雨，马路上几乎成了停车场，我们就在车上很随意地聊了起来，不知道怎么就聊到了中国的传统文化。

"传统本身是一个博大的世界，经久弥远，是精神世界永恒的自由王国。中国画不同于油画，讲究的是意境、意蕴，是能用简约的形象表达出深沉、博大的意境，用笔墨的有机结合，相互映发，线条中轻重缓急的变化传达意蕴。"

在霍春阳轻柔的漫语中，我深深地感觉到，他能用最简单的一花一草营造自己的思想和情怀，主要得益于他自己在文化上的积淀。绘画的技法对于一个美术工作者来说，可能几年的时间就掌握了，但决定你能走多远，能在美术界达到一个什么样的高度，这大概就需要看学识和修养了。一幅作品有没有内涵，有没有深度，不是技法所能决定的，那只能是一个人的思想的呈现。

霍春阳的简历和其他画家不同的是，他除了有一大堆书画方面的职务外，还是中外很多大学的特聘教授和博士生导师，还有一些是完全和绘画无关的，比如天津文史研究馆馆员、北京大学国学社专家顾问等。

我回忆起第一次见霍春阳的场景，大约是 2002 年的春天。我第一次去天津拜访姬俊尧老师，记得住在天津美院的内部宾馆，很有历史的一栋楼，大约是两层，也可能是三层。因为住在美院，来来回回也就在美院进进出出。有次和姬老师一起从外面回来，姬老师是美院留校的学生，当时又是美术教育系的主任，一路上不是人家和他打招呼，就是他和人家打招呼。

"刚才打招呼那人就是霍春阳啊！"姬老师大约是看我一脸的迷茫又补充说，"大画家啊！画花鸟的，画得好着呢！回头让他给你画一张。"

我于是就很认真地回忆那个人的模样，可脑子里却没有留下任何记忆的碎片！这件事却是个开端，霍春阳的名字从此就不断撞进我的眼睛，传入我的耳朵。

喜欢霍春阳的画！透心的雅致。看似简单随意，内里尽是学者气或者说是佛道气更准确一些。

大道至简，悟在天成。这是中华道家的哲学。世上的事

情难就难在简单，简单是厚积薄发的力量。大道至简往往要博采众长，博采众长只是基础，还不是大道至简，大道至简必须再整合创新，跳出原来的框框，去粗取精，抓住要害和根本，挥动奥卡姆剃刀，剔除那些无效的、可有可无的、非本质的东西，融合成少而精的东西。所谓"为学日增，为道日损"就是这个道理。

学会了简单，其实就不简单！做事情复杂繁琐往往是因为智慧没有到位，一门技术一门学问，弄得很深奥是因为没有看穿实质，搞得很复杂是因为抓不住关键。武术高手在搏击时总是一招制敌，击中要害，绝对不会大战三百回合才击倒对手。高人指点往往是一语道破天机，不用太多言语。所谓"真传一句话，假传万卷书"也。

大道至简，知易行难。真正的智慧就是洞察事物的本质和相互关系，本质的东西看起来都是很简单的，但本质的来源却是错综复杂的。明白认知事物的规律道理是一回事，能够做到做好是另外一回事。

纵观霍春阳近几年的画，特别是数月前他参加展览的一幅画，我深深地感到，他现在已经不是在画画，而是在用画入道和悟道了！

这得从前一段时间国际书画艺术发展教育联合会中国总

分会成立，举办邀请展说起，因为霍春阳是总会副主席，也就成了当然的邀请对象。霍春阳参加展览那幅画不大，是他最擅长的小写意花鸟画，却清雅得逼人！让我惊叹的是笔墨的精简和精到，那幅画用的是张老纸，薄如蝉翼的一张纸，把画拿在手里看，只看到几朵黄色的梅花，随便往白纸上一放，就像照片放到了显影水里那样，笔墨就都浮现了出来。真是神奇啊！敢在这样的纸上作画！那得对笔墨有多大的把握和了解啊！

现在已经看不到那样如轻纱薄翼一般的纸了，不知道是做纸的手艺没有了，还是因为没有人敢用那样的纸，没人做了！

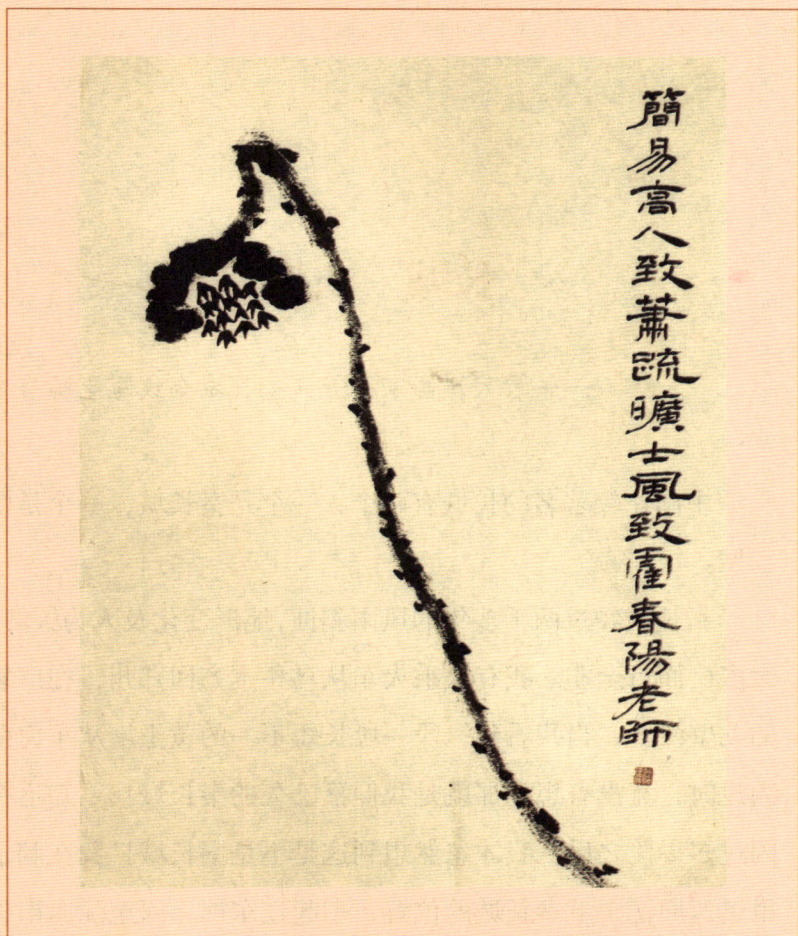

简易高人致萧疏旷士风致霍春阳老师

大道至简

简易高人致，萧疏旷士风。

——致霍春阳老师

长城　长城

——看天津画家孙芳先生长城全线写生画有感

中国比较著名的长城有两个，一个是秦长城，一个是明长城。

秦长城经过两千多年的风雨剥蚀，地形变化及人为毁坏，大多已面目全非。我有次乘火车从乌鲁木齐回郑州，在广袤的戈壁滩上，当我看到一段一段长短不一的黄土堆从车窗前闪过时，竟没有想到那就是我仰慕已久的秦长城！不知道在闪过多少段之后，我才忽然想到这是不是秦长城！我在脑子里迅速回忆了下秦长城的位置，东起辽东郡，西至陇西郡临洮，也就是今天的甘肃省岷县境内。

真是不敢相信呀，这就是当年蒙恬修的既能防御又能进攻的长城！就是却匈奴七百余里，胡人不敢南下而牧马，士不敢弯弓而报怨的大秦帝国，举全国百万人力修筑的长城！

明长城主要是在北魏、北齐、隋长城的基础上修建的，

在明朝近三百年的统治中，几乎没有停止过对长城的修筑工程。明长城是中国历史上费时最久，工程最大，防御体系和结构最为完善的长城工程，它对明朝防御掠扰，保护国家安全和人民生产生活的安定，开发边远地区，保护中国与西北城外的交通联系都起过不小的作用。它充分体现了中国古代建筑工程的高度成就和古代劳动人民的聪明才智。

明长城我去过两处，都是在北京。一处是二十多年前去的八达岭长城，一处是五年前去的居庸关长城，都是旅游景点。也许因为去的都是旅游景点的缘故，所以我对两处长城的认识就是居庸关长城要比八达岭长城险峻很多。

对长城的防御体系和结构有进一步的了解，还是在看天津画家孙芳先生的长城写生画的时候。

孙芳先生是天津城建学院艺术系的一位美术教授，是中外绘画史上第一个对万里长城进行全线写生并取得成功的画家。他根据自己的长城写生画创作的一百三十米的《万里长城》画卷创作并装裱完之后，天津第二工人文化宫为他举办了画展，这也是国内第一个展示万里长城全貌风姿的专题画展。成千上万的观众络绎不绝地涌进展厅，许多著名画家及研究长城的专家们都专程赶来参观画展。这是1987的事情。

我有幸结识孙芳先生的时候，已经是2002年了，而看

到他的长城写生画作却是不久前的事情。

373 幅彩墨写生，497 幅速写，在皴擦点染中万里长城如同巨龙般穿行在坝上飞雪之间，攀爬在峰峦绝壁之巅，奔腾在云天雾海之中。

为了给以后的创作提供更加详尽的素材，孙芳写生很仔细。就是在其中的一幅画中，我看到了障墙。知道障墙是敌人攻上来后，守城将士凭借这一堵堵墙壁继续阻击敌人的屏障。

"这些障墙上还有一个一个的小孔，是用来射箭和瞭望用的。"孙芳先生说。

我注意看了下那些矗立在战道上的一个个方块，没有看到瞭望孔。我想大概是这些细节太微小了，不属于艺术表达的范畴吧，因为孙芳先生毕竟是个画家。

对明长城的防御体系，我在一份资料上看到过，大致记得明长城的特点是在敌楼旁的城墙边筑墙台，墙台和敌楼形成犄角之势以利于旁击，敌楼上置铺屋以处戍卒休息，靠近长城之处筑堡，以休伏兵，城垣下留有暗门，以便出哨。

这是明长城建筑结构的一大改进，使城墙、关隘、烽火台、城堡共同组成纵深防御体系。长城我是去过的，所以对资料上的记述就有些迷惑，城墙、垛口、战道和烽火台去长城的

时候是看到了，但是这些障墙、敌楼、墙台都在哪儿呢？

"障墙只有在河北金山岭那一带有，其他地方都没有。金山岭长城是万里长城中修得最好、保存也最好的一段，那里视野很开阔，远远近近的景都能尽收眼底。长城上的敌楼有空心的有实心的，有两层的有一层的，一个敌楼一个样儿，没有一个重样儿的。你看我这画上的敌楼有多少！有一个重复的没有。这可不是我凭空想象的，不写生谁想也想不出来。"孙芳先生指着画上一个一个的敌楼说。

原来我理解的烽火台是敌楼！那么烽火台又在哪儿呢？在孙芳先生的画上我知道烽火台是建在长城内、外的高山顶，或者易于瞭望的丘阜或道路折转处，烽火台白天燃烟，夜间点火，烽火台上的烟和火不仅可以把军情直接传递到城堡，守城的将士还可以从烟和火上知道来犯敌人的数量。

城堡按等级分为卫城、千户所城和堡城，按防御体系和兵制要求配置在长城内侧，间有设于墙外者。卫、所城之间相距百余里，卫城周长一般在六至九里。

城墙是长城的工程主体，墙体依材料区分为砖墙、石墙、夯土墙、铲山墙等类型，随地形平险、取材难易而异。除蓟镇长城的墙身全部用条石、青砖砌筑，其余诸镇长城多采用夯土墙，仅关门、敌楼包砖。铲山墙是将天然山体铲削成陡立的墙壁，然后在山顶修筑敌楼。

在孙芳先生的长城画作上，我还看到了拦马墙。拦马墙是修在长城外侧的。修拦马墙一般都是山比较缓，怕敌人骑马冲上来，就把城墙外的山铲成陡峭的墙壁。

"长城真是中国军事史上一大奇迹，作为一个军人，如果不研究长城，不了解长城，不去长城上走走，实在是一大憾事呀！"孙芳先生最后感慨道。

茫茫雾海淹没了整个金山，好像天工神笔所为，雾到山腰截然而止，界限分明。一边是大雾弥漫的海洋，一边是天晴气朗的天空。在雾海的边沿上，显露着几座半身的敌楼，像是浮在云海中的琼楼仙阁。

飘洒的稀疏雪花，笼罩着山头的敌楼，笼罩着骑山而去的长城。雾动云游间，仿佛长城在动在走，有鸟雀从崖畔的灌木丛里飞出，鸣叫着或钻进敌楼或消失在雾中。

一幅幅描绘长城壮丽风貌，记录长城雄姿的画卷在眼前划过，心中不禁想起孙先生画长城最险要处——慕田峪担边铁梁时的情景。

一般来说，长城如果修到山势特别险要的地段，就不再修了，但皇家陵寝在慕田峪一带，为了保护京畿和皇家陵寝，无论峰多高，崖多陡，涧多深，长城到此处都不能绕道

和中断，以至于不少地段的长城都修在崖壁石隙间。担边铁梁就是在两面峭壁之间用铁檩架通，上筑长城，使城体悬空飞过。这样的建筑，是万里长城中唯一的一处。

孙芳先生决定前去画下来，但没有人敢做向导。他好言恳求，再三宣传，而且出了重金，才算雇到了一位膀阔腰粗、手握利斧、腰插镰刀的壮汉带路。

一行人屏住呼吸，在一人多高的草甸子里深一脚浅一脚地摸索，在密织的杂树和藤蔓的空隙间穿行，在年久失修、战道崩塌的长城上爬上爬下。一块几层楼高的滚圆巨石挡住去路，它把长城截断了。巨石陡峭光滑，没有可能从上面爬过去，两边是深不见底的绝壁，只有巨石左侧有石缝可登，有石棱可抓，但巨石下面有三分之一是悬空的，人万一滑落，就会直坠深渊，连尸体都找不到。

孙芳先生点起一支烟狠狠地吸着，他在巨石前踱着步，然后坐在一块儿石头上愣愣地出神。片刻，他扔掉烟头站了起来，对助手说："杜老师，你就别过去了，坐在这儿等我们。"

老鹰和乌鸦在孙芳先生和向导的身边凄厉地鸣叫，孙先生一只脚蹬住石缝，一只手紧紧扣住很窄的石棱，另一只手和脚腾在空中，脚下是万丈深渊……

　　沿长城全线写生的心愿完成了。有很多人，从这些画中看到了长城的雄姿，也有很多人，从这些画中看到了长城的壮丽风貌。

　　可有多少人，从这些画中看到了我们这个民族一直绵延不断，生生不息的长城精神！就是这种精神，支撑着孙芳先生义无反顾，坚定不移地完成了一个艺术开拓者沿长城全线写生的历史使命。

　　著名古建筑专家、国家文物局专家组组长罗哲文先生，曾为他的画展题词说："壮志如君者，中华定振兴。"

田野里的星星依然灿烂

深蓝的天空中闪烁着满天星斗，下面是淮河岸边一望无际的稻田，萤火虫飞来飞去。一个七八岁的男孩手托两腮坐在田埂上，他望着映在水田里的星星想，这么美的景色，能用画笔画出来吗？

这个男孩，就是后来在全国颇有影响的书画大家刘灿章。有人评价他的书法：草书落笔如飞，承起续连，一气而书之；行书清秀、疏朗，隶书以行书笔意书之，得行书之活气。

刘灿章的草书在用笔和墨上，是用过心的。徐缓起落之间，浓枯、润燥、飞白干裂，墨气、墨润、墨色、俯仰欹侧，风神意趣，自成一格。

刘灿章的画由书写之意境，落笔时逸笔草草，显示出传统文人画的路径。有书法美术的大评论家说他的画受石涛、八大山人、黄宾虹、陆俨少的影响很大，多以心法驭笔墨，不求形似，不斤斤于细处，引草书入画，笔墨率肆，皴擦点厾中，笔墨流走，触笔成机，显心源笔墨之美，有解衣般礴之象。

刘灿章还是一位有着突出贡献的全国知名美术编辑家，他的工作单位是河南美术出版社，工作是书法美术编辑，这项工作，养成了他对书画认识的高度。当然，这都是他从部队转业之后的事情。

刘灿章是河南淮滨人，1972年他坐了三天三夜的火车，入伍来到了巴山蜀水之中，到营地已经是夜里十点多钟，待部队开饭，这些疲劳的新兵都进入了甜美的梦乡。第二天刘灿章同新兵们一起床，映入眼帘的便是环抱的群山，苍翠的林木。刘灿章心驰神往，百感丛生，好一幅壮美的画卷啊！这个对刘禹锡来说的"凄凉地"，成为一个出生在淮河岸边的农村孩子的天堂。

小学三年级时，刘灿章的父亲写了十几个毛笔字让他临摹，此后他就对写字产生了兴趣。从小学到初中，一本欧阳询的《九成宫》字帖刘灿章临了上千遍。冬天练字前为了让身体暖和起来，他就先绕村跑上几圈，有时写着写着，墨和笔又都结成了冰，就再用火烤一下接着写。

他的父亲还从报纸上剪下齐白石老人画的虾和徐悲鸿先生画的奔马，并向幼小的刘灿章讲述如何刻苦用功，直至成

功的经历。

由于刘灿章有书画的专长，部队领导特别安排他到团电影组放映电影，他在完成了放映任务后，就全身心地扑在他热爱的写字、画画上面。房间有了电灯，他再也不用在煤油灯摇曳的昏暗中读书、练字、画画了，部队的津贴，也让他有钱买字帖和画册了。

在他15年的军旅生涯里，他对颜真卿的《勤礼碑》《争座位》《石鼓文》《石门颂》《张迁碑》等碑帖进行了认真的学习。平时他的床边堆放着很多的名碑名帖，他也在不知不觉中养成了睡前读帖的习惯。

这时期在绘画上，刘灿章主要画些速写、素描之类，用于放映前制作幻灯片的宣传，同时，他对宋、元山水大家的作品也开始了不间断的临摹。范宽的雄伟，黄公望的简约，王蒙的茂密，都深深地吸引着兴奋不已的刘灿章。

川西北崇山峻岭，水清如镜，美不胜收。在这里穿行，刘灿章身心都是快乐的，愉悦的，兴奋的，如何让自己，让自己的作品与大自然融在一起呢？在下连队放映时，在穿越深山丛林和巴山秀水之时，刘灿章总会情不自禁地拿起笔画一些速写。

对刘灿章的书画创作产生重要影响的是孙竹篱、陆俨少

和沈鹏这三位书画大师。

孙先生出生于破落的旧文人家庭，自幼学诗作画，有着很深的文学、艺术修养。孙先生诗书画皆精，他经常对刘灿章的书法和绘画给予指点，对他讲解书画的笔墨和构图，讲解书画的创作规律，孙先生对刘灿章的书画创作起到了导航的作用。

1983 年秋季，山水画大家陆俨少先生到川西北写生，部队首长派刘灿章一路随行照顾陆先生。他们从广元的清风峡、明月峡、南下剑门关，巴山的奇秀和壮伟，蜀水的清秀和美丽，常常使刘灿章激动不已，并让他终生难忘，自然界的奇妙在他灵魂深处留下了深深的印记，隐隐灭灭，一直在他心中最深处存放。

此次行程，刘灿章得到了陆先生认真的指导，有幸观看陆先生现场作画，使他原先百思不得其解的技法问题，迎刃而解，这大大激发了刘灿章的绘画热情。他沿途画一些速写，请陆先生指教，先生不但提笔在他的本子上做了修改，并写下了"弹性"两字。

一个"弹性"的提出，使刘灿章茅塞顿开，这富有辩证哲理的两个字，使刘灿章对书画认识产生了质的飞跃。线条是书法中最具有精神内涵和形式表现力的基因，"弹性"可

以使线型、线质发生变化，赋予书画新的生机和活力，书画之理也在其中。

转业之后，刘灿章到了河南美术出版社负责《青少年书法》的编辑工作，河南地处中原，文化、历史积淀十分丰厚。这期间，刘灿章从"二王"和米芾入手转向行书，只用三四年的时间，就进入了草书的临习阶段。这时期他对张旭的《古诗四帖》、怀素的《小草千字文》《自叙帖》和黄庭坚的《诸上座帖》《李白旧游诗》等法帖进行了不间断的临习，特别是对黄庭坚的书法，更是投入了大量的时间和心力。

同时，他还对徐渭、黄道周、倪元璐、祝允明等的书法进行了分析和研究。在编辑《王铎书法全集》《汉碑全集》和《龙门十二品》过程中，对古代的书法有了更多的研究。2001 年夏，刘灿章到沈鹏先生府上，请他老人家对《王铎书法全集》进行指导，并把自己的书法呈给沈老，请先生斧正。沈老对他的字进行了认真指点，沈老说："学书法要有学问做支撑，要多在书法之外的文学、哲学和绘画上下功夫，要从中多悟其理。"老师的教诲，给了他很大的启示。

杨守敬在《学术迩言》中说："学书者，除了要有天分，要多见、多写之外，还有两要：一要品高，二要学富。品高则下笔妍雅，不落尘俗；学富则胸罗万有，书卷之气，自溢于行间。"刘海粟美术馆副馆长、著名评论家叶鹏飞曾评价刘灿章的书法说："我读刘灿章的书法，觉得正合于杨守敬所言。他的多见、多思和多研，为书法艺术境界的提升起到了重要作用，感觉到他不论是行草书，还是楷隶书，'书卷气'都自溢于其间，他的书法是有学术品位、有着独特的风神意趣的，这是他书法的可贵之处。"

我想叶鹏飞对刘灿章的这段评价，和十年前沈鹏先生对他说的那段话不无关系。

刘灿章的书法线条简净明快，跌宕多姿而不矫揉造作。他的线条随字形的变化而变化，从局部到整体、再从整体到局部，都能呼应顾盼，大小错落，左舒右展而各具姿态。

刘灿章的画路很宽，山水、人物、花鸟无一不通，他以书法笔法入画，求为金石之气，真率恣肆，生机勃勃。他的山水画气势宏伟，纵横苍茫，用笔墨的虚实、轻重形成茂密、空灵的奇幻境界。

刘灿章在二十余年的编辑生涯中，为"两全"（《王铎书法全集》《汉碑全集》）和"一刊"（《青少年书法》杂志）倾注了自己大量的心血，有朋友说他是"两全其美"，而刘灿章心中的"两全其美"，则是书法和绘画艺术从妙造自然的创作观，到天人合一的书画精神的共同升华。

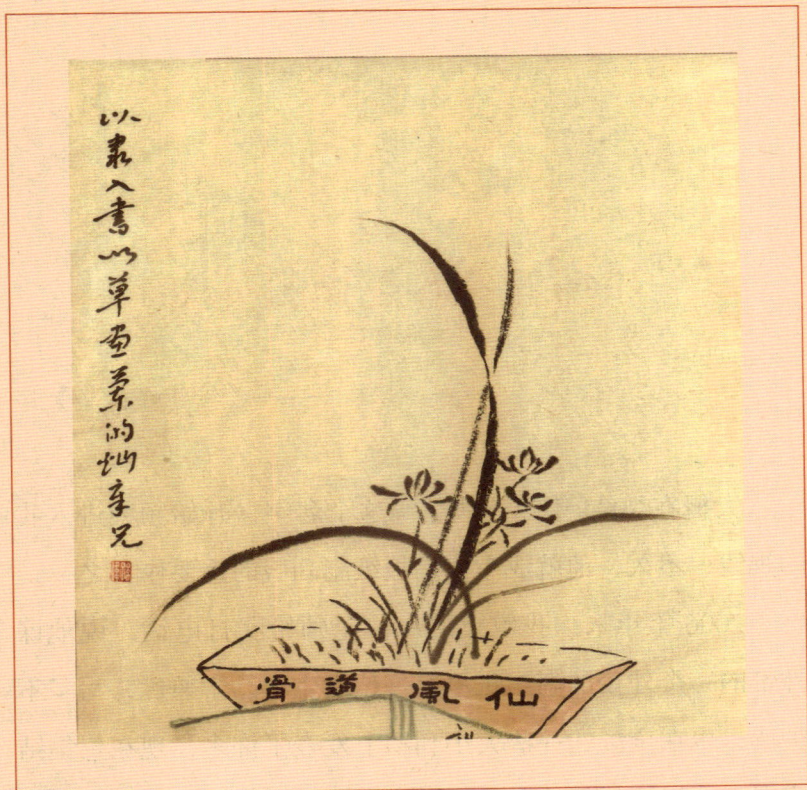

以隶入书以草画兰菜的灿章兄

田野里的星星依然灿烂

以隶入书，以草画兰的灿章兄

昂扬着青春之光的灵魂

——《钱慧峰诗集》序

大概在 2004 年吧，钱慧峰这个名字，开始频频进入我的视线，不久，他就成为我们报纸副刊版的重要作者之一。

2006 年年末，我敬重的一位老师给我打电话，说他课外带的一个外校的高三班里有一位学生，品学兼优，写了不少诗，也在全国的一些大小刊物上发表了许多，现在想集结成书，请我给帮帮忙。我就说，你让他跟我联系吧。

这个人，就是钱慧峰。两天后，他来到了我的办公室。站在我面前的钱慧峰丝毫没有诗中的激扬与狂放，这位略显单薄的少年有些拘谨地把一大摞诗稿交给我说，还想请您给我写篇序。我问他，你为什么不请袁老师给你写呢，袁老师对你帮助那么大，又是他把你介绍到我这儿的，而且教了多年的现当代文学，理论水平相当了得，对你也了解。他就很老实地说，袁老师说他没你的名气大。我不禁笑了。

但我对钱慧峰知之太少，在以后有限的几次接触中所了解的情况，也基本上就是他在作者简介上介绍的那些。所幸的是我对他的诗还不陌生，想借着他的诗歌进入他的世界，也不是件难事儿。钱慧峰的诗在我主持的副刊上发表了不少，印象最深的就是那首《选择自己的命运》。

　　我不能选择

　　自己的出身

　　犹如

　　人死不能复生

　　鸟亡不能再鸣

　　但是我可以选择

　　自己的命运

　　追求的人生我要用

　　一根冰冷的针

　　绣出我

　　炽热的青春我要用

　　曲折的道路

　　铺平我

　　锦绣的前程

　　这首诗写得很悲壮，也很自信，使人感受到的，是作者一腔掩不住的昂扬豪气和一颗闪耀着青春之光的雄迈灵魂。在钱慧峰的诗中，像这类渴望成功，渴望取得骄人的成绩的诗还有很多。我所感兴趣的是，什么东西成为他渴望成功的支点，或者说是力量的构成？

　　我打开他的诗集，看到这本诗集共分了四部分。第一部分是"青春旋律"，写他对青春、生命、自由、友谊，以至爱情的种种认识和见解。第二部分是"心语"，主要是对"你"的情感倾述，那个"你"也许是作者虚拟的一个对象，也许是客观的一个存在，但无论是哪一种情况，事实上他们都是钱慧峰对爱情的一个读解。第三部分是"赤诚之心"。第四部分是"生活感悟"。这两辑是关于他个人的情感经历和思想经历，包括亲友的、师长的、同学的，主要是亲情的。诸如，《老师您是一本书》《致同学》《给朋友》《父母的爱》《亲情》等，作者在面对这一切时的情绪和思绪。

　　从这些诗中，我感到钱慧峰是个使命感很强的人。他爱自己的父母，他渴望报答他们的恩情，在第三、第四部分，第四部分几乎占了全书的二分之一，我读到了他大量写给父母的诗。

让我怎样报答你

我的父母

我原想捧起一簇浪花

你们却给了我整个海洋

让我怎样报答你

我的父母

我原想撷取一缕阳光

你们却给了我整个太阳

让我怎样报答你

我的父母

我原想聆听一个童话

你们却给了我整个天堂

——《我的父母》

父亲的胸怀

像天空一样高远

母亲的恩情

像大山一样深重

父母的爱

我们

来世今生都无法偿还

——《父母的爱》

总想为你们做点什么
因为
我总觉得欠你们太多太多

——《总想》

读这些诗，让我想到了曾经的自己。我想到我最开始想成名成家，最开始在成绩面前渴望更大的成绩，就是为了让我的母亲感到自豪，让母亲身边的人都羡慕母亲有一个我这么优秀的女儿。就是现在，这种因素还是存在的。人，毕竟是生活在一个世俗的社会里。

这就明白了，是对父母的爱所生成的使命感，成为钱慧峰渴望成功的支点，或者说是力量的构成。这个发现让我很感动。我拿过钱慧峰的简历，那上面是一串耀眼的名称：学生会主席、团委书记、文学社社长，其实他已经做得很好了，但他还在不断地为自己加着压，他这种拼命为自己加压的做法，让我很替他担心。

我的担心不是多余的。

284

真想抛开一切

自己去飞翔

看看到底

能有个什么模样可又怎能

放心得下

父母的期望

友人的目光

人活着为生活

生活着为感情

懂得感情

才有巨大的力量

——《真想抛开一切》

这时候的钱慧峰，无疑是又累又受到了什么挫折，而且在此之前，我相信他已经失败过多次了。

没有永远的不幸

当然

也没有永远的时机

只要有志气

一缕一缕的陽光

眼泪可以变珍珠

平庸可以变神奇

生活其实不相信眼泪

平庸其实是神奇的载体

在无法猜测的未来里

一定不能放弃

——《一定不能放弃》

山从不因孤独

而失去它的伟岸

水从不因寂寞

而改变它的流向……

人从不因失败

而放弃自己的梦想

——《不放弃梦想》

当然，他也有低沉的时候。

欢乐总是太短

寂寞总是太长

挥不去的

是过去的片片忧伤

挽不住的

是青春的美好时光

珍爱青春

珍爱时光

生命一定会很辉煌

　　　　　　——《生命一定会很辉煌》

　　但从整体上看，这首诗还是积极向上的，前一部分虽然直抒了失意郁闷的心情，紧接着第二部分又形成一个转折，以达观自信作结。

　　可以说达观自信，就是钱慧峰的人生态度，就是使他一次次受挫的心重新坚强起来的根源，这根源是来自于他对父母、对师友的爱。也就是说，是爱，使他受挫的心又一次一次地坚强起来，自信起来。

　　在这颗昂扬着青春之光的灵魂深处，是对亲友的最深挚的爱。

　　不懈的努力和心中的热爱，会使人类生活中的一个个不可能成为可能，更何况钱慧峰还这么年轻，我相信他终会实现自己的梦想，成为他父母的骄傲。事实上他现在已经值得他的父母为他而骄傲了。

当然，回到诗本身来说，在钱慧峰真纯的诗风下，还是残留着很浓的青涩之味。但我们从这味道中，会嗅到这位写作者心魂的可能去向。

真纯，就是这本书存在的价值和意义。

选择自己的命运

我不能选择
自己的出身
犹如人生
人死不能复生
鸟亡不能再鸣
但是我
可以选择
自己的命运
追求的人生
我要用
一根冰冷的针
绣出我
炽热的青春
我要用
曲折的道路
铺平我
锦绣的前程
——钱慧峰

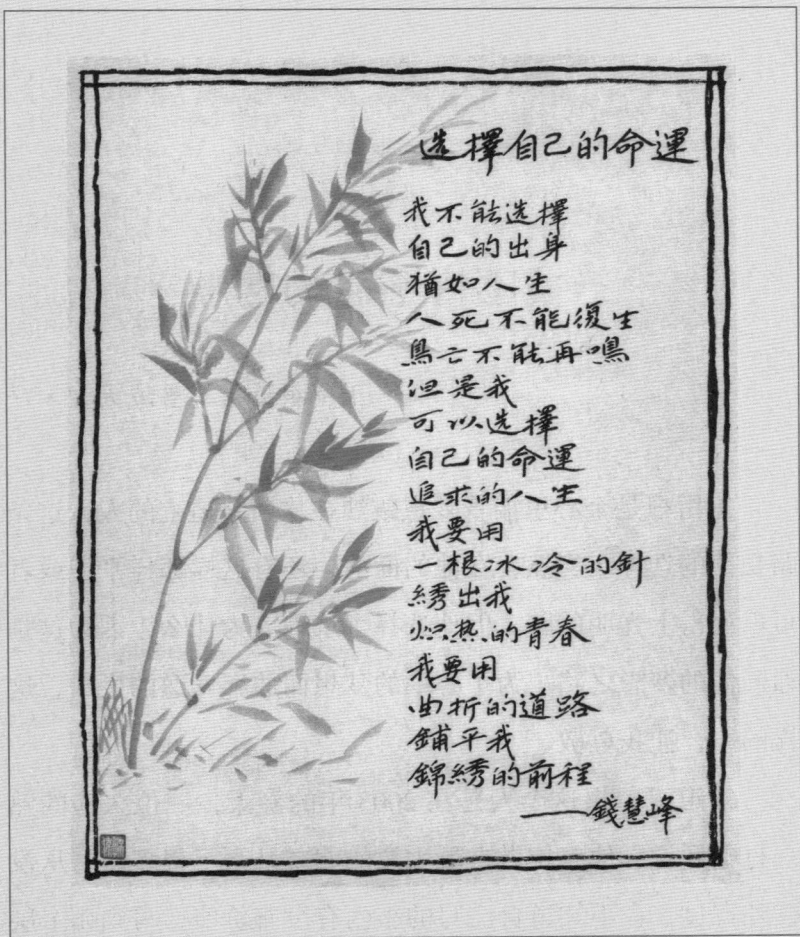

昂扬着青春之光的灵魂

选择自己的命运

——钱慧峰

一曲不悔不屈的悲歌

——王留根诗集《雪域天堂》序

王留根是个心里揣着梦想跋涉在坎坷路途上的人，这条路是他的选择。当然，在他的面前，还有这样那样平坦或者可以称得上光明的路。但他选择了坎坷。为什么，因为这是通向他的梦想之路。为了心中的梦想而放弃安逸的生活，这样的人，让我尊敬。

知道王留根这个人是在 2003 年的春天，一位久违的熟人打电话说，他有位做古玩生意的朋友，写了很多诗，从没往外寄过，也不知道自己写的东西有没有价值，写到哪个层面了，想请我给看看。既然是别人眼中的专家，又是个副刊编辑，推辞的话看来是不能说了。于是应下。然而，非典却来了。

大约是在那位熟人打完电话的数月后，一位高高瘦瘦看上去和我同龄的年轻人很严肃地走进我的办公室问："韩老

师吗？我是王留根。小孟给你打过电话。"声音不高，却干脆利落。我心里恍惚着，下意识地让着坐。他就在我对面的木椅上坐下，顺手从口袋里掏出一沓折叠的稿纸，伸开了递给我。我翻了一下，诗都不长，字写得很工整。

　　这么着，我们就认识了。他没事的时候就常到我办公室走走，我们的谈话内容也慢慢从诗转到古玩，话题多了，话自然也多了。知道他做古玩的时间已经不短了，得意过，也栽过。他目前想在一个经济相对发达的地区开个具有一定规模的门店。他说他不想再这样东奔西跑下去了，他想做点儿事。有同学在新疆开了个很大的公司请他去帮忙管理，他说他是门外汉，外行不管内行。有朋友在泰山脚下开了间门面不小的古玩店，请他去打点，他说打点可以，但不能干涉他的管理。

　　他写的这些诗多是在颠簸的路上，有时候写在烟盒上，有时候记在报纸边上，有的整理下来了，有的就遗失了。他写诗多是抒发当时的心情，情既已抒，丢了也就丢了，他魂牵梦绕的还是想开一间门店，一间集古玩、字画、茶座兼书画班的门店。想做这件事，并不是想赚多少钱，他说他不在乎钱，实现自己的人生理想，成就一番事业，这才是他的所想，但命运好像对他从没垂青过。他说他回首自己走过的这三十几年岁月，都想不起来有什么值得他高兴的事。

活得寂寞，活得不得志，偏偏又壮志凌云，偏偏又不甘寂寞。这是又累又苦的活法，这种活法让人想起古代渴望建功立业又怀才不遇的士人，所以读他的诗，总让人感到有一种英雄末路、负剑空叹的无奈与苍凉，有一种孤独郁闷、侠骨柔情的东西飘在里面。

难道这就是命

每次的付出竟如此沉重

是否真的天意难违

每次的失落萦怀耿耿

淡淡乡情

沉沉入梦

一腔热血

莫道痴情谁懂

苦苦苦

空空空

天海空阔放马行

白云多情追风到

醉得春花捞虚名

——《花期如梦》

生命在渴望中延续

岁月在追逐中搏击风雨

儿时的歌谣几经唱响

少年的梦幻拨弄无限思绪

天空飘着伤害的美丽

冷雨拍打灰色的行旅

酸涩的泪啊

把无奈投向大地潮水冲撞长堤

雨雾遮不住心中的希冀

激情在岁月里燃烧

纵然是一败涂地

——《灰色之旅》

血和泪

燃烧生命的妩媚

情与梦

编织一万年的曲唱曲回　今夜浴清辉

思如狂潮出重围

回首凝望

宁静若寒水　长风炸惊雷

大漠浊浪追

沙丘涌动

向天飞

——《冲出重围》

抑郁苦闷，壮怀激烈，有悲愤深广的人生感慨，更有不因失败而放弃理想追求的倔强和自信。感情有伏有起，愤激之情，溢于言表。失望中交织着希望，豪迈洒脱、任情不羁中又蕴涵着点点伤痛，隐隐凄怆。

人的魅力来自于心灵，艺术的魅力也同样出自心灵。一个心灵有魅力的诗人，用不着去刻意寻求，只要打开思绪，那些藏在他心里的种种感情，就会化成诗句喷薄而出。

难以平复心中的伤痛

梦的狂野流放风中

抓住的思念

一片一片荒芜生命

——《恍然如梦》

高悬的女子冷若冰霜

天地堆聚一个不灭的幻像

落叶砸着落叶

夜半风雨乱拍窗

　　　　　　　　　　　　——《夜雨》

如果皈依能够普度众生

心

愿苦守最初的伤痛

如果缘与分尽

挥手

难禁西风

　　　　　　　　　　　——《春天的呼唤》

俗媚难改

醉后的心情无处不在

岁月走过

飘忽的泪光不能掩埋

　　　　　　　　　　　——《梦里梦外》

可以看出，贯穿在这些诗句中的，是一颗忧愤而又抑郁的心。在这颗心展现的真情实感中，凸现出的是作者对自己正值壮年有为之时，却年华虚掷，事业未竟的感叹。那么，遭受挫折，是谁都不想遇到的事情。但遭遇到了，才可完满一个人的人生。挫折，是人生的一笔财富，是作文的一条途径。这个途径，使王留根的愤懑之心绪得到了释放。

正是基于这一点，读王留根的诗我才总想起陈子昂、李白、柳永、辛弃疾这些人物来，想起他们的诗，他们的词，和他们诗词中的意境来。我也因此一再琢磨如何借鉴古诗词到新诗这一问题。

中国是诗的国度。诗是中国文学发展的源头。我们拥有历经淘洗的无数杰出的诗人和他们光耀千秋的诗篇，从《诗经》《楚辞》到唐诗宋词元曲……诗歌是民族情感的结晶，是人类精神文明的灿烂之花，后世诗人，怎样突破现状，在如何继承和发扬古典诗词的基础上创作出一种具有夺目的思想与艺术光辉的新体诗歌，这除了应该扎根民族土壤外，恐怕还得守住我们的心灵家园吧。

这些话，是说给王留根，也是在提醒我自己。

春回大地渐接
地气的雪山

一曲不悔不屈的悲歌

春回大地，渐接地气的雪山。

背着枷锁在走的狂狷之士

　　大约是 2007 年的二三月间，我去郑州办事，顺便到同乡张鹏新婚不久的家里看他。

　　张鹏对人一向热情，跟我几乎是无话不谈，别人给他介绍个对象他也要和我说说。当时申阳介绍给他时，另外有人还给他介绍了一个，他问我咋办，我说，都见见吧，和谁能找到感觉就是谁了。

　　一年后，他和申阳结婚了。

　　有次打电话，他告诉我现在他又开始画画了，我问他都画什么，他说主要画花鸟画。我也没太把这话放心上。但每次打电话他都很自信地说到他的画，我就想去看看了。

　　见到我，张鹏很高兴，从放画的大瓷缸里拿出好几卷画让我看，那一卷子画，就得有十几二十几张。

　　很多画落的都是长款，占了画面的一半或一多半，给我

印象极深的是他的落款几乎可以当日记读。比如：丙戌年岁末，时公历零七年二月八日，余一时心情豁朗提笔作画，古人绘画独依大红大绿为之，余则以情为之。再比如：丙戌岁末时新年伊始之际作此清洁之物。

这是一幅墨荷，小斗方。在大片大片的荷叶、似睡眼未醒的嫩叶中，只有一朵瘦弱的荷花和一支初出水面的新荷，染以粉色，整幅画面给人一种山雨欲来风满楼的萧然。

还有一幅三尺整张的鹤，只画了半个昂着头的鹤身子，像是为了衬托白居易那首《感鹤》诗。

鹤有不群者，飞飞在野田。饥不啄腐鼠，渴不饮盗泉。
贞姿自耿介，杂鸟何翩翾。同游不同志，如此十余年。
一兴嗜欲念，遂为矰缴牵。委质小池内，争食群鸡前。
不惟怀稻粱，兼亦竞腥膻。不惟恋主人，兼亦狎乌鸢。
物心不可知，天性有时迁。一饱尚如此，况乘大夫轩。

从他水墨淋漓的那些画中，我能感受到他的那份孤寂、郁闷以及洁身自好的执着和狂傲。

张鹏的曾祖父是给地主扛活的一个雇农，土匪绑这家地主的儿子时，把张鹏的曾祖父也一起绑走了，为了杀一儆百，土匪就把他当"鸡"杀了。新中国成立前张鹏的爷爷被国民党抓壮丁抓到了山西，不久就参加了山西当地的革命组织，并加入了中国共产党。土改后，他抛下土改时分给他的紫檀条几和三间地主老财的大瓦房，用一个扁担两个箩筐一头挑着张鹏的父亲一头挑着张鹏的大伯，牵着张鹏的大姑回到了河南遂平县的老家。

奶奶是山西人，什么活都不会干。张鹏的爷爷地里家里都是好手，编筐窝篓，缝衣做饭，样样都在村里占先。二十世纪七十年代初去武汉给村里买牛，车猛一开，后脑勺撞到车厢板上，脑浆迸裂，一句话没留下就走了。

父亲只上过一年学，十六岁去北京卫戍区当兵，在部队期间能勉强读书看报。1973年转业时，找不到接收的地方，又回到村里记工分去了。

母亲上到小学四年级，是十里八村都知道的巧姑娘。她当时同意这门婚事，是想着张鹏的父亲在部队，将来转业到县城，自己也就可以跟着进城了。

张鹏小时候就干啥像啥，五六岁的时候跟着母亲摘棉花，母亲在前面摘，他在后面唱戏。上小学时他画的头戴乌纱的古代官员，到现在母亲还记得留着长长的胡须。

曾有朋友给我发过这样一则短信，标题是百年中国……

80年代，到大学去，到夜校去，到可以拿到文凭的地方去；90年代，到美国去，到汤加去，到一切不说中国话的地方去……很能说明中国当时的现状。

二十世纪八九十年代的中国，别说农村，就是城市，又有多少人知道画画有用？学校、家长，包括学生自己，都把美术当成副课。在一星期只有一节的美术课上做语文数学作业，那是很正常的事情。

张鹏喜欢美术课，每次美术作业发下来，他都是"甲"。那时候农村的老师，基本上是民办教师。他这个美术老师是吃商品粮的，他觉得这个老师很了不起。他好奇地看着老师拿粉笔在黑板上画松树，好奇地看着这个老头把他们扔掉的废作业本拾拾，和着黄泥搞雕塑。

"你没见过他塑的孙悟空，真是活灵活现！"

十多年后，张鹏在艺术报当记者，一个偶然的机缘让他了解到，为他开蒙的这位叫赵西征的美术老师，竟然是新金陵画派代表人物之一魏紫熙的同窗。

读初中的时候，他有一位老师叫李群，汝师毕业。汝师的全名是河南省汝南师范学校，是一所百年老校，招收初中毕业生，学制三年，毕业后由国家统一分配工作。那些年汝师在驻马店地区名声很响，到哪儿一说汝师毕业，大家都刮目相看。

这个毕业于汝师的老师为人狂放，因为不修边幅，显得很邋遢，用张鹏的话说，衣服都能当刮刀布。可他让张鹏了解了中国美术史，知道了宋画中的"马一角夏半边"，知道了"立七坐五盘三半"。

初三那年，张鹏去县城读书，寄住在舅姥爷家。舅姥爷是享受正县级待遇的抗美援朝干部，对毛主席有着深厚的感情，张鹏曾亲耳听到他在九月九日那天自言自语：今天是毛主席逝世日呀！

舅姥爷人很正直，对晚辈很慈祥，每天一大早锻炼身体前都先叫张鹏起床上早自习。即便这样，乡下人的胆怯，还是让张鹏感到难以伸展。最大的问题是吃饭，城里人吃得少，乡下人吃得多，同样一碗饭，人家吃饱了，他吃不饱，又不好意思再要，只有饿着。但舅姥爷家的精神食粮是丰富的，屋里有一柜子书。

张鹏喜欢看书，很小的时候就在村里窑厂拾废薄膜废铁，拿到废品收购站换了钱，买小人书看。废铁是三分钱一斤，小人书一般是一两毛一本，就这样，小学毕业的时候，他积攒的小人书已经有一纸箱多了。

为了打发寂寞的日子，张鹏一头钻到了书堆里。《楚辞》

《汉书》、四书五经看完了，就看恩格斯的《反杜林论》这类马列著作，看不懂，还是看。

高中住校之后，张鹏打发闲暇时间的事情就是画画和写毛笔字。把破课桌一对，破报纸一摊，他就能沉浸其中，忘了饥肠辘辘忘了白天黑夜。令人不可思议的是这样的状态却没有影响学习，他的作文常常是班级的范文。

快高考的时候老师让交钱发准考证，不交钱不给准考证，张鹏一听，很气愤，我十年寒窗不就是为了考大学吗？你凭什么不给我准考证？父母为了供我们兄妹三人上学已经是饔飧不继，家里哪还有钱！我就是不考也不向父母要这个钱。他到底也没交。

考上豫南某高校后，办户粮关系，粮所要收他九十元的手续费。这又惹恼了他，普天下都是四十五，你凭啥多收一半？我找你领导去。那人对他的愤怒不屑一顾，找去呀，小屁孩。张鹏就骑着自行车从村里骑了十几里骑到遂平县城找到了他们局长。

到了大学他还是一身反骨，班主任想在春节前举行联欢会，让学生交班费，他不但不交，还鼓动着其他的学生都不交。

那时候，张鹏的文学创作天分已经显露了出来，除了在校报经常发文章外，在《信阳日报》等一些报刊也经常有他的文章出现。

大二的时候，他和同学登信阳的贤隐山，这座山据说是因为晋时有高士在此隐居而得名。山上有一寺，名贤隐禅寺，此寺最早建于宋朝。登完山后，张鹏写了篇散文，在《信阳日报》刊发，寺里的海长法师看到了，给张鹏很多结缘经书，后来把赵朴初写给寺院的一副对联也送给了他。

上大三的时候，他写的《旧书摊前活水来》在《信阳日报》发了半个版。在大学里，几乎每个周日，张鹏都是在旧书摊上度过的。他跟每个摆旧书摊的人都熟。这个爱逛旧书摊的习惯，他一直保持到现在。2009 年，台湾的刘南芳来河南采风，刘先生是台湾清华大学的博士生，是研究台湾歌仔戏的专家，也是台湾很著名的编剧。她提出想逛逛郑州的旧书摊，河南戏剧史论家马紫晨立即想到了张鹏，郑州没有张鹏不熟的旧书摊。

张鹏陪了她三天，买了几千本书，临走的时候给这些书打包就用了一天的时间。这三天里，两个人谈戏剧、谈文化、谈传统，末了，近知命之年的刘南芳对刚到而立之年的张鹏说，你干得都是老头干的活。

实习的时候张鹏被分配在山区教学，一个多月后他去了《信阳日报》，他想用记者这个身份为老百姓干点事。

但现实和理想差距太大了。半年后，也就是毕业后，他回到了遂平。那一年是2000年，大学生最后一年包分配。

正在父母四处活动着找关系托门路想给他安排个好单位时，大姑家的大表哥说，来郑州吧。他就拿了条被子一领席，去了质量时报社。晚上住在表哥开的油漆店里，油漆店在高速路口，质量时报社在花园路现在的河南电视台附近，中间相距十几里。他就在旧货市场花八十元钱买了辆旧自行车。

实习期间没有一分钱的工资。干的都是什么活呢？跟着十三香老板去许昌打假，去火车站暗访黑帮头子杨老二倒票……

"你真不知道厉害呀！你把那些人惹急了，一万块钱就能要了你的人头。"大表哥知道他做的事情后对他说。

这个时期，张鹏写的社会新闻几乎都是一发一个整版，每一篇都是一枚重磅炸弹，《扬子晚报》《羊城晚报》全国几十家报纸都在转载。那时候他的经济来源就是稿费。

"徐志平是我一辈子的朋友。患难之交啊！"张鹏说。

质量时报社后面一个卖丸子汤、大饼的摊贩，汤一块钱一碗。一块钱，张鹏也舍不得。徐志平早上经常拉着他去喝汤吃饼，这就像拿小刀在桌子上划，第一次只是一个白道，

一缕一缕的阳光

一次一次，那白道就成了一个沟壑。

在质量时报社干了一年，张鹏又去了教育时报社。

从这家报社到那家报社，辗转数家报社后，他越来越感到自己的渺小和手无缚鸡之力。2002 年，他去了中国艺术报社，想把自己的注意力转到文化上。

这期间他写的《600 天收购日军侵华罪证》，被全国六百多家报刊转载，中国青年杂志总编在给他的贺卡写道："张鹏先生：感谢您为本刊撰写《他从日本购回罪证》一文。祝夏安！"他写的《黄河岸边那一对民办教师》，被谢晋看到后，拍成二十集电视连续剧《牵手人生》。《十六岁中学生造黄帝指南车》被《光明日报》刊发后，《北京日报》发两个版探讨这个事情。《我要发现一颗"张彗星"》《此梦何时圆——两名大学生 5000 元卖专利的前前后后》《三位古稀老人和一所家长学校》，他的文章，发遍了全国有名的都市报。

"我有一颗心，一颗谁也比不了的真心。"

张鹏不仅有一颗真心，还有执着、热情和急于改变现状的心。他不怕蹚着泥水，踩着冰雪，奔波在中原大地上的沟沟坎坎之中，可他不想穿张着嘴的皮鞋。已经是二十世纪了，他又是位刚二十出头的年轻人，他也有自尊呀！

由于《中国艺术报》是一份艺术类报纸，定位就是艺术。他写那类社会新闻稿件，就得用业余时间。

　　两天两夜不吃不睡伏案作文是很正常的事情。怕一稿多投人家不给稿酬，有时候还用表哥的名字。他被《羊城晚报》《扬子晚报》《知音》等十多家报纸聘为特约记者，就是在他完全不写这类社会新闻而改做文化之后，还有很多报社向他约稿，当年的那些编辑、总编还对他念念不忘。

　　他的文章影响太大了，惊动了河北电视台，要给他做专访，他很兴奋，特意穿了套西装，结果现在已经土得没法看了。

　　我认识张鹏，就是在这期间。我在河南省文学院进修，中国艺术报社就在文学院楼上。因为是老乡，心就格外近些。那时候天天都有报刊给张鹏寄稿费，他在艺术报的同事经常让他请吃饭。

　　记得有次中午吃过饭，他的同事胡忠伉，也是我的一个朋友，我们三个就坐在鑫源路边花池台上，正午的阳光透过茂密的树叶斑斑驳驳地洒在水泥地上，来往的汽车、自行车和步行的人在我们面前穿梭，忘了当时我们都说了什么，大约都是对理想的展望吧。只是那种直抒胸臆的率真，让我至今难忘。

　　也去过两次张鹏的住处，在未来路上的一个小区里，一套空荡荡的房子，客厅里挂了幅唐玉润未完成的丈二牡丹，从天花板一直垂到地板。他自己住在一个很小的房间里，墙上贴着一张很大的拓片，从房顶耷拉到他睡的小床。床对面旧桌子上扔着毛笔、宣纸，地上到处是写过毛笔字的旧报纸和一团团写过字的宣纸。

聊到中午，他就在旁边的小饭店里请我吃饭，都是很简单的饭。我那时候虽然感觉到他经济不宽裕，有时候他说话也会流露一点，但他那些境况我哪里想象得到？现在想想，实在是应该我请他的。但以张鹏的个性，即使是我当时有这个想法，那也是断然实现不了的。不久前和张鹏聊天，谈到他那个住处，才知道那是他彭磊哥当年花几十万买的新房。

"我在那儿住了五年，没收我一分钱的房租。我这一路走来，坏人碰到过，好人也碰到过！坏人不理他算了，好人我啥时候都忘不了，人得知道感恩啊！"

《中国艺术报》毕竟是一个中央级报纸，在这个平台上，他的眼界宽了，见识增长了，写了很多名人，也接触了很多名人，很多名人最后成为他的师友。著名诗人贺敬之、漫画大师方成、中国红学会会长冯其庸、著名红学家李希凡、南开大学博士生导师叶嘉莹等。

大约是 2003 年底或 2004 年初吧，张鹏自己办了份报

纸，自己采访自己写，自己编排自己印刷，有几期还给我打了个副主编。我那时候也在报社，对报社的运转规则是知道一点的，我看着他给我寄来的报纸，很担心。纸用这么好，连一个广告都没有，报纸的资金来源在哪儿？没有资金何以运转？再说办报这件事情，岂能是一人所为之事？我把我的担心告诉他，并给他出了主意。他却有自己的思路。我在电话里听着他的想法，觉得他就像现代版的堂·吉诃德，勇气可嘉，前景却不容乐观。

也就是半年左右吧，这张报纸就办不下去了，他就胡乱给了位朋友。因为朋友没有按照他的思路办报，他气得也不问了。再后来，他在电话里告诉我朋友改版后赚了不少钱。

"弄啥到我这儿都不挣钱，一到人家那儿都挣钱。"他说这句话的时候显得很沮丧。

张鹏开始频繁地出入郑州市图书中心、郑州市图书馆，拿着身份证，一看就是一天。

张鹏应邀去文化时报社做记者后，干得很投入。《河南画坛呼唤领军人物》《排行榜，能否助推戏剧走向辉煌？》《河南曲剧：悲喜八十年》《遗产抢救：时代的深层呼唤》《经典改编难成"经典"》《明天谁来演"丑角"》，像这样整版整版的大文章，像这样被众多的文化类报纸转发，引起强烈反响的文章对于张鹏来说，那是家常便饭。

《傩文化，生在哪里？走向何处？——傩文化起源纷争的背后》发表后，中国傩戏学研究会会长曲六乙特意写信说，这是一篇带有学术价值的长篇报道，不是一般人所能写出来的。林河先生的错误观点，不少学者知道，但从未有一个学者公开争鸣或批评。在信件最后，还特意写到，决定吸收张鹏同志入会，如果他本人愿意的话。

二夹弦是一个曾经流传于河南、河北、山东、江苏、安徽、湖北、陕西等省的古老剧种，在河南的六十多个县市有过辉煌的历史，然而，现在中国仅剩下一个二夹弦剧团——河南省开封市二夹弦剧团。就这么个专业剧团，还是一位艺术家在此团消亡近二十年后历时四年倾家荡产恢复起来的。此团恢复后多次参加河南省稀有剧种汇演，曾经捧回了七个金奖，应中国音乐学院之邀进京演出，震动了中国艺术的高层人士。眼看这个剧种复兴有望之时，几个拔尖演员却走向了打工之路。张鹏知道这件事后，连写了三篇文章《二夹弦：亟待拯救》《二夹弦为何依然举步维艰》以及一篇关于二夹弦的论文，最终河南一位领导给开封批了二十万。

张鹏用三篇文章抢救了一个剧种。

作为"中原正声，豫剧根脉"的豫剧母调祥符调，在沉

寂近三十年后，被列为非物质文化遗产保护名录。为了找祥符调的发源地，张鹏往封丘清河集老艺人的墓前都不知道跑过多少次。连着两年跟踪报道《祥符调：豫剧复兴之门》《打造豫剧寻根拜祖地》。

在中国第三个文化遗产日来临之际，河南省戏剧界的十多位学者和专家怀着虔诚之心走进河南省封丘，中国豫剧的祖庭，达成了欲振兴豫剧，必先复兴祥符调的共识。

越调泰斗申凤梅逝世十周年纪念日，他正和申阳谈对象，带着申阳在周口住了四天，下着大雨，他挨家跑，把以前和申凤梅交往的人，伴奏的、拉弦子的、徒弟、弟子一个个问完。回来写了四个版。

申凤梅去世的时候，从剧团门前到殡仪馆，十几里的路，两边伫立着成千上万来送灵的群众。灵车后面跟着几万人哭，真是肠欲断泪如泉，满地纸钱如雪。当时周口市的花圈都卖断货了！申凤梅是普通老百姓最欢迎，最崇敬，最没有争议的一位真正的人民艺术家。她具备了诸葛亮"鞠躬尽瘁，死而后已"的这种精神。

《还原真实的河南"阿炳"》刊发后，"阿炳"生前贵州战友专程赴郑，握着张鹏的手说："本修是个很可敬的人，他为河南的戏剧做出了不可磨灭的贡献。他是个革命者，这一点他是超过阿炳华彦均的。我要号召所有在世的战友为贵报写文章，来纪念鲁本修这位盲人音乐家。"

养女鲁静看到报纸后，拿着报纸在她爹坟前烧完后说："爹，你能合眼了。"

张鹏患病的消息传到鲁静那儿后，她从老家大老远地跑来，掂了一条大冻鱼，说让张鹏补补身体。走的时候偷偷在茶几下面给张鹏留下了几百块钱，上车后给张鹏打电话说："我知道当面给你也不要，在你茶几下面有个牛皮纸信封，你看看。"

《文化时报》停刊后，张鹏和申阳去北京探亲，不久就病了。脑内长了个肿瘤。治疗有两种办法，一个是用伽马刀，一个是吃药，但都对脑子损害很大。张鹏是独子，结婚两年，还没有要孩子。得病后他心里压力很大。那时候我已调到郑州，但彼此住得并不近，从我家去他那里，得坐一个多小时的公交。

我们就还保持着经常打电话的习惯，他在电话里的声音还是那么有激情，很多时候说着说着，我就放下电话跑到他家里去了。先看他最近画的画，我几乎每次被他鼓动过去，都是因为他说最近又画了什么什么画，画的墨色多好笔用得多好，然后是喝喝茶聊聊天，他说的最多的就是谁谁对他病

情的关心，有的是我们共同的朋友，有的是我早已听他说过千百遍的他的朋友。

广东著名书法家佘慧文，王学仲、黄独峰的学生，用楷书抄心经为他清颂纳福，他就拿出来让我看。

"老头八十多了，趴在那儿一笔一画地抄心经替我祈愿，你说这是啥情谊！"

获过全国很多大奖的广东汕头美协副主席卢中见给他画了幅画，我们就一起看画，他就在旁边满怀激情地念："夏夜聚众纳凉，后生读曰：繁星距地球遥远，以光年算已有几千万光年。愚者曰：书是人写话是人说，谁系绳丈量？后生哑口无语。丁亥年冬忆写童年时邻舍夏凉时话。张鹏贤兄正之中见并记于汕头。"

张鹏在文化时报社那三年里，写了很多和戏剧有关的作家和学者，《不该遗忘的"现代豫剧之父"樊粹庭》《现代豫剧昆仑：杨兰春》，《祭坟18年，学者皓首 戏剧"复兴"》中的"杂家"马紫晨先生。

河南豫剧五大名旦，张鹏最早关注的是陈素真。2002年，他在戏曲史专家徐慕云《中国戏剧史》这本书上，看到徐先生提到的河南唯一的一位豫剧演员就是陈素真。这本书，是1938年由世界书局出版，后来曾多次印刷。

陈素真曾获得"梆子大王""豫剧皇后"和"河南梅兰芳"等美称。1936年上海百代公司就给她灌制了《三上轿》等10张唱片。百代公司是旧中国最大的唱片制造和经营公司。现在徐家汇公园内那幢三层"小红楼",就是当年百代公司办公地之一。二十世纪三四十年代,百代公司曾诞生过抗战时期大量进步的爱国抗日救亡革命歌曲。许多电影音乐的创作、录音都在那儿进行,如聂耳、黎锦光、冼星海等著名作曲家都在"百代"工作或录制过歌曲。聂耳在1934年,进百代唱片公司,任音乐部主任。在这期间创作了《矿工歌》《大路歌》和为电影《风云儿女》谱写的《义勇军进行曲》。

旧时代的艺人唱戏靠的是真本事。陈素真一辈子演了二百多部戏,她演的《宇宙锋》,梅兰芳看了之后都觉得自愧不如。

陈素真在十一届三中全会以后才被安排到天津艺术研究所从事研究工作。生前是中国戏剧家协会理事,曾担任过河南省剧协副主席,河南省政协常委等职。

为了更多地了解陈素真的情况,张鹏见到每一位老艺人,都要问他们认识不认识陈素真。为了搞清陈素真的历史,这些年,他多次自费去西安、天津、徐州、河北等地。在宝鸡,他看到一本当年记录陈素真演出情况的书,人家不卖,

他就拿相机拍。不仅在大陆找，他还通过朋友找台湾和香港的资料。

还有很大一部分资料，是张鹏在旧书摊上收集到的。二十世纪五十年代全国戏剧观摩演出大会戏单介绍，陈素真的唱片、胶木唱片、薄膜唱片、钢丝磁带。经常往家拿旧书，申阳就有些不高兴。可碰到有价值的书，他还偷偷地买。

买回来，把书放在太阳下晒晒。郑州摆旧书摊的人都知道张鹏要什么书，有的人心眼好，收到那类书就给张鹏放着，有的人就唯利是图一些，同样一本书，别人买，可能三块两块就拿走了，看到张鹏就得涨一倍的价钱。

这些年，光陈素真的资料，张鹏就收集了几箱子。很多资料，连陈素真的孩子和弟子都没见过。

"等我把陈素真写完，我就把她的资料都捐给国家，国家如果不要，我都给她的后人。"张鹏掷地有声地说这句话时，我的眼睛不禁一热。

张鹏写陈素真，陈派弟子都很感动，要请他吃饭，他说，你们这些陈派弟子加起来也没有学到陈素真的三分之一，恁也别请我，下面还写到你们呢，吃了饭就不好说话了。

陈素真的儿子看到那篇《豫剧皇后陈素真——中国豫剧的一曲绝响》之后，骑着电动车，从北环跑到金水路张鹏家里拉着张鹏的手说，俺妈在墓地下都感激你。

2009 年中秋节前夕，张鹏正跟朋友洪生一起在茶社喝茶，河南一位老作曲家张北方先生给他打电话问他在哪儿，说有件事情求他，张鹏就慌忙拉着好友洪生跑去了。老先生七十八了，拄根拐杖，就在河南话剧院的大门口站着等，张鹏下了车就快步向老先生那儿迎。老先生看到他，转身从门卫那儿拿出磨盘大一盒月饼，一瘸一拐地递给张鹏说，俺家东东说了，有我吃的月饼也有你吃的月饼。

这是老人的女儿东东从广州托人带回来的，张鹏怎么也不要。正拉扯间，陈素贞的弟子吴碧波从外面回来了，看到张鹏，拉着他的胳膊痛哭流涕地说，你的每篇文章我们都剪下来了呀！你算是给俺师傅说了句公正话。

张鹏在文化时报社写过几篇陈素贞的文章，在病中着手写陈素贞评传，他与陈素贞同悲同哭，但他还是觉得没有走进陈素贞的心里，这也是他为什么写了二十多万字仍然不愿交给出版社的原因。

陈素贞的评传他不放手，还有一个人的评传，也写了二十多万字了，出版社向他要了好多次他也不给。这个人，就是"民国四公子"张伯驹。

最开始他关注张伯驹是因为张伯驹把包括陆机的《平复

帖》，隋展子虔《游春图》，唐李白的《上阳台帖》，杜牧《张好好诗卷》，宋黄庭坚《诸上座帖》、赵佶《雪江归棹图卷》，元钱选《山居图卷》等118幅古代珍宝书画无偿地捐献给国家。

《平复帖》是西晋大文豪陆机手书的真迹，距今已近1700年，比王羲之的手迹还早七八十年，是现今传世墨迹中的"开篇鼻祖"。它长不足一尺，只有9行字，却盖满了历代名家的收藏章记，朱印累累，满纸生辉，被收藏界尊为"中华第一帖""墨皇"。《游春图》是隋代大画家展子虔画的，距今已经1400多年，被认为是中国现存最早的一幅画作，历代书画界都将其奉为绝无仅有的极品，有人称它是"国宝中的国宝"，素有"天下第一画卷"的美称。《上阳台帖》是李白唯一传世的书法真迹，宋徽宗赵佶、清乾隆皇帝都有题跋和观款。

"他的这种爱国主义精神和高尚行为是值得我们后世子孙敬仰和效仿的啊！现在别说国人了，就是河南人又有多少人知道张伯驹？国画大师刘海粟曾说：'他是当代文化高原上的一座峻峰。从他那广袤的心胸涌出四条河流，那便是书画鉴藏、诗词、戏曲和书法。四种姊妹艺术互相沟通，又各具性格，堪称京华老名士，艺苑真学人。'"

　　张鹏什么时候谈到张伯驹，都是唏嘘感叹，激情澎湃。

　　张伯驹是河南项城人，是张锦芳之子，过继给其伯父张镇芳。张镇芳是光绪三十年进士，袁世凯哥哥的内弟，历任天津道、长芦盐运使、直隶按察使、河南提法使等职。张伯驹和末代皇帝溥仪的族兄溥侗、袁世凯的次子袁克文、奉系军阀张作霖之子张学良，并称"四公子"。

　　张伯驹自幼天性聪慧，享有"神童"之誉。曾与袁世凯的几个儿子同在英国人办的一所书院读书。毕业后，张伯驹进入袁世凯的陆军混成模范团骑兵科受训，并由此进入军界。后曾在曹锟、吴佩孚、张作霖部任提调参议等职（皆名誉职）。因不满军阀混战，1927年起投身金融界。历任盐业银行总管理处稽核，南京盐业银行经理、常务董事，秦陇实业银行经理等职。1937年抗日战争全面爆发后，一度去西安，后致力于写诗填词。

　　张伯驹精通韵律，才思敏捷，见识过的人说他"写词比说话还利索"，他的诗词水平极高。周汝昌曾评价说，"以词人之词论，应当以南唐后主李煜为首，以张伯驹为殿，此后，恐怕很难再产生真正的词人之词了"。

　　张伯驹青年时，京剧正从成熟走向鼎盛，京剧名角谭鑫培、杨小楼、余叔岩、梅兰芳等，是全社会的超级明星。那

时文人票戏，是极为风雅的事情，溥侗、袁克文等莫不热衷此道，张伯驹也长期痴迷京剧，是著名的大票友，多次与余叔岩、梅兰芳等同台演出。

余叔岩是京剧史上里程碑式的人物之一，以醇厚的韵味和典雅的风格享誉当时。1928年，张伯驹与余叔岩相识，此后交往频繁，除京剧之外，他们在文物、书画、金石、收藏等方面也有共同爱好，成为相互欣赏、情趣相投的师友。那时候艺人很保守，余叔岩平生只收孟小东、李少春等几个徒弟，且只教孟小冬三出半戏、李少春两出。但在与张伯驹十多年的交往中，他传授张伯驹整出的戏就有四五十部。后来张伯驹成为余派艺术传承的重要人物，李少春等人都曾向他学艺。

他与余叔岩合作，编写了一部《近代剧韵》，总结京剧发展实践，系统介绍京剧十三韵（俗名十三辙），介绍阴阳平上去入的念法、运用。这本书曾以《乱弹音韵辑要》之名刊于《戏剧丛刊》，风行一时，后又由张伯驹加以增补，更名为《京剧音韵》再版。

为推动京剧艺术的发展，张伯驹召集银行界同仁筹五万元基金，约同梅兰芳、余叔岩等人，于1931年创立"北平国剧协会"。

　　他 40 岁生日时，为了庆寿并为河南旱灾筹集捐款，他出演《空城计》中的诸葛亮，请来余叔岩、杨小楼、王凤卿、程继先为配角，这四人都是当时的超级明星。这场演出惊动了全国，很多戏迷专程从南京、上海赶来，成一时盛事。四大明星都不甘示弱，铆足了劲儿争强斗胜，演出高潮迭起。

　　随后各大报刊都登出消息、剧照，誉之为"此曲只应天上有，人间能得几回闻"。演出后不久，日本全面侵华，北平沦陷，杨小楼、余叔岩等拒绝再登台演出，随后相继撒手人寰。那次演出拍摄的电影，成为艺坛绝唱，是靠"角儿"传承的中国戏曲的重要史料，可惜 1958 年被当成废品付之一炬。

　　张伯驹的书体类似鸟虫篆，颇似蚯蚓，然其却中锋用笔，骨力内含，自视甚高。张伯驹对中国书法事业的贡献，更重要的是在新中国成立后的 1956 年，他与郭凤惠、陈云诰、郑诵先等一批老一辈的高级知识分子创立了新中国第一个书法组织——"北京中国书法研究社"。

　　张伯驹的夫人潘素女士，大家又称她为潘妃，苏州人，弹得一手好琵琶。张伯驹第一次见到潘妃，就惊为天女下凡，才情大发，提笔就是一副对联：潘步掌中轻，十步香尘生罗袜；妃弹塞上曲，千秋胡语入琵琶。婚后在张伯驹的大力栽

培之下，潘素成为著名的青绿山水画家。名作家董桥在《永远的潘慧素》一文中说："潘素跟过朱德甫、汪孟舒、陶心如、祁井西、张孟嘉学画，跟过夏仁虎学古文，家藏名迹充栋，天天用功临摹，画艺大进，张大千赞叹'神韵高古，直逼唐人，谓为杨升可也，非五代以后所能望其项背'。政府拿她的山水当礼品赠送铁娘子、老布什那些外国元首。"著名文物鉴定家史树青曾为潘素的《溪山秋色图》题跋："慧素生平所作山水，极似南朝张僧繇而恪守谢赫六法论，真没骨家法也，此幅白云红树，在当代画家中罕见作者。"

历名山大川，对金樽檀板，满路花绿野堂，旧雨春风，骏马貂裘，法书宝绘，渺渺浮生，尽烟云变幻，逐鹿千年何足道？俊才老词人，浊世佳公子；认清冰洁玉，证絮果兰因，粘天草红豆树，离肠望眼，灵旗梦雨，泪帕啼笺，绵绵长恨，留秋碧传奇，求凰一曲最堪怜，还愿为鹣鲽，不羡作神仙。

这是张伯驹先生的自挽联。从这副自挽联中能看出他的人生经历以及贞不绝俗的皑皑志行和人生向往。

张鹏写张伯驹，前后写了六年，二十七万多字，但因为张伯驹还是昆曲大票友，张鹏对昆曲不是太懂，他想把昆曲

321

弄懂之后再接着写。

2009 年初，北京中博拍卖行书画部负责征集鉴定的一位专家，也是个大收藏家，从北京跑到郑州来拜访张鹏。他带了副扇面，是张伯驹夫人潘素的画，上面有个落款"郧上拜识"，不知道是谁，查了很多资料，也问了很多人，还是没弄清。张鹏看后马上说，这是王云凡的号。王云凡在新中国成立前是国民党要员，新中国成立后是武汉文史馆馆员。王云凡对诗词书法、金石考古、书画鉴赏、文史研究都很精到，新中国成立前他们曾结过诗社。

在文化时报社，张鹏写过被誉为"永远的少女"豫剧六大名旦闫立品、桑振君，写过河南坠子大师赵铮。

曲剧皇后张新芳是张鹏感到最遗憾的一个老人。张鹏去看她时，她送张鹏一本孟华、孟丛笑父女给她写的《张新芳艺术生涯》，时间不长，就去世了。张新芳的去世，让张鹏开始了抢救老艺术家的计划，抢救传统艺术，尽可能多地留下这段历史，以期缝补文化的断层。

可病痛来得太突然了，由于药物作用，他的视力严重减退。他足不下楼，有时可长达十多天，待出去时，路人已是素纱单衣，他还穿着冬天的棉袄。每天晨起他就临王羲之书体的《般若波罗蜜多心经》，去心中躁气，直临到心清气爽，

浑身通透方罢。他的病，医生本来建议他动手术，因为危险系数大，万一手术失败他很有可能变成脑瘫，他就选择了吃药保守治疗。这种药毒性大，副作用很强，他吃了几个疗程后就不吃了。

张鹏是个喜欢无拘无束的人，他的书斋号就叫"无束斋"。病痛遏制了他的天性，他注视着镜子中自己铁青的脸，满心凄凉。父亲身体不好，他有病的事情家人都瞒着老爷子。有两次他去信阳，车到遂平，他很想回去看看父亲，可自己现在这样子，他硬是三年没回家看父亲。

后来张鹏既没有动手术，也放弃了药物治疗，病却神奇般地痊愈了。据他说，他是每天临心经临好的。

他临心经是临了很多，且颇有心得。在他写的一首《临古》诗的注释中说，右军点画的精妙绝伦，亘古无二。虽是集字，然字中波诡云谲，万象百态。心经中的每个"无"字，都千变万化、气象万千和《兰亭序》中的"之"字有同工之妙。

在他另一首诗的附中，他写到，近段时间足不下楼，写了许多关于戏剧的文章，而荒芜了书画文章的写作。

在他《腊八有感：心向菩提修梵典，融通儒道一肩担》的诗中写道，近段时间余读弘一著作，暇时受一戏剧杂志之邀，为河南省艺术研究院专家余大洪先生撰写文章。余大洪

1941 年生于重庆，毕业于上海戏剧学院舞美系，曾供职于中国艺术研究院，后调到河南。其理论体系相承阿甲、张庚、焦菊隐等前辈。腊八之夜，一篇四千字的文章一气呵成。腊八晨起，回忆腊日之心路历程，挥毫作此长句。

这些诗都是他在病中的记录。我觉得大约那时他已经不再考虑生死，把心思全用在了书画、戏剧研究方面，从而进入了禅宗的心要，一切皆为虚幻。

我知道他早已一心向禅了。

2009 年底，申阳生了个胖儿子，我去看小孩，张鹏让我去他书房，打开电脑，里面全是那些老艺术家的照片。徐艳琴、田美兰、赵金声……这些年，他走访了一百多位被艺术界埋没的老艺术家，一篇一篇地记录这些年已高龄的老人的人生、艺术、唱腔，闹市区、深山内，到处有他背着大包行走的身影。光是拍的照片，就存了两个移动硬盘，四千多张。

月余前，大河报社一位记者要做樊粹庭和陈素真先生的选题去张鹏家采访他。他很高兴，说这个选题非常好，眼光独到。他从早晨 8 点多，一直跟人家聊到下午 1 点多。如果不是时间不允许，他就把他写的作品及所收集的关于陈素真和樊粹庭的资料找出给人家了！

"樊先生是我的同乡，河南遂平县人。作为高级知识分子的他放弃官宦仕途，投身于梨园，一生留下了60多个剧本，与豫剧皇后陈素真合作，把河南梆子推向雅化，培养出了众多的演员，堪称亘古无二的河南豫剧教育家啊！"

他把人送到门口时，还一再这样叮嘱。

他希望能把樊粹庭和陈素真写好写出色！让一些横行于今的假道学知道什么是真的艺术！什么是真的艺术精神！什么是大师！

已经有很多好友劝他把精力转移到书画理论方面，不要再写那些奄奄一息的戏剧，那些行将就木的老人了。

他们是不了解，张鹏的学术和人生的终极目标，就是把戏剧和书画打通。维护学术的清明，仇纸恩墨，书写历史，是他存世的价值。

其实戏剧和书画的关系，不深入此境，是不知道二者的相通之处的。中国的戏剧源远流长，是一门集文学、音乐、包括声乐和器乐，舞蹈、美术、杂技、武术为一体的综合性艺术。戏剧包涵的有民俗，有历史，有宗教，有表演。

戏剧的博大，远远大于书画和其他艺术。《朝阳沟》中栓宝教银环锄地那段唱词：那个前腿弓，那个后腿蹬。这就是文学中的白描。比如京剧表演下雪，进门掸掸衣服，这就是绘画中的大写意。体现百花盛开，吸吸鼻子，拿扇子扑扑蝴蝶。《对花枪》中姜桂芝的唱词：跨战马，提银枪，足穿战靴换戎装，今日里我上战场，来寻忘恩负义郎。这就是淋漓酣畅，飒飒生风的疾笔狂扫。《三岔口》那一张桌子，任堂惠往上一躺就变成了床，放上烛台又恢复了桌子的意义。

老百姓为啥喜欢看戏，为啥在当今娱乐生活这么丰富的情况下，还对戏如痴如醉？因为戏剧俗中有雅，是大美。

既然我选择了这路，就要走下去。甘为这些前辈的"走狗"，而无悔矣！

张鹏的这些话，让我想到了齐白石因心仪青藤山人，恨不能生其门下为"走狗"，郑板桥因对徐渭佩服得五体投地，曾刻下"徐青藤门下走狗郑燮"的印章。

徐渭是个天赋极高的人，少年时就以能文被当时的士大夫们所赞赏，徐渭的才能和兴趣很广，诗文、书画、音乐、戏曲、武术，无不擅长。徐渭一生命运坎坷，出生后百日即丧父，14岁又丧母，20岁考上秀才后，在科举方面亦很不得志。虽是一介书生，偏偏还性高气傲，身为布衣却不畏权贵，甚至蔑视传统，不为礼法所拘。

徐渭一生潦倒，在他的画作中有不少墨葡萄作品，以中锋行笔画藤，以泼墨法画叶，画果用秃笔，随意点撮。题句

中有"半生落魄已成翁，独立书斋啸晚风，笔底明珠无处卖，闲抛闲掷野藤中"，正是写出了徐渭晚年落魄的悲惨景况。徐渭多才多艺，在文学艺术方面取得了很高的成就，当之无愧地堪称大书画家、大文学家和大戏曲家。徐渭的诗文功底很厚，他生前最为人所知的也是他的诗文。他一生中作诗很多，流传至今的尚有两千多首。

在这里拐弯谈徐渭，是因为想到张鹏的很多地方跟徐渭都很像。张鹏不仅对书画、戏曲、诗文情有独钟，而且也是才华横溢，出手成章。

有次我给他发信息问他最近忙什么？他的回信如下：我最近写了两篇书画理论。其中一篇公开发表了一个整版。一篇戏剧理论，诗词十多首。还写了五万字的一个长文。刚外出远门一次，画了百十多幅画。读明清古书及佛道书数本。报考中国戏剧家协会公务员，因大学所学专业相悖，资格被审查掉。有诗词生活写照：四面寒风响，一夜青草黄。案上堆缣素，满室溢墨香。近来除几个贴心好友来我这儿吃茶，聊天，基本都在治学，少交杂游。昨陈大师儿子及戏迷来寒舍攀谈：大师长已矣，德韶遗幼子。不惧蓬门低，来看落魄人。总之这是我近段的大致动向。

我最早读张鹏的文章，就是书画方面的文章。他写张伯驹的《虚负凌云万丈才》，写了一万多字，2008 年 6 月上海《书法》杂志给他发了四个页码。据我所知，河南作家在《书法》上发表的最长的文章就是他这篇了。

张鹏的诗词多为题画诗或生活所感，大都表达了他愤懑痛苦的心情和雄心未已只能伏枥而鸣的人生凄怆。有的则记录了他心中的温暖和对时事的不满。

比如他给师傅戴南园先生写评传，南园先生是豫南隐士，曾写有五十万言的《园庐集》，内容包括书画理论、诗词、人生感悟等，老先生长髯飘飘，有一尺多长，甚于张大千先生。先生有一草堂，名曰簌香草堂，草堂前种着芭蕉、梅花，南园先生一辈子青灯翰墨，点瓜种菜，与世无争。张鹏很敬仰他的人品，向老先生学画、学字、学做人。

南园先生对张鹏的影响很大，2002 年是老先生八十八岁米寿，张鹏在八年前就开始搜求先生资料准备给老先生写评传。在这个评传写了五万多字后，他感慨道：八载搜寻为求真，今日落墨仍逡巡。满纸写尽苍凉事，挥涕南窗洗尘襟。

比如他们小区后面拆迁，每天拂晓都能见到一些人在那里捡拾铁丝和废钢筋，年关临近，连日大雪，雪霁后他雅兴大发，兴致勃勃地携妻踏雪寻梅，出门看到一位在雪里掏铁

的七旬老妪，顿时兴衰，回家后心中仍郁结难解，因作《寻梅不遇》：踏雪寻梅不见梅，惟见老妪佝偻背。冰里掏铁戴星月，梦中肥年如絮飞。老天老天再寒些，羸妪不怕十指废。但愿政府常拆迁，让俺一家有年炊。一步一滑三掬泪，赋闲儒生愧寻梅！

汶川大地震期间，也正是他病得比较重的时候，因他整日看电视、电脑收集地震影像资料，导致眼睛充血，视力模糊，被家人管制，不能看报，不能看电视，不能写文章，更不能上网，网线都被妻子申阳藏了起来。但这并不能阻止他的心沉浸在悲痛之中，关于汶川地震的诗，他写了十七首。

王润先生是虞城人，现居郑州。王润酷嗜艺文，能诗词，善藏书，工书画。王润所藏之书近万册，搜集有历朝历代的竹谱，并融己之感悟写成《王润墨竹图谱》书稿。此书不仅溯墨竹之源流，探古今之墨竹图谱，究墨竹之生态，而且列举了从宋代文同至晚清吴昌硕等17位墨竹前贤，并且详细阐述了赵原、真然、周芷岩等淹没画史少为人知的墨竹大家。

两人是在书店认识的，没两天，王润就到张鹏家聊会儿天。王润在大西郊住，张鹏住的靠东，王润去张鹏那儿聊天，每次都得骑一个多小时，有次连自行车轴都蹬断了。有时聊一天，中午二人下碗面条。一段时间后，王润从家乡归来找张鹏聊天，张鹏在书房沏茶恭候。想黄叶飘零，王润蹬车顶风赶来的情景，遂写诗《戊子年九月十四晨酬王润》：莫道知音世所稀，品茗高歌两知己。木叶纷纷向人落，难阻伯牙钟子期。

另外还有，今日购书二十余本，车上吟诗一首：羁旅十年叹衰颜，飘蓬半世感境迁。毫端涌出千重浪，绢素化就万里山。

昨因醉茶，一夜未眠。回顾浮海三十载，悲欣交集：茶醉难眠夜半秋，狂潮激荡涌心头。学海浮沉三十载，再仰坟典倍觉羞。

他在秋雨蒙蒙中去登封见周海水嫡传女弟子苏兰芳，早于豫剧十八兰，周海水就带着汤兰香、苏兰芬、苏兰芳登台养活着十八兰。老先生那年已经有八十四岁高龄了，给张鹏他们演唱了《桃花庵》《花打朝》《抱琵琶》《红灯记》，张鹏听了，感慨说是豫西正声，几次叹为绝响并涕零作诗。

从深圳归郑的马紫晨先生，病中看罢张鹏用短信发去的诗，即兴和诗一首给他发了过去。他的另一位师友李铁城先生看过后，先提意见随后也发来了酬和之作。随后，铁城先生又发来短信：即兴而出，不料犯重韵。随后把改好的诗又

给他发了一遍。张鹏的好朋友、著名导演罗云看罢作品说道："诗未读完已是心酸泪落，感慨万端。此作应加序发表昭示梨园！"随后又发短信：李老师读你诗后作七绝一首，同调唱和，更加感人至深，望一并发表为盼！罗云。

毕业十年，偶遇班长，共叙多年别离，得知昔日同窗星散各地，或从政居高官，或从商成大鳄，或育人居高校，他感怀自己殊谬的秉性，写了四首。他赴兰州、宝鸡、西安追寻素真大师遗迹，目睹豫剧豫外生存惨状不禁潸然，在火车上写了四五首。

姜星炫是韩国汉学专家，曾把著名教育家蔡元培介绍到韩国，使蔡氏教育精神得以在异邦播撒。2009年经朋友介绍，张鹏见到了姜星炫教授，并一同去河师大，姜先生汉语说得好，硬笔书法也好，俩人交流，其乐融融。姜教授离郑后，他感慨万分，一连写了两首诗。

张鹏的诗，就像张鹏的日记，已经成了他生活中的一部分。但他对诗是很用心的，看过很多这方面的书，还经常向著名碑文大家、诗人、学者李铁城先生求教，我曾看过李铁城先生在他的诗抄本上留下的毫不客气的话：是白话还是旧题？顺口溜。不通。隔句韵，就不要连韵。也有赞赏：绘语有力，题材新颖。此诗结句突转，出人意料。好！好，有

一缕一缕的陽光

余味！

李铁城先生对张鹏的诗，不仅逐字逐句地改，还经常和张鹏在一起切磋。张鹏得病期间去他家喝茶，临走时老先生从屋里掬出一篮鸡蛋，让他补补身子。

"他恁大年纪了，我去看他两手空空，我咋还能要他的东西！"

张鹏的书法也同众多的书家一样，楷体从柳体入手，陆续临了怀仁的《圣教序》，王羲之的《兰亭序》，颜真卿的《多宝塔》等名帖。如果条件允许，他每天都会临帖临到兴尽，没条件临帖，他就读帖。张鹏写文章不大用电脑，用毛笔写在稿纸的后面，有时把旧信封拆开，也往上写。

我很早就想写写我的曾外爷，一直苦于资料匮乏，迟迟动不了笔。有次张鹏在旧书摊上买回一本民国时的旧书，上面有记载我曾外爷的情况，我想请他把书转让给我，可那本书上有记载他要找的资料，比我的还多。他就把我需要的那部分写在练字用的毛边纸上，小行书，竖排，不但清楚，而且顿挫有致。

冯其庸在他上一本画集序言里说：张鹏能画山水、人物、花鸟，而尤以花鸟最为可人。在他的花鸟画中能看到青藤、白阳、八大、缶庐、白石等先贤的影子，然而又不全是。其

化他们的技法为己所用，有了自己的新意。由于其勤奋，博学，其绘画可以划入文人画的范畴，其借鉴缶庐长款落画的风格，以小行草落款，表达心境。

关于吴昌硕长款落画，也留下了很多故事。他寓居苏州时，有次从友人家里回来，途中遇雨，在一个废园中避雨和一个卖豆浆的人在一起，交谈之下，卖豆浆的知道他是一位画家，就要求他为自己作一幅画，他慨然允诺。过了几天，卖豆浆者到他寓所里取画，他果然早已认真地为他绘了一幅，并且题一首诗，叙述这次邂逅经过，以作纪念。

此类事在张鹏身上也不鲜见，儿子一墨夜半吵闹，他学鸡叫哄儿子睡后，回忆自己乡村生活绘画一幅，并题诗如下：十里乡村有鸡鸣，千载荒野伴农耕。索居闹市早不闻，夜半学啼叫儿听。

此乃数年前之旧作，余今日重新观看此作，不胜感慨万分，遂落款以记叙余之所追求：夫画者本寂寞之道，其人要心境清逸，不慕官禄，方可从事于画，见古人之所长，摹而肖之能不夸，师法有所短，舍之而不诽，然后再观天地之造化，来腕底之鬼神，对人方无羞愧，不求人知而天下自知，犹不佯狂，此画界有人品之真君子也。庚寅年四月廿七晚余录白石老人语以自勉也于无束斋南窗下。

一缕一缕的阳光

可叹浮生人悠悠，何日了，朝朝无闲时，年年不觉老，总为求衣食，令心生烦扰，百千年去来三恶道。庚寅年四月廿七日余欲咬此菜根而做百事于无束斋南窗下逢雨天。

佛说四十二章疏钞：经六道之所以为凡者，欲而已矣。三乘之所以为圣者，道而已矣。是故殉道则升，贪欲则坠。然道之与欲，俱出吾心。念道也，道理长而欲情消。念欲也，欲情强而道理弱。则知自心之动念也。岂可以不识哉。

张鹏的画文人气很浓，我认为他的画能有这种品格和质地，最重要的还不是因为他勤奋、博学，而是因为他这个人身上就有很浓的文人气。文人和文人气是两个概念。当代对文人的界定，用钱钟书先生的话说，只限于诗歌、散文、小说、戏曲之类的作者。窃以为，凡是读过一定数量的书，并且能文者，都应该称为文人。

文人不一定都是君子，都有气节，都有嫉恶如仇的禀性，但具有文人气的文人则一定是天生傲骨，特立独行，自始至终都有自己独立的人格与独立的价值观。从屈原、司马迁到鲁迅，谁不是悲天悯人，一身浩然正气！

真性情才能留下好作品。著名剧作家孟华曾对张鹏写诗称赞曰：欲海淹世界，不漫冰山峰。性本皆属水，质地两不同。

张鹏性情狂放，很有任侠狂狷之气。"道之所在，虽千万人吾往矣。"他的画，不会有文人画始祖王维诗中那种"人闲桂花落，夜静春山空"式的雅致恬淡的意境。他郁积胸中的块垒不平之气，奔泻笔下，汹涌澎湃，形成了张鹏鲜明的艺术个性。所以张鹏的画，看多少，没有重样的。

发达于唐代的青绿、金碧山水，标志着中国画在色彩绚烂的追求上走向鼎盛。继之，就是"写意"思潮在画坛觉醒，画家们从五色之外的水墨中发现了一个更吻合文人淡泊情趣的美妙境界，传统的重色，也就开始转向新兴的重墨。

用墨讲究淡墨、浓墨、泼墨、积墨、焦墨以及破墨、飞墨诸法。作为艺术表现的手段，笔墨运载着情感，体现着心灵，是画家心情和性情的表露，即西方美学所谓的"有意味的形式"，因此，国画史上一向有"识笔墨之性情"一说。从张鹏画中跌宕不羁充满张力的笔墨中，带给观者的正是郁积在他胸中的澎湃感情，或激越，或豪放，或狂逸，或怒张，或奇崛，或泼辣，不一而足。

比如他有一幅二尺竖条，整幅画只在底部画了两个鹌鹑，滴了几滴大小不等的墨点，这俩鹌鹑画的是墨汁淋漓，墨象生动，浓淡干湿恰到好处。空白处题诗一首：灯影模糊枯枝荡，泪眼婆娑尽苍茫。英雄坎壈谁人解？一身荒寒伴凄凉。

鹌鹑本祥瑞之禽，却也有不得志者。才德之士在野，不受重视，命运与此鹌鹑何其相似！

比如那幅菊石横条，菊姿萧疏横斜，墨泼石。菊花染以藤黄，应该不是能出彩的设色，可张鹏就是能从热闹的颜色中找出静，找出淡定，找出禅意，他就是能把画面用冷色调处理得即使艳丽也不俗。山石点苔，像城市之于水，淡墨写草扫竹，空白处用章补。从盎然有致的叶筋线条上，可以看出他画这幅画时，心态是平和、恬淡的。西北一著名作家说他的画有禅意，大概便是出于此种种。

有次我去张鹏书斋看画，他满面愁容地对我说："现在净是找上门宣传我的，咋弄？"

"被宣传还不好吗？名气大了，画不是更值钱。"我笑曰。

"我是不想把心弄乱，做学问心得沉下来。为什么今人不敢跟古人比？因为不敢下那么大的功夫，只能搞什么创新，弄点稀奇古怪的东西糊弄人。艺术贵在有根，必须得从蒙学入手，我现在读的都是什么书？《弟子规》《古诗源》，东北小学美术教材编委会编著的《小学国画教学参考资料》，1954版，民国二十八年的美术课本，齐白石画的插画，花开天下暖，花落天下寒。1984年的写字册，老画谱，历代书法绘画理论我全读完了。去年我弄了套《王羲之

全集》，准备系统地临临大王。

"现在那些所谓的书画家，临过多少帖？读过多少帖？一个人如果想成为大师，必须具备两个条件。第一，得学贯中西，第二，包前孕后。"

我认为张鹏的话很有道理。徐渭狂放不羁，标举艺术上的独创精神，而据《徐文长逸稿》条后注云："先生评各家书，即效各家体，字画奇肖，传有石文。"可见徐青藤的传统功底是多么深厚吧！临摹诸家达到"字画奇肖"的地步那得下多大的功夫呢！

只不过善画者师物不师人，善学者师心不师道，善为者师森罗万象，不师先辈。徐渭不是一个目无传统的狂妄自大者，他只是不愿做一个唯唯诺诺跪在传统面前而无所创造的庸人罢了。在徐渭看来，那种终身依附他人而不能发挥自我天性者，则匠气蒙蔽慧根，成不了真正的画家。

齐白石学吴昌硕，闭户三年，没有一张画得像吴昌硕，他是在吴昌硕画里找自己的路。齐白石在与人谈临摹时也说，我是学习人家，不是模仿人家，学的是笔墨精神，不管外形像不像。齐白石门下，弟子众多，只有李苦禅得齐翁题句：吾门下弟子不下千人，众皆学我手，英也夺我心。

为啥李苦禅能出来？因为他的画继承了中国画的传统，

吸取石涛、八大、扬州画派、吴昌硕、齐白石等前辈的技法，在北大中文系读过中文，向徐悲鸿学习过素描和西画。他是把中西技法熔于一炉，参透古法又能独辟蹊径，在花鸟大写意绘画方面发展出自己独到的特色。

石涛、八大、吴昌硕、齐白石，还有扬州画派的那些人都是继承徐渭的传统！徐渭是泼墨大写意的集大成者。黄宾虹说，绍兴徐青藤，用笔之健，用墨之佳，三百年来，没有人赶上他。

为什么？因为徐渭是当之无愧的艺术巨匠。他的诗歌，咏物写史，用词精辟，兼有李白的飘逸和"鬼才"李长吉的险奇；他的散文，写得潇洒自如，颇有苏东坡的风范。他写的《四声猿》杂剧，被人称为"天地间一种奇绝文字"。他的《南词叙录》是中华戏曲史上响当当的不朽之作。他的书法，成名比他的绘画还早。袁宏道说他的书法"诚八法之散圣，字林之侠客也"。

"绘画，就是得心静，心乱，画的就是躁气。"张鹏说。

张鹏最开始画画，一是想把画当成他在研究戏曲之外，信马由缰驰骋性情，抒写"真我"的广阔天地，二是因为他写张伯驹，写那些书画家，自己不能是外行，得对绘画有所了解。张鹏是个做事认真的人，真画起来，他下的功夫还是

338

风雨灿烂之张鹏

背着枷锁在走的狂狷之士

风雨灿烂之张鹏

不少，收集的老画谱、画册，摞起来有一米多高。他本来计划 2003 年画梅兰竹菊，还把他收集到的画谱让我看，有本线装的菊谱，零散的页码都不全了，只好装在塑料袋里。张鹏还收藏画像石、画像砖、瓦当，从远古的书画中汲取精华。

现在他的收入，很大一部分是来自绘画。他对我说："韩露，我不想卖画，那都是张鹏的眼泪和灵魂呀！"

张鹏已经过了而立之年，当过枪手也当过副总编，记者干了十来年，写的文章不少，结交的名人也不少。有一段时间听他说准备出书，并把魏巍和贺敬之题的书名和写给他的信让我看，我觉得很快就能看到他的几本书一块出来了，结果等到魏巍都不在了，我也没看到他的新书。

张鹏在很多方面跟徐渭很相似，包括坎坷的命运和郁郁不得志。可以说，直到现在，张鹏也没有得意过，心情也没有舒展过。他喜欢画荷花，还向我要过残荷，他是在感叹，予情高洁谁认识。

张鹏喜欢书斋里的生活。他还是想安安生生地做学问。可他还是一个人的丈夫、一个孩子的父亲。

一个农村孩子，家里供他读书、上学，盼他出息，为的是什么？他很清楚，他背负的是整个家族复兴的希望。他想

给父母双亲好一点的生活，想给自己的妻子和孩子一个安稳的家。

张鹏出第一本画册，嘱我写序，我答应了。因为确实有话想说，却被琐事耽搁着，虽迟迟没有动笔，心思在这件事上放得不少。他终究等不及，请冯其庸先生作序，冯老在病中不仅给他写了序还题了《张鹏画集》这几个字。出第二本画册他又问我写不写，我说，写。

是为序！